有爱的青春陪伴者

相思

萧小船 著

天津出版传媒集团

天津人民出版社

图书在版编目（CIP）数据

相思 / 萧小船著. —— 天津：天津人民出版社，
2023.12
ISBN 978-7-201-19885-9

Ⅰ.①相… Ⅱ.①萧… Ⅲ.①长篇小说–中国–当代
Ⅳ.①I247.5

中国国家版本馆CIP数据核字(2023)第195321号

相思
XIANGSI

萧小船 著

出　　版	天津人民出版社	
出 版 人	刘　庆	
地　　址	天津市和平区西康路35号康岳大厦	
邮政编码	300051	
邮购电话	（022）23332469	
网　　址	http://www.tjrmcbs.com	
电子信箱	reader@tjrmcbs.com	

责任编辑	玮丽斯
特约编辑	年　年
装帧设计	颜小曼　马雅婧
责任校对	言　一

制版印刷	长沙鸿发印务实业有限公司
经　　销	新华书店
开　　本	880毫米×1230毫米　1/32
印　　张	9
字　　数	233千字
版次印次	2023年12月第1版　2023年12月第1次印刷
定　　价	42.80元

版权所有 侵权必究
图书如出现印装质量问题，请致电联系调换（022-23332469）

目录

楔子 001

第一章 007
赏心悦目

第二章 027
觊觎之心

第三章 046
心灵相通

第四章 067
英姿飒爽

第五章 091
噬鬼之毒

第六章 117
风起云涌

第七章 140
被发现了

目 录

第八章 167
想拥有她

第九章 188
命中注定

第十章 209
成之怀之

第十一章 229
长安缭乱

第十二章 249
叩谢相思

番外一 264
云中来客

番外二 271
宜室宜家

后记 279
幸甚相遇

楔　子

四月的长安城，夜里风微凉，梨花开了最后一树。

谢相思一身夜行衣，施展轻功。奔跑间，她心跳得飞快，像是要从嗓子眼儿蹦出来一样。

皇历上说，今日诸事不宜。这个日子来见雇主，她有点儿慌。

十日之前，解忧帮接了一个新单子，需要找一位护卫来保护被封为怀王才三个月的裴缓。"解忧帮"顾名思义，拿人钱财，替人解忧，只要雇主的银子出到一定数目，解忧帮就可以帮着他为所欲为。

解忧帮内部"艰苦卓绝"地商讨了三日之后，决定由谢相思接这个单子。

关于这个决定，南长老是这么说的——

"怀王在单子里写了，派去的护卫颜值要过关，要是弄个丑的总在他身边晃悠会扭曲他日后的审美。你可是咱们解忧帮一枝花，你不上谁上？"

谢相思只好含泪奔赴长安城。

在踩了半个长安城的屋顶之后，她在怀王府的一处高墙上落脚。

彼时王府外的那条阴森小巷子里正上演着一出大戏，从谢相思的这个角度看过去，七八个肌肉贲张的壮汉团团围着一处墙角，对着底下的"人"拳打脚踢，一边暴打还一边一人一句地咒骂。

谢相思大概看懂了这个剧情——貌美小白脸看上黑道大嫂，凑着银子想为爱奔跑，结果却被大哥发现，遂派小弟们前来将小白脸做掉。

没想到自己一直向往着的长安城居然这么乱。谢相思在心中感叹道。

但这事和她没什么关系，她将遮脸布又往上拉了拉，准备进怀王府去找人。还没等她走出一步，那边壮汉又喊了一句："别说你是个靠血脉上位的怀王，就算你是太子也不能撬人老婆。兄弟们，给我弄他！"

一听"怀王"二字，谢相思一怔，反应过来底下那个快要被人打成血葫芦的小白脸就是她要保护的雇主——这就和她有点儿关系了。

谢相思活动了下手腕，从墙上跳下去落在巷子中央，施施然地开口道："前面的几位兄弟，打人要讲个基本法吧！"

那几人听见声音，停下动作，扭头看着这个半路杀出来的女程咬金。领头的人脸上有一道疤，说话时疤痕跟着一抖一抖的，那叫一个凶神恶煞。

"小娘儿们哪儿来的回哪儿去，不然小心我连你一起揍！"

谢相思叹了口气，扯下遮脸布——月光下，一张白若皎玉的脸没有半分瑕疵，红唇微咬，杏眸含愁。

"实话不瞒这位大哥，我和你们大嫂有同样的遭遇。那个天杀的也说要带我走，今夜就出发，可我方才听你们说才知道，他就是个骗子，所以要打，也得我先。"

刀疤大哥听得一愣一愣的，梗着脖子扭头看了眼被堵在墙角的"人"，再看她，说："可你最起码得了赡养的银子，以后拿着银子好好生活就是了，这小白脸就交给我们料理了。"

说话间，谢相思越走越近，眼睛已经红了，说："不，他没给我银子，反倒让我去偷银子养他，我估计他就是拿我偷的银子给你们大嫂了……"

刀疤大哥跟她同仇敌忾地骂了一句。

谢相思眼一凝，趁着这个空当，身体折成一个扭曲的姿势从他背后绕了过去，伸手往墙角一抓，可一把捞过去也没抓住什么。

这怀王不会被打成一摊泥了吧？

谢相思本想抓着裴缓后直接施展轻功就跑，然而却没成功。

刀疤大哥反应过来后一声吼，七八个壮汉齐齐冲上来将她围住。

谢相思惯用长刀，自背后拔出，眼底凌厉，浑身杀气暴涨。

她没把这几个黑道小弟放在眼里，只是第一次出任务就见血总归不吉利，既然来找死，她就成全他们！

真的打起来时，谢相思才觉得自己还是太年轻，这几个人身上都穿了刀劈斧砍都不留痕迹的金丝甲，砍了几下直接把她的刀砍得卷了刃。

谢相思弃了刀，脚尖一点要往墙上窜，裤腿却被刀疤大哥一把抓住。刀疤大哥还招呼其他兄弟一起拽："不能让她跑了！"

谢相思挣扎着，裤子却被越拽越往下，她脑子里蹦出几个字——那一夜的巷子口，八个壮汉拽了我的裤子。

这要是传到江湖上，她就不用活了。

墙里边栽着几棵梨树，谢相思咬着牙，运气于掌，一个用力将手边那棵小腿粗细的树连根拔起，猛地向身后砸去，刀疤大哥几人被砸得跟跄倒地，她吊着最后一丝力气跳下去跑到墙角，顿时傻了眼。

墙角只有一个丑绝人寰的布偶，哪儿来的怀王？

"干得不错，不愧是解忧帮的人。"

巷子口响起沉沉的脚步声，谢相思侧过头，就见一唇红齿白的俊朗男子晃晃悠悠地走过来，远看就觉得他很好看，走得近了发现他是真的很好看。

真的很好看的俊朗男子一只手搭上她的肩，说："从今日起，本王允许你做我的护卫了。能和本王朝夕相处，日日相望，这可是全长安城女子的梦想，开不开心，惊不惊喜？"

原来这一切，都是裴缓为了试探她的能力搞出来的……这人脑子的坑得有多大。

谢相思放心下来就再也撑不住，浑身力气抽光，身子软趴趴地向前栽去。

裴缓眼尖，胳膊一揽就横上谢相思的腰。谢相思整个人顺势撞进他的怀里，撞得她心尖都发颤。如今她连胳膊都抬不起来，更没力气去挣开了。

"虽说本王见过不少对我投怀送抱的人，可像你这样惊喜得都站不住脚，赖在本王怀里不动弹的人我倒是第一次见。"

解忧帮不养废人，谢相思自六岁入帮之后，一直服用改变人体筋骨的药到成年，这使得她可以在短时间内聚集力量，变身大力士。然而在使用过后会浑身瘫软，无力许久，她不到万不得已是不会祭出这种大杀招的。

这夜，她暂住在客房里，瘫成狗地躺了大半宿才缓过劲儿。清晨，她坐在院子里听着裴缓吊嗓子的声音，只觉得前路一片黑暗。

裴家一门传奇，裴缓的父母当年护着皇上杀出重围时双双身亡，裴缓的双胞胎亲哥哥裴昭不过才二十三岁就成为中书令，年初皇上将裴昭外放到两江地区。大越朝臣若要为相，必去两江，人人皆知，裴昭再回来，便是下一任丞相。

而裴缓则被一道圣旨封为了怀王。理由是皇上得了怪病，时常发作抽搐，而裴缓的血竟有压制皇上病症的作用，救驾有功。

不管你信不信，反正皇上就是这么说的。

裴缓毕竟已经成了王爷，不再是从前没有爵位没有官职游手好闲的纨绔子弟了，再像从前那样招猫逗狗，万花丛中浪实在是不像话，于是打那日起，在朝上朝下找人麻烦就成了他新的爱好。

夜路走得多总会撞见鬼，找人麻烦找得多了总会押到腿。

在一次裴缓回王府时被几个金链子大哥拖到小巷子，要不是他跑得快就差点儿被暴打之后，他决定花钱到解忧帮雇一位贴身护卫保护自己的安全。

然后，谢相思就这么中招了。

"谢护卫，你会不会唱戏，来跟本王搭个伴儿唱对手戏。"裴缓高声喊着将她从回忆中拉回来。

谢相思见他说一句话甩一下长长的水袖，额角青筋突突地跳。

她方才最后想什么来着？

哦，对，她想静静。

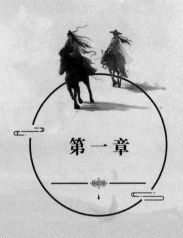

第一章

赏心悦目

谢相思依稀记得两年前解忧帮建立三十周年庆典上，满脸假胡子的南长老站在高台之上，慷慨激昂地问："我们解忧帮的宗旨是什么？"

　　底下一众弟子气壮山河地答道："拿人钱财，为人解忧！"

　　南长老又问："我们行事的准则是什么？"

　　"让雇主满意，让雇主放心！"

　　南长老满意地捋了把胡须，负着手在台上绕圈圈，谆谆教诲道："日后你们出任务的时候，切记一切要以雇主的喜好来。雇主想做什么帮着做，雇主想要什么帮着抢，简单来说，就是把雇主当成你们的亲爹一样供着。如此才能让雇主满意，让雇主的亲戚朋友放心。"

　　彼时谢相思坐在台下的犄角旮旯里听得热血沸腾，觉得上面的南长老浑身带光，能闪瞎人眼的那种。从那一刻起，她就把南长老的教诲刻进血液里，发誓要做解忧帮最亮眼的星。

　　"不管雇主想做什么都帮着他做，想要什么都帮着抢，把他当我亲爹一样供着。"

　　谢相思仰着头看着牌匾上写着"天香阁"三个烫金大字的牌楼，听着里面轻柔甜糯的歌声，将这话又念了一遍，将遮脸布往上扯了扯，才安下心来准备搞事情。

　　天香阁是这久安镇最大的勾栏楚馆，生意火爆到带动一整个镇的经济发展。里面经常办主题盛会，当日来天香阁的人都要穿与主题相应的衣服。今晚的主题是戏水，是以当门口走进一个用一块翠绿色绸子将头包住，只露出一双眼睛的人时，老板娘常欢媚眼一挑，一下子拦住对方的去路。

　　"哟，这位公子穿得够特别，我们今日是戏水主题呢！"

　　谢相思有些崩溃，这久安镇处处都和正常地方不一样，布庄里连黑色布料都没有，她就只能扯了块绿绸子围脸上。

她随口应付了常欢两句，眼睛在大堂里一睃，为了迎合戏水主题，天香阁的姑娘小倌们穿得一个赛一个的清凉，各种薄纱轻裹，花枝招展。

天香阁除了有漂亮姑娘，还会花钱雇擅长装扮的俊俏小生，专门为了扮演时撑场面。

视线再一转，看见几个肥头大耳的油腻男子，她眼睛一辣忙收回视线，沙哑着声音问："你们这里三日前是不是收了个小哥，个子比我高一头，容貌清隽……脑子看着不太好的？"

听前面的常欢还没什么反应，听到最后一句，她立马长长地"哦"了一声："确实是有这么一个，来的时候一把鼻涕一把泪地和我说他无家可归，求我收留他。这些年我头一回遇上这样求我的，连钱都不要，那我也没理由拒绝不是。"

"然后呢……"

"对付这种不听话的小东西，老娘我有得是手腕。"

谢相思心里"咯噔"一跳，半晌，艰难地出声道："那个坏……坏东西是我家中跑出来的，这里有点儿问题。"她点了点太阳穴，又道，"他平日里就总爱做些奇奇怪怪的事情，急了的时候还会咬人，我之所以遮着面，就是因为上次被他咬得下巴缺了块肉。"

常欢目光登时变得复杂："他还会咬人？"

"他小时候可被狼狗咬过，不提也罢。这样，我赔些银子给你，今儿个就让我将他领回去吧！"

常欢尚在犹豫间，就见眼前的遮脸人从怀里摸出张银票，她一看那面额立刻就答应了。

天香阁的小厮领着谢相思穿过大堂往后院走，一直走到头，眼看着越走越偏僻，谢相思就有心理准备了。可饶是如此，等小厮推开门的刹那，她还是差点儿笑出声。

这屋子正中央摆着一张床榻，一个身量修长的男子双手双脚被皮扣扣住，扯着成个"大"字绑住。一双眼被布条遮住，连嘴也堵住了。脑袋上别着两只狐狸毛耳朵，身上是一件又白又透的轻纱衣，胸前大开领，露出一片春光。谢相思的目光在上面刚流连片刻，小厮就走过去将男子嘴里的布揪出来。

裴缓的嘴巴刚一自由就忍不住说话，但声音哑哑的，一听就知道是这三日杜鹃啼血般地喊给喊破嗓子了。

"你们死心吧！"

脸上的绿绸子刚好将谢相思无声狂笑的表情掩住，她轻咳两声，走过去扯开他眼睛上覆住的布条。

冷不丁一见光，裴缓倏地半眯起眼，隔了一会儿才缓缓地睁开，眼底映入一道翠绿翠绿的身影。容貌看不到，只那双杏眼，眼尾细长，眸里无波无澜，像一汪宁静的山泉水。

他先是一愣，随即凤眸顿时凌厉起来，声音扬着："你——"

谢相思一把捂住他的嘴，都不用听就知道他接下来没好话，肯定是什么"本王失踪三日你才赶过来，我花钱雇你这个护卫就是到我身边喘气的"，什么"本王让你十日之后再来，本王让你做什么你就做什么？本王让你去跳河你怎么不去跳啊"……

跟着他有一段时间，谢相思已经习惯了，她遂将手捂得更严，低低地道："我已经和老板娘说了领你走，有什么话回家再说，别让人看笑话。"

裴缓本来气炸了，但听她的话也觉得有道理，他堂堂一个王爷，如今这副样子实在是不能暴露，鼻尖粗重的呼吸霎时平复下来。

那小厮见势眼珠一转，适时凑近道："小的方才听到您说这位公子好像是有狂犬病？小的这儿刚好有一个偏方专治这个毛病的，不贵，一钱银子一服。"

裴缓刚平复下来的呼吸又粗重起来，比方才更恐怖。谢相思只觉得旁边像是杵了只体型健硕的大老虎，随时随地想要扑过来咬死她。

她稳了稳心神，冲那小厮摆摆手："不必了，留着自己拌饭吃吧！"

那小厮脸一绿，嘟嘟囔囔地走远。

屋内只剩下他们两个人，黑着脸的裴缓终于发作，他咬着牙瞪着眼，阴狠地道："好你个谢相思，敢造谣毁本王的声誉，还敢下黑手掐本王的脸，解忧帮就是这么培养你们对待雇主的？"

他说得狠厉，谢相思却像是毫无反应。

她老实地立在他旁边，在他颇具节奏的问罪声里将他身上的绳索解开，还记得贴心地将他胸前乍开的衣襟拢上，随后退开几步，恭敬地道："这地方乱得很，属下带王爷出去吧！"

裴缓自觉用力地一拳捶出，却打在了一团棉花上，心里窝着一股火，面色铁青，翻身从榻上下来，大步流星地向外走。

谢相思眨眨眼，这才发现他这件前襟乍开的衣裳另有乾坤，屁股的部位耷拉着一条毛茸茸的尾巴，再配上他脑袋上那对耳朵……之前的主题会怕不是妖精主题？

狐妖小王爷没急着走，而是站在院子里四下打量着。

这后院偏僻，就只最前面的月门边上有两个人把守，方才过来的时候那两人在玩打手板的游戏消磨时光。

打量够了，裴缓侧过头，对着谢相思勾勾手。

谢相思上前几步站定，他一下子凑过来。他身上还有着脂粉味，猛地扑过来带着一阵香风，熏得谢相思头有些涨热，下一刻便听他在她耳边低语几声。

她顺着望了望月门处，随后会意地点点头，立刻迈步走。

裴缓一看她这嫌弃得恨不得离他八丈远的样子就心头来气，冷冷地道："我还有句话要说，回来。"

谢相思不明所以，但雇主为大，她还是收回脚原路站回，耳朵凑过去，就听他低低地道："你今日的打扮很像个长了毛的绿茄子，但本王还是一眼就认出来了，你知道为什么吗？"

谢相思心里呵呵一笑，面上没什么表情，说："属下愚钝不知道，王爷且等等再说，属下先去办正事。"

说着，她转身就走，脚步一步步重得像是能踩烂某人的脸。

而某人看着她窈窕的背影，眉头皱得死紧。这个护卫哪儿哪儿都好，长得好看身材好，业务能力强，对他也上心。

但也不知道为啥，打从第一眼见到他，她就没向他伸出过友谊之手，总是拉着一张无甚表情的脸，活像他屠了她满门。

不过她越是这样，他就越是生气，越是想怼她，总有一天他要将她怼炸，看看她那张总是平静的脸麦毛之后究竟会变成什么模样。

就在裴缓暗暗决定间，谢相思已经走到了月门那儿，手起手落，迅速地劈晕了两个守卫。动作潇洒，打个架都和跳舞一样。

裴缓定定地看了一会儿，眉宇不自觉地松开了。

长得漂亮的护卫，就算让他生气，也是赏心悦目的。

这后院的每一个房间里都关着像裴缓这样"不听话的小东西"，只是除了他，其余都是姑娘，大多数是被家里的极品亲戚卖到天香阁但又不想和恶势力低头的。谢相思在打晕守卫之后，裴缓就将这些人都放了出来。

众人看着裴缓满目感激，眼泪汪汪。

裴缓体贴地给她们发银票，让她们拿着好好地去生活，正经得不成样子。姑娘们小声抽泣着，挨个走上前对他发表道谢的感言。裴缓全程唇边挂着温和的笑，对每个人都说一遍："不必感谢我，要感谢就感谢怀王裴缓。是他教会了我要善良，要努力让世界充满爱。"

谢相思守在月门边看着那诡异的一幕，额角青筋突突地跳。

认识裴缓时间越久，她越能体会到人间不值得。

眼看着时间差不多，再不走前边人就会发现这儿的异样了，她快步走回去阻止爱心大使继续散发魅力，指了指外头。

裴缓会意，无奈地叹口气，看着她道："这些姑娘也不容易，先把她们送出去我们再出去。以你的力气，一次运三个人不费劲儿吧！"

谢相思额角青筋一跳，声音压得很低："王爷也知晓属下用力过度之后需要休息，万一王爷有什么危险——"

"本王的安危和拯救这些貌美如花姑娘的下半生比，孰轻孰重？"裴缓脊背挺得很直，瞧着她的目光满是鄙视，"谢护卫，做人不能这么自私。"

谢相思又在心里默念了一遍南长老的至理名言，扭了扭手腕走到那群姑娘面前，认命地开口："走吧！我送诸位出去。"

裴缓的脸上露出满意的微笑。

谢相思轻功极好，又有大力士的独特技能，不过一炷香的工夫，那群姑娘就被成功地从后墙运出了天香阁，整个院子空荡荡的，就只剩下裴缓一人。

瞧见她回来，裴缓双臂朝她伸开，胸前的衣襟又随着动作乍开。他长得白，皎洁的月光镀上肌肤，如玉一般让人移不开眼。

谢相思短暂地被迷惑，在听到他下一句话时就清醒了："你上次背着本王跑路真的可难受了，这一次用抱的吧！"

她脚步顿了下，这细微的动作被裴缓尽收眼底，他内心的小火苗又开始熊熊燃烧了。

她就这么嫌弃他，跟他真的得了狂犬病一样嫌弃！

裴缓磨了磨牙，大步迈过去，也不在乎她什么脸色，双臂一勾她的脖颈儿，身子一跳就跳进她怀里。

谢相思下意识地接住他，手正好触上他身后的"尾巴"，毛茸茸的，手感倒是好。

裴缓察觉到她瞬间的僵硬，急吼吼地补了一句："你要是敢把本王扔下去，本王就去解忧帮投诉你！"

谢相思这才缓过神，收了收手臂。

没错了，这是雇主，不能扔，不能扔。

她方才运那些姑娘出去，一来一回力气有些耗尽，每逢快要力竭的时候反应就有些迟缓。放在平时早就能察觉到的脚步声，这次等她抱着狐妖小王爷往墙根边上走才听到后面有人追了上来。

"你们是什么人？别跑！"天香阁的打手看见月门处两个被打晕的守卫，再一抬眼就见一个绿茄子般的人手中抱着前两日刚到阁中的小妖精要跑。几人大喊一声慌忙追过去，那绿茄子"嗖"的一声蹿走，几下跳出视线之内。

"王哥，不光是那个小妖精，这院子里所有的姑娘都被放走了。"

被称作"王哥"的壮汉脸上肥膘颤动，大手一挥："快到后门去截，再找人去绸缎庄问问，看是谁买了那么扎眼的一块布？"

等了没半个时辰，追上去的手下甲就说人跟丢了。

王哥一巴掌把那黑瘦的手下甲抡得就地转了好几个圈才停下。手下甲满眼金花还记得说："不过小乙那边在万和绸缎庄找到了买绿绸子的人，说是从盖州城里来的，还是个大美人……"

王哥又一巴掌，手下甲又转了几圈："长成啥样也没用！"

王哥喘着粗气，恶狠狠地道："叫上兄弟，跟我去盖州城找人。找不到人，咱们都得脑袋搬家！"

"是！"

裴缓这次从长安到盖州来，是为了祭奠他因护卫当今皇帝而过世的父母——镇国将军裴阙和夫人周青缨。

裴家在盖州城中有一处宅子，每年的五月十三，裴缓和裴昭兄弟俩过来都会住在裴家老宅，这次也是如此。只不过裴昭因为去年底远调两江没法回来，这次裴缓就自己过来了。

盖州城不算热闹，倒是离这儿不远的久安镇到处都是玩的，尤其是天香阁，有言"不到天香阁，不知天上仙"。

长安到底是皇都，大家还是比较注重礼法名声的，这主题会的形式还没有传播到长安去，只在偏远地方有，最好的当然还是天香阁。

从前有哥哥在上面压制着，裴缓即使来盖州城也不敢去天香阁，这一次裴昭不在，他算是能一偿所愿了。

甫一祭拜完，裴缓就独自一人拐去了久安镇，并让谢相思十日之后再去找他，千万不要打扰他艳压全场……然后事情就悲剧了。

若不是他竭力反抗，如今可能就被迫堕落风尘了。

裴缓高大的身子缩在谢相思怀里，春风和着花香温柔地拂过他的脸颊，飞奔中，他再一次赞叹自己的英勇果敢，不畏强权。

抱着自己的胳膊有些刻意地紧，勒得他不甚舒服，他蹙着眉一抬头，被吓了一跳，说："你脸怎么这么白？和鬼一样。"

谢相思刚才好不容易甩掉跟来的尾巴，眼下实在是有些脱力。她是真的很想将裴缓扔下去的，但想起他的威胁还有解忧帮的处事准则就默默地忍了。

她没说话，只是腮帮子鼓了鼓将牙关咬紧，微喘着再一个跳步跳到裴家老宅的门口，松开手将裴缓放下的瞬间，身子像熟过头的面条一样软趴趴地倒在地上。

为了低调，裴缓这次就带了谢相思一个人来盖州，眼下也没个人能搭把手的帮着把她扛进去。

若是平时他是绝不会有这个心思的，尤其对方还是一直暗戳戳嫌弃他的谢相思。

可是眼下那个平日里虽板着张脸，但眼角眉梢生机勃勃，明丽到偶尔还让他觉得艳光四射的女人如今一点儿生气也没有地瘫在地上，面色苍白，额上全是汗珠，无意识地轻声呻吟，比之前无力时看着可怜太多。

要不是他威胁她，她可能也不会透支体力抱着他走这么远，说起来还是他的"锅"。

裴缓长这么大，第一次有这种愧疚的情绪，搅和得他浑身都不自在。

"像本王这么良善的雇主，千年难遇我跟你讲。"他嘴上说着，伸手将她拖起来，环住她的腰让她整个身子靠在自己身上。

谢相思昏沉中还想挣扎，但实在是没力气，任由裴缓动作不甚温柔地将她一路带到厢房扔上榻。

裴缓放了手，手臂还保持着环绕的姿势，垂眸看了她一眼。

腰这么细，吃空气长大的？

谢相思这一睡就是大半宿，再睁开眼睛时天刚蒙蒙亮。

为了贴身保护裴缓的安全，无论是在王府还是在这裴家老宅，谢相思都住在裴缓旁边，每日都能听见隔壁那位一清早就吊嗓子的声音，比鸡打鸣都准时。以至于不管她多累多疲乏，每日到这个时辰就总会被叫醒。

今日不是《西厢记》，改唱《湘妃怨》了，听得谢相思鸡皮疙瘩一层层地起。她穿好衣服翻身下床，深深地呼吸几次才推开门走出去。

盖州城人少，又建在千山下，大清早出来，看着鸟语花香，颇有些归隐山林的感觉。谢相思在宅子里四下绕了绕，在后院热身打了套拳，这才又折回主院去。

裴缓已经吊完嗓子，正坐在树下悠闲自在地跷着腿，一见到她回来立刻道："去给本王做点儿吃的，再泡杯茶来，要碧螺春，水要清潭的泉水。"

谢相思道："碧螺春已经喝完了，宅子里只有陈年的红茶，清潭泉水要提前一夜取来煮沸之后自然晾凉了才能用，现在也来不及了。"

"喝完了你不会买？清潭泉水来不及晾凉你不会用嘴吹？什么都用本王想，要你这个护卫有何用？拿人钱财，替人解忧，你这哪里解忧了，分明是给本王添堵来了！"

谢相思深深地看了他一眼，想象中已经将他千刀万剐，面上却还是冷静如常："王爷说得有道理，属下这就去办。"

裴缓皱着眉，心想，她为什么还不生气？

他扬起下巴道："半个时辰之内回来，别忘了你还得贴身保护本王的。"

谢相思嘴角抽搐。

谁看见她刀了？

　

城中有茶庄有点心铺，谢相思想着去碰碰运气看能不能找到碧螺春，才拐出老宅的巷子，一阵有些急的风吹过，巷子口的槐树枝被吹得簌簌作响。

她耳朵一动，呼吸滞住，手摸向腰间佩刀。

裴缓觉得她从前扛着的大刀太丑，给她换了更轻巧灵便的弯刀。

她如常地继续往前走，与几个行人擦肩而过。

她眸子突地一暗，脚下方向一转，顺着高墙攀上去，几个飞身就跳上老宅的屋顶，只听"砰"的一声，门被猛地从外踹开，几个膀大腰圆的壮汉随之冲进来，领头的正是昨日在天香阁看见的那个满脸横肉的王哥。

谢相思有些不合时宜地感叹着，从长安到盖州城，裴缓这招人暴打的人设真是永不倒。

感叹过后，她卸下佩刀，刀鞘猛地一甩，砸到王哥身上，砸得他往后一个踉跄，因体型太过庞大，压得来扶他的几个小弟都"哎哟""哎哟"地叫着倒地。

裴缓在树下坐着，跷着的二郎腿左右交换，胳膊撑着脑袋，一点儿没见慌张。

房顶上一纤细身影落在他旁边，右手一收，刀鞘上的暗线一扯，"唰"的一声，刀身刀鞘重归一处。

王哥一见眼前这姑娘的架势就知道是高手，豆大的汗珠顺着颤抖的脸往下掉。

"这位大哥，怕不是不认字？"裴缓施施然地站起来。

谢相思随意地看了一眼，发现不过是她出去这么一小会儿的工夫，他已经速度地换好了一身衣裳。嗯，还是昨儿个那身狐妖装扮，就是月白色的衣衫换成了绛紫色，还真是够喜欢的了。

　　长尾巴随着他的动作摇来摆去，谢相思的视线随着游走了一会儿直到他站定。他指了指外面，问："这宅子的外面明晃晃地写了'裴宅'两个大字，楷书加粗，还是拿金粉喷的，整个盖州谁不知道裴宅是前镇国将军，如今怀王的老家，你还敢携众来这儿打人，不是没文化就是脑壳儿有问题。看你这样子也不像是脑子有问题的，那就是不识字了。"

　　王哥上下牙直打架，嘴唇张了合，合了张，也没说出连贯的一句话。裴缓伸手揪了揪他的耳朵，说："难道不仅不识字，还是聋子？"

　　盖州城，包括久安镇，甚少有眼生的面孔出现，更何况还是那样的绝色美女，天香阁雇的打手都是地头蛇，很快就查到了那买绿绸子姑娘的去向，就在盖州城内的裴宅。

　　那可是裴家啊，整个盖州地界谁敢来裴家找麻烦，除非不想活了。这活没法干，王哥打算直接跑路，可是……

　　"不，不是我想来……毕竟每年这时候裴家都会回来人祭拜，能在裴宅出没的美人不是裴昭裴大公子的小情人，就是裴缓裴大废物的小情人，我可惹不起。"

　　裴缓一听王哥这话脸色登时沉下去，揪着耳朵的手一个拧紧，说："你说谁是废物？嗯？"

　　谢相思的视线迅速在周遭扫着，不是王哥想来，那就是有人逼他来做这个先锋队伍，好给后续部队创造有利条件。

　　念头在脑中一转，她眼里掠过一道白影。来不及细想，她猛地蹿到裴缓身侧将他扯开，刀落入手中猛地一劈，只听"铛"的一声，细小的火花乍现，刀与从王哥腰侧探出的长剑相碰。

　　来人身形诡谲，速度极快地从打开的大门口移到了王哥身后。

谢相思握住刀将裴缓护在身后，眼睛定定地看着那人，个子不高不矮，长得平平淡淡毫无记忆点。

"若是我没看错的话，阁下这步法身形是解忧帮的'燕归来'。"谢相思道。

那人点头。

谢相思顿时松了口气："既然是解忧帮的人，那咱们就是师兄妹，大家都是自己人，干吗这么打打杀杀的。"

此人身法这么厉害，硬拼的话她自己脱身倒是容易，但是再加上裴缓这个拖后腿的，那就很难了。

那人继续点头，像是在肯定谢相思的说法。

谢相思彻底放心，那人却道："不过既然是这种放弃收对方人头的交易，那怎么着也要是有点儿交情的自己人才行。我知道你，你是天字号十三谢相思，你能说出我的排行姓名我就认你这个师妹。

"我去年七夕的时候给你写情信被你拒绝，你说虽然做不成情人做兄妹也好，还特意问了我的名字。"

谢相思一愣。

那人冷笑一声，长剑已经蠢蠢欲动："就知道你是敷衍我，曾经你对我爱理不理，如今我让你一剑穿到底。记住我的名字，陈大帅。"

就这个名字，她能记住才怪。

谢相思额角又开始狂跳，运力于手臂，环着裴缓就开始跑。

裴缓的面色有些古怪，时不时地瞄向她的眼神里情绪很是复杂。

这个人，不是面对所有人都是说什么都无甚反应的冷漠脸。方才面对陈大帅时那讨好套近乎的笑，那上挑的小眉眼，那放得轻柔的声音……都是他从来没见过的。

裴缓的心头聚起一把无名火，不自觉地便阴阳怪气："因为你的私人恩怨导致本雇主变成落难小王爷，我要去投诉你。"

谢相思嫌他磨叽，干脆像扛沙袋一样将他扛上肩头，左闪右闪地躲着身后陈大帅的攻势，往对面那条街跑去。

虽然裴缓一直说自己特别亲民，出行只带她一人，但是以如今裴缓在越武帝身边的地位，跟着他一道从长安城出来的护卫没有一百也有几十号了，只是为了满足裴缓"亲民"的行为准则，他们一直躲在一条街外守着，之前谢相思出去买菜的时候碰到过几个。

只要过去，就有生机。

可现实却让人无比悲伤，陈大帅几个瞬闪便堵住两人的去路，谢相思将肩上的人放下来。

裴缓一落地，充血发麻的脑子嗡嗡地响，指着谢相思就想开骂，被她一个眼神止住了。

他没见过这样表情的谢相思——

一脸肃色，眼神坚毅决绝，整个人化成一行字：为了理想而献身。

裴缓嘴角一抽："……本王还没死呢？"

她上前一步，和他的距离紧密到快要没有缝隙，她踮起脚，嫣红的唇凑到他面前。

谢相思本就是拔尖的美人，平日里不苟言笑木木的都已经很惹眼，更别说如今这陡然间的妖娆。

虽然场合时间人物都不对，但向来在万花丛中自在游走的怀王殿下，还是没忍住心猛地一跳。

她的唇贴近他，轻声呢喃："待会儿我会引陈大帅从左边跑，只要一出手王爷立即往右侧跑，千万不要停下，王爷明白了？"

这姑娘身上是什么味啊，这么特别。

裴缓鼻翼轻轻地动着，一副心不在焉的模样。

谢相思看着他，咬着牙低喝着："明没明白？"

裴缓心脏又一个狂跳，不过这次是被吓的。望进谢相思眼底头一次出现的厉色，他不由得顺从地点点头。

谢相思这才放心，从他身侧远离，转身，提刀。

裴缓努着嘴，这才觉得自己刚才被谢相思吓得低眉顺眼的样子有些丢人，有机会一定要找回场子才行。

　　那厢谢相思主动出击，刀往陈大帅左侧腰际砍去，裴缓趁着两人缠斗提步就跑。没想到陈大帅手一个交换，右手的剑到了左手，歪着就往路过的裴缓刺去……

　　"要把雇主当成亲爹一样供着。"电光石火间，谢相思脑中闪过这句话，还是每个字带银光熠熠生辉的那种，那字闪得她一个脑热，长刀脱手，人就飞着挡在了裴缓面前。

　　"噗"的一声长剑入肉，整个穿过她的左肩。

　　那剑太快，她还没等察觉到疼，耳畔就有热乎乎的气息一字一顿地说："疼死我了！"

　　穿过谢相思左肩膀的剑尖亦是刺中了裴缓，刺进他左胳膊半寸不到。

　　谢相思无语之际还有点儿想笑，肩膀上的剑骤然拔出，那股火辣辣的疼终于袭遍全身。她咬住牙根忍住想破口而出的呻吟，踉跄着向后继续护着裴缓。

　　她竭力闪开陈大帅的又一剑，已经有些模糊的视线里，对面那条街终于有人发觉这里的异样，几个身形高大的侍卫飞奔着过来。她松了口气，浑身瘫软地往后倒，直接倒在裴缓的胸前。

　　裴缓接住她，眼神凌厉地盯着陈大帅，冷然道："长成这个德行还敢叫'大帅'，给本王砍死这个不要脸的！"

　　谢相思昏迷的最后，听见身后有些小的声音嘟囔着，贴着她耳边发出的："幸亏没伤到脸。"

　　与此同时，她头顶传来一声震天吼："给本王砍死他！"

　　一直守在对面街上的侍卫来得算及时，在谢相思昏迷之后扛起了对抗陈大帅的担子，几十号人勉强和陈大帅打了个平手后还被陈大帅逃了，只抓到了被陈大帅拿来当枪使的王哥和他的几个手下。

裴家老宅的柴房里，裴缓受伤的胳膊已经被包扎好，把那身狐妖的装束去了，穿了一身和纱布同色的月白袍。他最不喜欢的就是这种清清冷冷的素色衣服，可这时候只有穿白色配上纱布才不会显得颜色杂乱。

　　无论处境多么艰难，对装扮的精致追求永不能丢，这是裴缓对自己的底线。

　　"说吧，你们是怎么和那丧心病狂的陈大帅混在一起的？你们也知道，之前本王微服出巡，想体察民情的时候被你们天香阁扣押，还差点儿没了清白，这要是被陛下知道，别说你们一个小小的青楼，就连这整个久安镇都要被牵连。但是本王良善，不想动用皇家势力，只要你们坦诚相待，本王会给你们活命的机会的。"

　　王哥简直目瞪口呆，裴缓隐藏怀王的身份微服出巡是不假，可趁机出去游玩被美化成这样，真的让人窒息。

　　可这话他不能说，只能不住地点头附和，随后竹筒倒豆子一样把能说的都说了。

　　就是那陈大帅找上门，逼他们打头带路去裴家老宅。

　　一开始王哥是拒绝的，但陈大帅当着他的面一剑砍断大堂屋顶，十来个衣着清凉的男男女女从二楼的榻上滚到一楼的地上，断了好几条腿之后，他就从了。

　　"小的也是没有办法，还望王爷大人有大量饶了小的这次。"王哥面上挤出讨好的笑，挤得一脸肥肉震颤，非常不忍直视。

　　裴缓移开眼，倒也言而有信，摆摆手让侍卫将他们几个放了："下次天香阁再有什么好的主题会，记得差个人通知本王。"

　　王哥："小的一定照办。"

　　其实裴缓也没指望从王哥这儿能问出什么来，退一步说，就算被抓的是陈大帅也没用。

他能花钱到解忧帮雇护卫保护自己，就能有人花钱到解忧帮雇杀手来刺杀自己。解忧帮的人都是受过专门训练的，陈大帅咬死也不会说什么。

裴缓在脑海里过滤了一下最近在长安城得罪的人，发现实在太多，范围太大，遂放弃。

裴缓走出柴房的门，侍卫白照匆匆地走来，禀报："王爷，谢护卫醒了。"

裴缓眼睛一亮，脚步加快，速度近乎小跑着往厢房而去。

前日谢相思昏在他身上，肩膀的伤口不住地往外渗血。白照找了盖州城内最好的大夫来，那花白胡子的老大夫看了谢相思的伤口后非常惊奇："这伤放在平常人身上重得都可以致命，可这位姑娘的脉搏却依旧有力，心跳也如常……这，依老朽看，包扎一下按时上药，等醒来再养一段时间就没事了。"

裴缓猜这大概和谢相思独特的体质有关。被送出府外，老大夫还在感叹着："真是骨骼惊奇啊！"

昏睡了两日再醒来，谢相思眼皮微睁，估计连床边站的是谁都没看清，就哑着嗓子道："好饿……"

裴缓吩咐道："去熬碗粥端过来。"

白照应了一声出了门，裴缓站在床边静静地看着榻上这个有些虚弱的女人。

苍白的脸，毫无血色的唇，睫毛不住地颤，却没力气睁开眼。虽说保护他不受伤害是她的职责，但当她像护着崽子的老母鸡一样扑过来，还挨了一剑之后，他心头的各种情绪还是忍不住翻江倒海地翻涌着。

他觉得在这个时候，他应该要站出来做点儿什么了。

"鉴于你这一次的献身，本王封你为王府的第一护卫，日后府中的侍卫就都听你的差遣。"

见谢相思仍迷迷糊糊没反应的样子，裴缓少见地没有奓毛，语气和缓地道："那你休息吧！"

躺在床上挺尸的谢相思的眼皮，随着门合上的声音动了两下，随后睁开。那一双杏眸黑亮，愣愣地望着房顶。

其实就在裴缓进门的那一刻她就清醒了，她半睁着眼看着裴缓走近，若有所思地看着自己。同时，有男声聒噪地说着话，声音就贴在她耳边。

"这女人也就这样手脚都不能动，也不会说话的时候才不会气得我肺炸。"

"不过她长得可真是好看，鼻子是鼻子，眼睛是眼睛的。都憔悴成这样还能看出美那是真美，不过和我比起来，还是有一定距离的。"

"哎，她要是也穿上一身狐妖装扮，我们俩走在一起，全长安城的人都要为之倾倒。"

"等我回长安就找人给她做一套，不穿就去解忧帮投诉她，嘻嘻！"

这个说话的声音，说话的内容，分明就是来自站在她床边的那个人。可她听到这些话的时候裴缓是没有张嘴的，腹部也没有大的异常起伏，所以也不是腹语。

那这声音是从哪里发出来的？

谢相思陷入深深的思考中。

随后，她便听到裴缓张嘴说出的那句话："去熬碗粥来。"

这话和她方才听到的完全风马牛不相及，再之后说的要让她领一府护卫头领的职责，收获小弟无数枚的话严肃正经，还有些感人至深。

可升职加薪都让谢相思高兴不起来，她怀疑自己得了重病，都产生幻觉了，这还不如让她直接为了职业道德保护雇主而死来得舒坦。她盯着房顶的眼睛盯到发僵发酸，泪流满面。

她这一生，光辉灿烂的路还没走几步，就要结束了吗？

白照端着热腾腾的粥走过来，瞧着她失魂落魄的样子，忙道："谢护卫不要担心，咱们王爷向来有情有义，别说你肩膀受伤，就算你全身瘫痪、精神失常，他都不会把你丢下不管的。"

谢相思一怔。

"当年王爷还没封王的时候我就跟着他，爬树摔到了脑子他都没嫌弃我。谢护卫快吃粥吧，我帮你尝尝烫不烫……烫烫烫，我的嘴……"

谢相思心道，果然是摔到脑子没错了。

她绝望地瘫在榻上，不想面对这样的自己，也不想去见什么人，就每日睡了醒醒了睡，黑白昼夜都颠倒了。

裴缓这次倒是说话算话，说让她好好休息，就一次也没打扰她。没了他在耳畔叽叽喳喳，好像周遭更凄凉了一些。

又是一夜来临，谢相思瞪着一双炯炯有神的大眼睛，丁点儿睡意也没有。

窗外下起了雨，这一场雨又急又大，噼里啪啦地砸碎院子里所有还在开的花，也砸得谢相思情绪更加低落。

她不知道这个病除了幻听，还有什么别的征兆，但试问一个有病的人又怎么能保护好雇主？

谢相思遇到了职业生涯的最大危机。

她幽幽地叹了口气，耳畔那男声又开始嘟囔了："想吃贵和斋的酱猪蹄，蒸得半熟的猪蹄上刷上蜂蜜、酱汁，上火烤到皮微微发焦，放凉之后从中间切开，配上米酒，啊，人间享受……盖州城谁家酱猪蹄做得好呢？"

那一声"啊"说得十分销魂，听得一日只喝了半碗白粥的谢相思口水都要流下来。

幻个听还要在深夜忍饥挨饿，她活着还有什么意思？

她痛苦地咂着嘴，窗外一道黑影闪过。白照的声音有些大，穿过雨声直直钻进谢相思的耳朵里："那个谁，快出去瞅瞅哪家饭馆还开张，王爷想吃酱猪蹄了！"

谢相思精神一振。

裴缓叫人去买酱猪蹄，那她方才听到的就不是幻听，是真的裴缓发出来的。

再加上之前她听到这种声音时裴缓没张嘴……

她难道能听到裴缓的心声？

但这也太奇怪了。

谢相思坐在床头，从夜色朦胧看到天光大亮。

她决定找机会试探一下裴缓，再作打算。

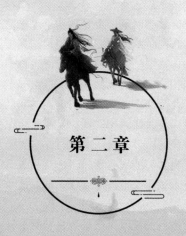

第二章

觊觎之心

谢相思还没来得及想怎么试探，裴缓就想她所想，急她所急，主动送上门来了。

第二日一早，裴缓时隔半个月再次出现在她眼前。

他穿着和纱布同色的白袍，看着还是病恹恹的样子，其实他自己胳膊上的伤口很浅，不过七八日便愈合了。

裴缓倚在谢相思床边的靠椅上，低低地咳了两声，白皙的面庞因低咳染了几分红意，颇有些病美人的我见犹怜。

谢相思靠在床头，四目相对间，她紧张地在被子里握紧拳头，面上却还淡淡的。

两个人对视良久，裴缓叹了口气："虽说本王这个人讲理又良善，但你是本王花大价钱雇来保护的，如今保护得本王伤成这样——"

他说着指了指自己被纱布层层包裹着的手臂，继续道："这个你要负责的吧！"

谢相思的体质惊人，半个多月就已经能活动了，只是为了伤口长好不留后遗症才多在榻上躺了几日。她靠在床头，面上无甚表情，点点头："这个是属下的错，请王爷责罚。"

"认错态度还算良好，本王心甚慰。你拼死救了本王，本王封你做我府中侍卫的老大，这样就算是相互抵消了。那如今就只剩下你没保护好本王这件事了，这件事对本王纯洁的心灵产生了很恶劣的影响，本王这几日天天做噩梦被人追杀，你得做点儿什么事来补偿本王。"

这逻辑听起来哪里不太对劲儿的样子，但谢相思也没有反驳，只是定定地盯着他，听他的心声叫嚣了一阵，平静下来之后才"哦"了一声，不耻下问："王爷想让属下做什么来补偿呢？"

她的眼睛又黑又亮，看着他的眼神微妙得很，让裴缓有种被她看穿一切的心虚感。

裴缓轻咳一声，正正经经地道："白照查到了些陈大帅的蛛丝马迹，他貌似又在久安镇出没了，而久安镇和他有所关联的就是天香阁了。你如今伤也好得差不多了，本王想让你随我到天香阁走一趟，本王要亲眼瞧瞧才能安心回长安。"

裴缓刚说完，就又有声音叽叽叽地响起：

"后日晚上天香阁的主题会是'仙境再临'，要求要携伴儿出席，错过这一次，要等一整年！"

"谢相思这脸这气质，不用扮就是仙女本仙！这次的装扮第一名还给奖品，是一扇孔雀开屏的尾巴，我早就想要一扇了！"

谢相思的眼定定地盯着裴缓的薄唇，确定再三，这声音确实不是从他嘴里发出来的。

那就只有一种可能，魔幻又现实的可能，她的思绪陡然变得复杂。

"谢护卫，怎么不回话？"裴缓等了良久也没等到谢相思的回复，语气有些不耐烦。

谢相思心中冷笑，面上状似遗憾地叹了口气："属下也想随着王爷过去，可属下的功力还没完全恢复，若是碰上陈大帅的话，很难保全王爷能全身而退。所以为了王爷安危着想，还是让白照他们陪您去吧！"

裴缓的面部表情瞬间冻住，以谢相思这种尽职尽责到为了保护他能豁出性命的架势，他完全没想到她会找这样的理由来拒绝他。

而且他还完全找不到反驳的点！

裴缓脸色一阵白一阵青，最后彻底黑了，他霍地站起，几个字像是从牙齿缝儿里挤出来的一样："那、你、好、好、养、伤、吧！"

每个字都生硬得像是他手里捏着一把小石子，一个一个地往谢相思脸上砸。

他风风火火地离开，等人影彻底从视线中消失，谢相思还能听见愤怒的男声一路飘走："白照那气质只能扮个赤脚大仙，就这样怎么得第一！还解忧帮出来的，根本没替我解忧！等回长安我就写信到解忧帮去投诉她！"

谢相思揉揉额头，觉得以裴缓这日日想投诉的做派，这一单她应该是干不长久。

不过好在，裴缓今日来，让她心上的一块大石头落了地。

她可以完全确定，她是真的能听见裴缓的心声，而不是得了什么绝症。

她是在受伤之后才有这样的技能的，陈大帅的那一剑穿透她的肩膀，也刺进了裴缓的胳膊，他俩被串成了糖葫芦，来了个对儿穿。

那一刻，她就听见裴缓的一句"幸亏没伤到脸"。

这句是贴在她耳边响起的，可裴缓人在她上面，正常的发声来源应该是从她头顶。

现下谢相思明白了，当时她的耳朵贴在他心口，听到的是他的心里话。

可能就是因为同时受伤，血液相融，才会让她能听得见裴缓的心声。

方才她试探裴缓的时候也特地留意了一下，裴缓是听不见她的心声的，换言之，日后无论裴缓想搞什么幺蛾子，她都能一清二楚。

这样就能避免影响她的保护事业，甚至假以时日掐住裴缓的命脉让她听自己的也是有可能的……如此想来，这次的受伤还真的是值得的。

这些时日笼在心尖的阴霾一扫而空，谢相思露出笑容，舒舒服服地重新躺了回去。

"看来上天待我还是不薄的。"

谢相思的婉拒，没能浇灭裴缓内心对孔雀尾的向往。

他将那十来个侍卫都叫来，排排站地立在他跟前，视线挨个扫过去，眼瞧着那一张张脸，嫌弃得他眉头皱得都能夹死苍蝇。

回头他要和陛下说一声，再派侍卫保护他要派几个长得好看的，不然会影响他的心情。

来回转了好几圈，裴缓终于挑了一个相貌勉强算得上是清秀的侍卫小哥出来，准备带去天香阁姑且试一试，看自己的精致颜值能不能匀一点儿分数给这小哥。

谢相思全程就坐在窗前看着，听着裴缓那精彩纷呈的心理活动。

从前他想方设法找她碴儿的时候，估计内心就是这样九曲十八弯的吧，这人如果能把这样扭曲的心思放在正地方，我大越就会多一个社稷柱石，朝堂肱骨了。

裴缓拉着侍卫小哥去试妆，谢相思翻出之前遮脸的绿绸子，决定还是暗地里跟着裴缓走一遭。

所谓助人为乐，看着裴缓吃瘪而快乐，和帮助裴缓保持安全状态，这本身是不冲突的。

仿佛是老天爷都想看热闹，为了呼应这次的神仙主题，黄昏时分久安镇就起了雾，白茫茫的一片仿若仙境。

天香阁所在的那条街上，放眼望去全都是赶去参加盛会的俏姑娘俊公子，一个个裙摆飘逸，流苏坠地，仙气飘飘。

"哟，这不是白霞仙子嘛，赶去参加蟠桃会？"

"嘿，重台上神，好久不见又英俊了。"

谢相思听着这台词，有一瞬间还真的以为自己是在天上，不得不说，这些人真的入戏太深。

"咦，这位仙子很面生啊？"

一位"仙君"摇着羽扇凑过来，一笑脸上直掉粉。

谢相思扯着嘴角娇娇地一笑："小仙是刚刚飞升九重天的，对这儿还不熟悉，仙君眼生是正常的。"

那"仙君"一双眼顿时亮了又亮："不熟就好，不熟本君就可以带着仙子四处逛逛。"

"不必……"

"走走走，不必客气，这儿我最熟了。"谢相思的话刚说半截就被截住，这人热情地拉着她一同往天香阁走。

她如今是偷偷地跟着裴缓来的，也不想挣扎太过引人注目，忍了忍就跟他一起走了。

掉粉仙君脸上的那种色欲熏心的表情她见得太多了，谢相思很后悔自己出来时放弃绿绸子，而是买了套鹅黄色的纱裙换上。如今她只能拿大大的团扇遮住下半张脸，一边盯着裴缓二人的去向，一边心不在焉地敷衍着掉粉仙君。

裴缓自出现在天香阁里就立时惊艳全场，谢相思眼瞧着他在大堂游走，姑娘们的视线一路跟上，寸步不离。

本就是那样惑人的一副皮囊，今晚又特意装扮，上好的紫色真丝长袍颜色极正，用料讲究，在灯火掩映下泛着淡淡光晕，头上只松松地挽着发髻，用一根同色发带系着，长长的一截垂下来，仙风道骨，又艳丽魅惑，这本该矛盾的两样气质在他身上得以完美地合二为一。

别人不知道，常欢自然是一眼就认出了这人就是之前放后院姑娘们走的那"不听话的小东西"。

可王哥已经同她说了发生的种种，她自是知道这人就是裴家的二公子，当今的怀王殿下。眼见着这尊大佛又来了，她忙娇羞着笑着凑上去："这楼里这么些个神仙，就数这位爷最有仙气了，您该不会是真的仙君下凡吧！"

裴缓嘴角一勾道："还算你有眼光。"

"奴家看人的眼光可一直都准得很呢……"常欢掩着唇，和裴缓笑作一团。

谢相思恍然，瞧这样子，就算侍卫小哥拉低平均分数，裴缓也能得第一，赢走他心心念念的孔雀尾。

这不是谢相思自己冤枉常欢拍马屁，而是方才裴缓自己心里说的。

"今儿个还有个装扮的比赛，得第一还有奖品呢，但要两个人参加才行。我看仙子也是一个人，我刚好也是一个人，不如咱们凑个对儿去参赛，奖品对半分如何？"

掉粉仙君跃跃欲试，谢相思抹了把脸上沾的香粉，斜睨了他一眼，说："奖品是孔雀尾，对半分，难道要一人拿一把羽毛走？"

"没错啊，快入夏了这东西做扇子最好了。"掉粉仙君自认内敛地一笑，"不瞒仙子，我就是天庭专门负责做扇子的仙君。仙子如果将羽毛交给我来做扇子，我给你打对折。这孔雀的扇子难得，也就只有仙子这般貌美之人配用。"

谢相思感叹这久安镇真的，处处都是人才，说话又好听。

所以他方才见到自己的那个笑，不是贪恋她的美貌，而是垂涎上好做扇子的材料。

谢相思无语片刻，才找回自己的声音："那你怎么能保证一定能得第一？"

"山人自有妙计，仙子且坐等躺赢就是了。"

行吧！

不一会儿，大堂最东侧就摆了张长几，上面笔墨纸砚齐全，想参赛的人在上面签上名字就算报名。

因为是主题会，众人都报的是神仙名。譬如裴缓的"清英帝君"，清秀又英气的意思，再譬如这掉粉仙君的"羽扇上仙"，真的是爱扇如命了。

谢相思左手掩着团扇遮着脸，右手拿着笔随意地写了个名字上去，羽扇上仙轻轻地启唇："思思，可真是好名字。"

——"这人怎么瞅着这么眼熟？"

谢相思刚要应羽扇上仙，就骤然听到裴缓的心声，她呼吸一滞，眼皮轻抬悄悄地朝裴缓看去，果然撞进一双满是探究的眼。

——"她不是说不来吗？"

谢相思心突突直跳。

——"看这腰的细度还真的挺像她的，但是也不一定。"

谢相思提起的气又放下，那声音又道："待会儿有机会亲手量一量，毕竟我抱过。"

谢相思："！"

裴缓这短短的心理活动，成功搅得她一张白皙的脸涨得通红，连耳根子都要烧着了，恨不得现下立马就跑出去。

幸亏羽扇上仙解围，拍了拍她的肩膀，将她叫到一旁去脱离了裴缓的视线，才避免她继续受他心声折磨。

"待会儿我数一、二、三，你就闭上眼睛，再拿这个捂住口鼻。"羽扇上仙递过来一张摸起来冰冰凉的丝帕，"你默念到十再睁眼，就是见证奇迹的时刻。"

"你以前是变戏法的？"

"仙子慧眼。"

她按照他说的指令行事，却留了个心眼儿，在捂住口鼻前屏住气息。默念到十之后，她睁开眼，整个大堂的人七七八八地倒了一地，而那个创造奇迹的羽扇上仙正抱着一整个孔雀尾往门外冲。

他说的"躺赢"真的没错了。

他打算让她躺，自己赢。

谢相思眯了眯眼，抬腿勾了个凳子，使了力气猛地一挥，凳子四分五裂，直直地朝着羽扇上仙后脑勺砸去。

那飞起的凳子"呼呼"地像是带着风，羽扇上仙虽闪得快，但还是被一条凳子腿儿擦着脸颊划了条长痕，还没等他喊出一声疼，一柄刀鞘已经抵到他的咽喉处。入目是一只白皙修长的手，因攥着刀骨节用力，青色的血管若隐若现。再顺着往上看，撞入一潭墨色的池水中。

忽而，那池水起了波澜，刀鞘更逼近一寸："哟，上仙这是要去哪儿？咱们怎么着也是搭档，这么卖队友抢东西可不

· 034 ·

好吧？"

谢相思眼见这人定定地看着自己，呆呆愣愣的模样，心头火四起。

这摆明了就是在装傻，是在看不起她的智商？

谢相思冷冷地一笑，"唰"的一声刀刃出鞘半寸，折着烛火的亮度晃进羽扇上仙的眼，他像是终于回过神来，垂眼瞄了瞄脖子上的剑，又抬头看了看谢相思。

"都是江湖上混的，今日这事阁下是想公了还是想私了，给句话，我好……喂，喂喂，你干吗？"

羽扇上仙长了一双炯炯有神的大眼睛，此刻这双眼毫无征兆地开始噼里啪啦掉眼泪。谢相思还没有见过有人能哭成这个样子，眼泪和洪水决堤一样，只是须臾满脸就湿漉漉的。他本身涂了好几层的粉，遇了水便溶解，那一张脸变得和鬼画符一样。

在裴缓身边有一段时间，谢相思对待周遭事物的感觉也有点儿被影响。

太丑的东西，实在是看着闹心。

她掏出锦帕递过去，蹙着眉："装傻不成就开始卖惨？我也真的好奇阁下师出何门，竟能在短短时间内玩出这么多的花样，我……你……"

羽扇上仙抽泣着将脸擦干净，擦掉那一层油腻的皮，露出一张清秀得过分的脸。

当然，身边有裴缓那样的人在，这张脸不足以让谢相思失神。她短暂地失语，又上下打量了他片刻，看着顶多也就是十四五岁的年纪。

江湖中人，欺负小孩子可不提倡。

羽扇上仙将她的反应尽收眼底，紧紧地攥着那孔雀尾，别开脸，倔强得脖颈儿上青筋都要暴起了："我娘得了古怪的重病，镇子上的大夫都没办法，我到处去翻医术古籍之后找到了一个方子，需要上好的孔雀尾碾碎入药。我们这地方穷乡僻壤的，只有野鸡，哪儿有孔雀。我本来都要放弃了，突然听说天香阁今天举办的主题会上头名的奖品恰好就是孔雀尾，可我又怕比不过旁人拿不到第一，就干脆用了这个办法……我只有这一个机会，为了救我娘，我只能这么做。"

之前沉沉的声音如今沙哑青涩得很，谢相思心道，又是一个有情有义的好少年，古有王祥卧冰求鲤，今有羽扇上仙卖队友换孔雀尾。

谢相思没见过亲生父母，对这样的母子亲情又陌生，又羡慕。

若是大度地放他走，有一半的概率可以挽救一个人的性命。

他们解忧帮中都是要钱不要命的人，习惯行走在不见光的黑暗里，活得像是鬼。若是偶尔在和自己任务不冲突的情况下能救救人，也算是为自己积点德，体会下做人的感觉。

短短时间里，谢相思下了决定，指尖一动，刀刃收回刀鞘，后退两步。

羽扇上仙察觉冰凉的刀移开自己的咽喉，满眼不敢置信地望过来："思思姑娘……"

这张脸叫自己叫得这么亲密，可真是犯罪。

"你叫我思思姐姐好了。"谢相思摆出一副慈祥脸，扯出一抹笑，"今日你是碰到了我，换成旁人非要拉你去深巷子谈谈人生不可。你快些回去给你娘治病吧，对了，你叫什么名字？"

"傅清明。"他凝眼在谢相思唇边的笑，不自觉地就把底给漏了，他怔了怔，随后不动声色地后移半步，深深地鞠了一躬，面上感动非常，"多谢思思姐姐成全我，等我治好我娘，一定报答思思姐姐的大恩大德。"

"快些回去，别耽误了。"

傅清明重重地点头，捂着脸不让自己再哭出来，转身飞快地跑出天香阁。

在跑出三条街后，傅清明停在镇子上的小桥边。

浓雾散开，有弯弯月挂在天上。

傅清明执着孔雀尾，扇了两下，一下子笑出声："这种鬼话也会信，还说自己是混江湖的，连一点儿提防之心也没有。"

他回身看了看天香阁的方向，笑意更深："多谢了，思思姐姐。"

另一边，谢相思在目送走傅清明之后，折身往裴缓身边走，怕他方才骤然昏倒之后被什么东西硌死。

"傅清明，傅清明……这名字怎么这么耳熟？"谢相思想了会儿没想到，遂放弃。

她探出手指放在裴缓鼻下，温热气息均匀裹过来，看来是没什么事了。

所谓祸害遗千年，就是这个道理了。

她想先离开这个是非之地，毕竟她是瞒着裴缓偷偷过来的，若待会儿他醒了看见她惯例冷嘲热讽倒是小事，他肯定会把自己没得到孔雀尾的锅甩在她背上的，那就麻烦了。

谢相思起身往门外走了几步，却走不动了。

为了符合仙气飘飘的设定，她这件裙子拖着长长的裙裾，衣袖宽大得快要坠地，此时有一只手拽住了她的衣袖，像是抓住了钓鱼时的渔线一样，双手交叠着往自己那里扯。

不用回头谢相思都知道是谁在扯着自己，她下盘站得稳，不管他怎么扯都只是扯得她身形微晃而已。

如今无外乎就是两种情况。

一是裴缓已经醒了，抑或是从来都没晕倒，只是装模作样等着她露马脚。

二是裴缓还没醒，如今这样子只是疑似梦游的征兆。

若是第一种，那内心排演这么一场大戏，她不会一点儿也听不到他的心声，谢相思正严肃认真地往真相靠拢，忽而察觉那双手扯着她的衣袖开始来回荡着，那张平时她恨不得一日堵上八次的嘴咿咿呀呀地唱了起来："落花落叶落纷纷，终日思君不见君，肠断断肠肠欲断，泪珠痕上更添痕……"

谢相思听出来了，这是《湘妃怨》，看来他真的是还昏迷着。

谢相思听得头皮一麻，想起每日清晨被这曲子支配的恐惧，小腿肚子都跟着发软。

裴缓那扯来扯去的力气没减，谢相思腿软了这么一下之后，直接被扯得一个趔趄，结结实实地倒在裴缓身上，压得裴缓闷闷地"嗯"了一声，近乎贴着谢相思的耳边发出的。

谢相思耳根子一热，又怕他被压醒，手撑在他胸前手忙脚乱地要起来。裴缓嘴巴嗫嚅着什么，双臂搂在她纤腰上，左右轻晃着，声音比方才难听多了："同饮湘江水，梦魂飞不到，所欠惟一死，入我相思门，知我相思苦……"

谢相思额角青筋习惯性"突突"地跳了两下之后，手绕到腰际掰开他的手甩到一边，实在是没忍住，顺便补了一脚，狠狠地踹在他小腿骨处，踹得裴缓又是一声"嗯"。

谢相思咬咬牙，离开了这是非之地。

裴缓迷迷糊糊的，手还保持着方才的姿势。

"王爷，王爷！"白照身体素质好，醒得比寻常人都快，睁开眼一看"横尸"满地，忙手脚并用地爬到自家王爷身边，"扑通"一声跪下，涕泪横流，"我的王爷啊，你怎么就命这么苦哇——"

他鬼哭狼嚎着，一边哭还一边摇。裴缓硬生生地被摇醒，睁开眼，略有些呆滞地看着房顶。

"王爷你没死，老天有眼哇——"

"闭嘴。"裴缓抬手捂住白照的嘴，侧眼看着一屋子横七竖八的人，揉了揉发胀的额角。

他只记得他正在盯着那个手执团扇的"女仙"的腰身发愣，随后便闻到一股兰花香气，再之后他便没了意识。

裴缓审美高度自认无人能及，一般人他看不上眼，所以对待一些格外突出的人他就记得特别清楚。

比如临安王孟云客的那双腿，笔直细长；再比如，谢相思的腰身，纤细到不堪一握，又因常年习武，脊背挺直，腰背那一条线圆润美好，每次一转身他就忍不住多看两眼。

所以，他觉得那个人十有八九就是谢相思，但如今人不在他也不好求证。

裴缓低头看了看自己的手，总觉得方才的迷茫里他抱住了那段心心念念的腰身，难道是自己疯魔了？

更疯魔的，是自打他苏醒，就萦绕在耳畔的声音。

女声清冷，还带着些平时听不到的焦急难安："老天保佑，让怀王千万不要把这事甩到我头上，信女甘愿吃素一个月，求求老天爷，救救孩子吧！"

裴缓皱紧了眉，视线还在大堂中睃着。

"啊！那孔雀尾不见了！"

常欢睁开眼，一声尖叫，震碎裴缓的疑虑。他缓缓地抬头，眼中红意满布，像极了嗜血的杀将。

"夺我孔雀尾者，虽远必诛！"

白照奇道："王爷知道是谁抢的了？"

裴缓冷笑一声："不知道，但本王可以把这事甩到别人头上。"

怀王一出手，久安镇平日只知道收商家保护费的王捕头强打精神，大半夜带着手下挨家搜那抢了天香阁东西的人。

裴缓自己则回到裴家老宅，踏进院门时耳边已经听不见那焦灼的女声。

裴缓愣在门口，站了一会儿，揉了揉额角。

他想方才大抵是那迷香的后遗症，用后会出现短暂幻听，如今香气被清风吹散，一切就又都恢复了。

久安镇不大，没两日"胆大狂徒在天香阁中下迷香，企图谋害微服出来体察民情的当朝怀王殿下，而谋害不成顺手牵走天香阁中的镇阁之宝"的消息不胫而走，所有人便都知晓怀王殿下体恤民意驾临久安，以及天香阁中丢了样东西。

具体是什么衙役没说，只说很特别，很贵重，若是谁见到鬼鬼祟祟的人，举报有大奖赏！

王捕头也实在是没脸说，怀王殿下让人一定要找到的，是换装用的孔雀尾。

"王捕头，镇东没有发现异样。"

"镇西也没有。"

"镇南也……"

"行了，以后没什么消息就不用和我说了，听一次脑袋疼一次，没有就继续找！"王捕头去年才从别处调到久安镇，原本以为这地方小没什么事，能在这里安然到老，拿点儿退休金去安享晚年，可谁曾想居然会碰上这种事！

前日深夜，天香阁出了事，他带着手下寻了一夜无果之后，天亮去裴家老宅回话。

虽说久安镇天高皇帝远，但裴缓实在是太出名，他不想知道也不行。找遍大越皇室宗亲，都找不到任何一位比这一位还要难搞的。在去裴宅之前，王捕头就内心忐忑，见了人之后裴缓果然没有让他失望。

裴缓悠闲地坐在座椅上，眼皮轻抬，道："王捕头，本王问你，捕头的职责是什么？"

"维护城镇治安，保护镇中百姓的安全，绝不放过一个坏人！"

"嗯，答得好。"裴缓又问，"那本王，可算是久安镇的人？"

王捕头额上汗津津的，沉重地点头道："裴大将军出身盖州城，我久安镇在盖州城旁边，这些年沾了不少光。王爷是裴家公子，就是久安镇的恩人，自然算是久安镇的人。"

"那本王和你分析一下。"裴缓一边说一边掰手指头，"本王出了事，自然就是因为你没能保护好镇中人安全，也就是本王的安全。除了本王，天香阁还倒了那么多人，阁中的至宝孔雀尾丢失，这就是你没能维护好城镇治安。至于绝不放过一个坏人……事件已经发生三个时辰了，凶徒呢？人呢？"

"下官，下官……"

"一条都挨不上，还敢大放厥词谈什么捕头的职责！本王若是你，赶紧找块硬点儿的冻豆腐撞死算了！"

可怜王捕头七尺大汉，被骂得浑身发颤，还不敢还口。

最后，裴缓眼一凝，中气十足地吼了一声"滚"，王捕头立时如蒙大赦地滚了。

回想起被痛骂的惨烈，王捕头又是一个哆嗦，招呼手下："别杵着了，赶紧找吧，希望这尊大佛赶紧回京，不然咱们都没好日子过。"

众人顿时心有戚戚然，哀号遍野。

这厢一群人丧眉耷眼的，那厢的裴缓也没能舒缓一下心中的烦闷，反而愁更愁。

那夜从天香阁回来之后，他失眠发呆了大半宿，手臂不自觉地就会抬高，像在抱什么一样成环绕式顿在半空。

裴缓自认自己除了嘴毒爱讽刺人，是没有什么神经病的爱好的，他会一直重复这个动作，肯定是在不久之前他做过。但是这个腰身，这么细，估摸着就是他抱过在天香阁看到的那个"思思仙子"。

最后众人苏醒时，他找人对过名单。阁中缺了两个人，一个是"羽扇上仙"，另一个就是这个"思思仙子"。

这名字当然都是瞎扯出来的，但是这两个人就很可疑。

一个疑似抢了孔雀尾，一个疑似嘴上说病没好，身体很诚实偷偷地跟踪他去了天香阁。

不管哪一个，都是罪大恶极！

他让王捕头去抓"羽扇上仙"，这些小地方的官员都是一个德行，不给压力就不会卖力。

而他自己，则巧设计谋，打算拆穿"思思仙子"的真面目。顺便也能问问，那夜众人昏迷之后究竟发生了什么，可能会对抓凶徒有帮助。

裴缓想得很美，现实却让他很绝望。这两日，他想了五六种方法企图抱一下谢相思的腰身，来确认自己内心所想。但是每一次谢相思都像是有所感知一样，总能逃脱他的魔手。

如果他趁着她病弱强行把她按倒，随后搂腰之……

这实在是太猥琐，裴缓是干不出来这种事情的。

他又叹了一口气，像盯着仇人一样盯着谢相思紧闭的房门，努力地思考。

屋里在榻上躺着的谢相思屏住呼吸，伸长耳朵仔细地听着裴缓那复杂扭曲的心理活动，越听脸越红，心跳得越厉害。

——"谢相思嘴上说不要，身体很诚实地跟着我去天香阁的目的，只会是保护我。可她本来就是专门雇来保护我的护卫，何必干这种脱衣服洗手的事情？"

——"哦……她不会是暗恋本王吧，但又觉得配不上本王，只好时时刻刻地站在远处偷偷地仰望本王的风姿。"

——"也是，试问谁能抵挡本王的风采？又有哪个对本王没心思的姑娘能毫无心理负担地主动把身体依偎在我的怀里让我抱，一定是这样的！"

谢相思无语。

——"既然是这样，那我就不必这么费尽心机地找机会抱她，只消打扮得英俊世无双，让她看一眼就忍不住爱心泛滥，扑将过来就好了，本王，天之英才也。"

打定主意的裴缓脚步欢快地出府去找人现场量身做新衣裳了，谢相思从床榻上翻身下来，捂着胸口差点儿呕出一摊血来。

既生她，何生裴缓来折磨她！

看来就算她能听到裴缓的心声，也抵挡不了裴缓作妖的步伐。因为裴缓这个人，就是妖本身。

谢相思缓了几口气，耳畔听见一声利刃破空的声音，"啪"的一声钉在窗枢上。她推开窗，拔下飞镖，上面钉着一张字条。

——欲寻孔雀尾，黄昏时分城南雨花巷碰头，机会只此一次。

那飞镖钉得很深，出手的应该是个高手，前脚裴缓心里说等着她上钩，后脚就找人来试探她。

不愧是那个心思九曲十八绕的怀王。

她伸手将字条揉搓成团，随便扔到一边，琢磨着找个合适的时机跟裴缓将天香阁的事情掐头去尾，添油加醋地说一下。

真是作孽啊！

入夜，谢相思好好地梳洗了一番，换上了只穿一次就收起来的鹅黄色的衣裙。她平日里都是英姿飒爽的男装扮相，旁边也没什么首饰，便随手挽了个桃心髻，用平日束发的白玉簪固定。而那张脸不用点胭脂，便已经够清丽。

打点好了之后，她深深地呼吸几次，才提步往外走。她一推门，门刚好撞上从府外甫一回来就赶来见她的人，"啪"的一声，打得他摔在地上，半边身子被门打麻了，另半边身子被地撞酸了。

"你没长眼吗你——"裴缓怒得要上房揭房顶，可一抬眼，那满目狰狞顿时就僵住。

谢相思就穿着那日那件裙子，整个人飘逸得仿若画中仙。有文化的称之为"倾国倾城"，没文化的人也会感叹一句"可真好看"。

"王爷你没事吧？属下不是故意的，王爷快起来。"

她伸手过来扶他，声音带着少见的温柔，他方才的满腔怒火顿时散了大半，任她动作着。

"属下本来也是要去找王爷的，属下想和王爷坦诚一件事情。那日王爷去天香阁之后，属下觉得身为护卫，以自己生病为由就不出任务实在是不像话，但又不想王爷觉得厌烦，就一直跟在王爷身边，混进天香阁暗中保护。之后天香阁点起了迷香，有人趁机抢走孔雀尾，属下察觉便立马追了上去，但可惜并没追得上……"

所以你那些什么抱抱，什么暗恋，都是鬼扯，全都是！

裴缓方才神思放空，渐渐地被她这番话拉得回归现实。他微微地垂着头，她正弯着腰，这个角度，他能看得见她细白的皮肤上沁出的两颗汗珠，顺着脸颊缓缓往下游走。

裴缓的喉中有些干渴，他干咽了一下，心下却觉得无比烦躁。

"如果你所说是真，那以解忧帮出来的护卫的准则，白日里你看到字条的时候就应该立刻起身前往城南雨花巷去替本王把孔雀尾夺回来。可是你没有，这说明什么？这说明你要么根本就不想替本王尽心，要么就是知道是谁偷了东西但是不说！"

裴缓越说声音越紧绷，手抓着她的衣襟往上提。提了一下却没提动，他尴尬得眼睛都要冒火了。

裴缓没看地上的字条却知道那字条上的内容，他果然是在试探她。

谢相思肯定自己机智之外，有些奇怪。

在裴缓走后，她没听见裴缓的心声有什么关于试探她的九曲十八弯的复杂内容。难道他是个情绪很稳定的高手，搞这种试探都不用过心走脑子，直接随手就安排的？

裴缓又提了两下还是没提动，谢相思听见裴缓的呼吸已经粗了，只好认命地缓了力气，任由他将自己拎起来，近乎和他平视。

裴缓冷着脸，咄咄逼人的姿态："谢护卫，回答本王的问题。"

"属下……"

"咻"的一声，利刃破空，离谢相思的脸只有半寸距离而过，钉在窗枢之上，和午后的那枚位置一模一样。

谢相思看了眼裴缓，轻松地卸开他禁锢自己的手，脸也跟着冷淡下来："王爷又派人射飞镖做什么？是打算属下不说实话就随时结果了我？我们解忧帮虽不是什么名门正派，但好歹也是有头有脸的，属下劝王爷，就算想动手，也要考虑清楚！"

她声音有些冷冽，因莫名的怒气整个人眉眼都飞扬起来。

裴缓又因她这个不常出现的神情愣了愣，心道，她这样可真好看。

　　随后，他就见对面那个扬着下巴的清冷美人，脸腾地红了，可能是要被气疯掉了。

　　裴缓觉得自己应该做个人，转移了视线，走到窗枢下："这飞镖不是本王派人射的。"

　　谢相思一怔，耳畔又是一阵风刮过，她一手拉着裴缓护在身后，从宽大及地的长袖中抽出刀，瞳孔微眯，刀行如飞花。

　　"啪！"又一片从外射来的飞镖被打落。

　　"来人，保护王爷！"谢相思厉声大喝。

　　院中侍卫倾巢而出。谢相思松开裴缓的手冲出去，忽而手腕一紧，是裴缓的手反握住她的。

　　"行事要当心。"他难得地认真，一双眼灿若繁星。

　　谢相思被盯得愣住，心下淌过一阵暖流，也不记得之前怎么想手刃他，点点头应下，循着飞镖射进来的方向，飞身而出。

　　紧跟着，絮絮的男声再一次灌入她的耳朵里。

　　——"话说得义正词严，可她这么奋不顾身，怎么可能对本王没有觊觎之心？"

　　刚飞到墙边的谢相思一个趔趄，差点儿跌下来，成为解忧帮第一个因为雇主脑补太过而死的弟子。

第三章

心灵相通

谢相思顺着东南方向追出去，恰好瞥见一抹青蓝色自街角消失，便立刻提步追上去。

她的轻功算好的，但那人的肯定在她之上，等她追不上的时候那人会刻意放缓两步，让她每一次转弯都能恰好地窥见他衣摆一角。

谢相思越追心里越凉，她的脚步再一次缓下来，暗叫一声不好，转身往回跑。

调虎离山之计，裴缓有危险！

与此同时，裴家老宅。

裴缓仍立在谢相思房门前，无比自信的他，第一次怀疑人生。

院中槐树已经过了花期，只剩下疏疏密密的枝叶，随着清风轻摆。他脚下有些虚浮地走到树下，勾着树枝摘下一枚叶子，掏出锦帕擦拭干净，凑到唇边猛力一吹，发出尖刺难听的声音。

即便是这么难听的声音，还是挡不住他耳边一直说话的那个女声。

那声音很熟悉，只不过比他平日里听到的，要内容丰富，情感逼真得多。

——"没想到看着这么人畜无害的少年心思这么阴沉，把我耍得团团转，我今天一定要活劈了他！"

裴缓拿双手的食指往耳朵上堵，也抵挡不住那魔音一般的声音。

他突然想起那夜天香阁中，他从昏迷中醒来时听到的女声，和这个声音一模一样。

——"老天保佑，让怀王不要把问题甩给我，信女甘愿吃素一个月，求求老天爷，救救孩子吧！"

是他想抱谢相思想得魔怔了？

白照正双臂张开，一个白虎掏心，再双腿岔开，一个青龙摆尾，结结实实地堵在他身前保护他，模样和唱戏的差不离。

裴缓一只手从耳朵上挪开，拍了拍白照的肩膀。御敌状态的白照一下子蹿了三尺高，落地一个偏差，一脚踩上裴缓的脚背，裴缓瞬间脸色涨成酱紫色。

白照自知闯了祸，惊得上下牙齿都在打战："王王王……"

"说人话！"

裴缓疼得脚背骨都要断掉，这么一打岔把方才要吩咐白照去问的事情抛在了九霄云外。

金红色的光破开云絮，已是黄昏时分。

谢相思的脚步放得很轻，手一直按在腰间刀柄上，眼睛一下不错地凝在走在自己前方的那个清瘦身影。

"我说思思姐姐，你再盯下去，我后背都要被盯出窟窿了。"

谢相思也不想盯，眼睛怪酸的，可她担心他要什么花样，毕竟一个谎话连篇的人，她能跟着他走一趟已经算是很没长心了，被南长老知道要开大会批评她的。

没听见谢相思的回答，傅清明扭回头，激灵了一下又转回去了。

那眼神可真够瘆人的。

一刻钟前，谢相思在准备打道回府保护裴缓途中杀出了个程咬金。

那人脚行极快，几步踩在墙壁上，一个翻身正落在谢相思面前，一身青蓝色的麻布长袍，清秀的脸，黑白分明的大眼睛，分明就是天香阁中卖队友换孔雀尾的大好少年傅清明。

谢相思刚要拔刀的手顿住，愣了愣："你怎么在这儿？是你往裴家老宅射的飞镖？"

傅清明面色极是认真，走近一步。谢相思防备地下意识倒退一步，他看在眼里有些无奈，只能停住脚步道："你一直在裴府，我若是不这么做也没办法把你引出来，事出紧急，我有要事想让思思姑娘……哦，思思姐姐帮忙。"

傅清明先是装成一个算命的瞎子先生，在裴府外的街上摆摊，引本来要去裁新衣裳的裴缓过去答疑解惑。

傅清明提议用字条来试探谢相思的反应，裴缓琢磨了一下，反正做新衣裳需要几日时间，倒是可以先用这个瞎子的法子先试试，万一没效果再穿新行头让谢相思眼前一亮，想忽略他都难。

第一枚飞镖是裴缓让手下侍卫中箭术最高超的桑明射出去的，谢相思如傅清明所想的根本就没当回事。于是晚上傅清明就自己动手，射第二枚飞镖，将护主心切的谢相思成功地从裴府引了出来。

这种种，听得谢相思腰间佩刀已经饥渴难耐。

傅清明十分敏感，摆手道："想砍我也要等之后再说，只要思思姐姐帮我这个忙，过后我傅清明任由你发落，要打要杀绝不还手。"

如今久安镇处处都是官兵捕快，傅清明能在这光天化日之下来去自如，一是得益于那日他扑粉太多，掩了本来容貌。二来，他并不是个善茬。

谢相思不怕打不过他，就怕中途他想什么招数来，到时候再想脱身就费劲了。

"我凭什么要帮你？"

傅清明神情十分认真："我们行走江湖讲究的就是一个路见不平拔刀相助，思思姐姐能不管不问听从我的一面之词就让我带着孔雀尾离开天香阁，如今再听我一次又有何妨？"

他说着叹了口气："此事关系重大，我来走这一遭也是冒着被怀王和镇中捕快抓到的危险，如果思思姐姐不能帮忙，那就不要怪我了。"

谢相思柳眉皱得死紧："你想做什么？"

"我这就去找王捕头自首，顺便招供一下当晚不光没有抓我反倒还帮助我逃走的从犯……"

这威胁并不高明，她大可以以暴力压制。可一方面她不知道傅清明底细，不见得能占上风；二来，裴缓要是知道之前她说谎，她肯定不会有什么好果子吃。

谢相思恨得一口贝齿都要咬碎，挤出一句："你要我如何帮你？"

傅清明见目的达到，暗自松了口气，面上诚心诚意地道："先多谢思思姐姐了，你且跟我来就是了。"

谢相思跟着傅清明一路到了久安镇南边的雨花巷。这条巷子幽深僻静，少有人来，天色已黑，越往里走越瘆得慌。谢相思沿途仔细地打量着，总觉得这地方看着眼熟得很，但又一时想不起来在哪里见过。

正想着，前方的傅清明停下了脚步。

谢相思收起思绪，跟着他一道进了院子里。这院子看着有些年头，破破烂烂的，连像样的家具都没几件。傅清明径直走到柴房里，从袖中掏出一个琉璃小瓶子，卸下盖子。谢相思立马就闻到一股刺鼻的味道，那伏在墙边网上的蜘蛛吐出一口白丝后再不动弹。傅清明将网带蜘蛛挪到旁边落满灰尘的桌案上，扭动桌案上的烛台，面前的半面墙挪开，里面俨然是一间密室。

"江湖险恶"这四个字顿时在谢相思眼前闪过。

为了躲避仇家、藏匿秘密，许多江湖人都会在自家挖密道、造密室。那何止是狡兔三窟，三十窟都是少的。

但谢相思还是头一次见到傅清明这样小心的，那蜘蛛被迷晕之后白丝会在体内集聚，等傅清明出来之后，再将蜘蛛放回墙边，待它醒过来之后就会在同样的地方结网等待猎物。这样这面藏着密室的墙，和这柴房中的脏乱看起来就无比和谐。

密室只有寻常寝室那么大，却开了五六个可供逃跑的门。谢相思不由得怀疑这位小弟是哪个衙门的逃犯，神思紧张了起来。

"思思姐姐，到这里来。"

谢相思跟着走过去，密室的榻上躺着一个人形物体，勉强说的话，那是个人。

此人瘦骨嶙峋到脸上没有一丝肉，身体也成了一具骷髅的模样，头发像稻草般乱成一团，无声无息地躺在上面，如若不是胸前轻微起伏的话，她会以为这人已经死了。

"我救下她已经有半个多月了，这些时日一直用内服药吊着命，今天得开始用外用药敷身体。我找你帮忙，男女有别是原因之一，其二我也不想让别人和我有所关系，免得连累人。"

谢相思明了，斜睨了他一眼："你不想别人和你有所关系，那还来找我做什么？"

傅清明讪讪地笑："那么，这不是和思思姐姐有缘嘛，既然已经有天香阁的相识，那这个先例就可以破一破了。"

榻上的人发出一声轻喟，傅清明收起笑脸，将一旁药杵里的东西盛出来放在盒子中递给谢相思："这孔雀尾和药融合起效的时辰有限，请思思姐姐抓紧点儿时间，我先到外头守着。"

毕竟是一条人命，谢相思也不再多言，郑重地点了点头。

待傅清明出去，她将房内的烛火点亮，摆到跟前。手刚伸到榻上人的胸前系带，她突然觉得这个人很是面熟。

"在哪里见过呢……"

谢相思跟着裴缓时间长了，不管他说什么她都能做到左耳进右耳出，自顾自做她的事。如今她一边嘟囔着，一边已经将对方的衣衫褪了大半。

谢相思的手一僵，脑中一阵白光闪过，脱口而出："天香阁！"

这个女子，不就是那日裴缓执意做爱心大使解救的众位被关在天香阁的姑娘之一？

她总算想起为何觉得巷子口眼熟，当时她一下抱三个姑娘离开天香阁后院，翻墙而过的落脚地就是在这条巷子口。

傅清明说他救这个姑娘已经有半个多月了，那就是说，她和裴缓前脚把人放了，后脚这些人可能就出事了。

谢相思心下大骇，加快速度将药抹好，脚步有些匆忙地推开暗门，正蹲在门外守着的傅清明差点儿被她一脚踹飞。

傅清明站住，咳了几声，问她："药抹好了？"

谢相思像是没听见这一句，呼吸有些喘地问："你救她的时候旁边还有别的人在吗？"

"有倒是有，但活着的只有她一个，我便把她救回来了。"傅清明叹了口气，"这些人身上被下了种奇药，叫销骨香。中这种药的人，毒会顺着血液流到四肢百骸，最后毒发时会从肌理毛孔中散发一股浓重的兰花香。闻到花香的人也会中毒，销骨香就是一种香料，只不过是以人为香炉焚烧的。我从前也只是在书上见过，还是第一次碰上有人用这种东西。"

谢相思一下子想到和这些人同被关在后院的裴缓，瞳孔有些涣散，声音紧绷："中这种香的人，在毒发之后会怎么样？"

"会腐肉噬骨，最后化成一摊血水。也就是她命好，在毒发时刚好撞上了我，不然哪里还有命——你怎么了？"傅清明眼见谢相思脸色青白，额上满是汗珠，一副撞到鬼的丢魂模样。他伸手拿出包袱，取了根银针刺入她的人中，眼前人疼得唇一抖，随后下意识地一巴掌拍到他的胸口。

傅清明被拍得撞上墙，喉中血腥气息翻涌。

谢相思按住冒血珠的人中，缓了口气："不好意思，职业习惯。"

裴府里，桑明望了望初升的月牙，再看看院中还摆着御敌状态，摆到睁眼睡着的白照，以及从谢护卫走之后就一直沉默成一棵松的自家主子，内心十分复杂。

这次跟来的侍卫里，只有他和白照是裴府出来的，剩下的都是陛下亲自选过来的，个顶个的都是宫中禁军的高手。

他们不能丢裴府的脸，他立誓要先禁军一步抓到刺客，可他等了好几个时辰，也没等来刺客。

这么傻站着实在是没意思，但是连主子都在站着他也不能说什么，只能继续扮木头人。

桑明活动了下发麻的右脚，"一棵松"终于发了声："来人——"

桑明立时抢所有人一步积极地扑过去："王爷有何吩咐？"

听了一晚上"雨花巷大冒险心路历程"的王爷眼神很苍凉，很幽远："去天香阁找常欢要一下当初被放走的那些姑娘的名单，然后挨家去查一查他们是否归家了。再有……"

裴缓眯了眯眼，烦躁地皱起眉："去查一下傅清明是谁。"

"是，王爷！"

傅清明的医术高超，榻上的姑娘敷上药不过半个时辰，面颊肉眼可见地恢复了稍许，只是还没有任何苏醒的迹象。

"销骨香沁入肌理最起码要一个月才能毒发，想要拔除也最起码要一个月。"谢相思频频地往密室方向看，傅清明看出了她的担忧，轻声地解释了下。

可谢相思的表情没有半分松懈，反而更加沉重。

上次天香阁出事后就闭门歇业，这大街小巷最热闹的地方也不在了。这夜月半，光浅淡地笼在这一片寂静小镇上。

谢相思走出柴房，静静地望着天边。

解忧帮，收人钱财，替人解忧。

这口号听着倒是好，但往往花钱去找人解决的忧愁都是正路不好解决的，才会找他们这种地下组织。只不过解忧帮一直都会和雇主签署协议，解决之后的所有后续事宜，都由雇主方承担，解忧帮不会背锅。

但如果是在办事途中解忧帮的人出了事，那雇主可以不管。

这次是有人花钱雇杀手想要裴缓的性命，那解忧帮派出来的人必定是千方百计地下手，一直到真的除掉裴缓，拿到尾金。

在解忧帮这么多年，谢相思也知道若是完不成任务的弟子会有什么下场。

天香阁的这些姑娘身体内的毒种下快一个月，而一个月前她还没有和裴缓一起离开长安城。她不得不有此猜想，是有人在他们还没出发前就已经谋划好了，天香阁毒害裴缓不成，再让陈大帅下手。

"究竟是谁，非要置他于死地？"

裴缓虽然人贱嘴毒，招人暴打，但多大仇多大怨，非要他死不成？

"置谁于死地啊？"傅清明听她嘟囔着，脑袋跟着凑过来。

谢相思一垂眸，见到一双满是好奇的大眼睛，摇了摇头道："没什么，随口说说。我出来也很久了，再不回去我家王爷那儿不好交代，告辞了。"

"等等——"

谢相思停住了脚步，回头："还有什么事吗？"

傅清明再怎么老江湖，但到底年纪摆在那儿，耳根子有些红，问："你不生气了？"

谢相思想了想才理解他的意思，牵唇笑了笑："你虽然没有把孔雀尾给你娘入药，但实实在在也是拿它救了人。只是以后，不要再说谎了。人只要说一次谎，就会不得不编造无数的谎言来圆，你年纪还小，还有机会改正的，我相信你。"

她抱拳，潇洒如风："走了！"

傅清明呆呆地跟出来两步，看着她的身影融入暗夜之中，喃喃道："我会的，只不过我没机会了。"

因为他年纪一点儿都不小，他已经二十岁了。

咦，这算不算是又骗了她呢？

谢相思从雨花巷出来没往裴家老宅走，而是直奔天香阁。

身为护卫，她需要做的就是清除掉所有会对裴缓产生威胁的人，如今傅清明救下的那个姑娘还没醒，这件事若是想有些眉目，就只能去天香阁找线索。

谢相思身上这件衣裙裙裾足够长，她动手扯下一大条布，围在脸上就从墙边跳进了天香阁的后院。

她摸索着寻找老板娘常欢住的房间，在走错的好几处都听见阁中的姑娘们三五成群地凑在一起，或交流上妆技巧，或扯着帕子抹眼泪，长叹一声自己的命怎么就这么苦。

谢相思悄悄地合上窗缝儿，摇摇头继续往一楼走。

楼梯走到一半，她听见一阵放轻的脚步声，人数不少。

她回身往楼上跳，没想到来人耳朵倒尖，大喝一声："谁在那儿！"

随着这一声喊，整个阁楼跟着骚动。方才那哭天抹泪的姑娘推开窗，正撞上谢相思这个蒙面人，立时翘着兰花指细细地喊："有坏人啊！"

谢相思头疼，这都是些什么人啊？

这住人的阁楼走廊本就不宽，这一下被蜂拥而至的人堵得严严实实的，谢相思想直接冲过去，但看他们一个个那娇弱不堪的模样，她这一下撞过去，他们可能会死。

就在谢相思犹豫的当口，楼下人冲了过来，长剑齐齐指向谢相思："我劝你不要做无谓的挣扎了，你已经被包围了。"

谢相思抬眼一看，领头人国字脸，生得那叫一个一脸正气。

这不正是裴缓身边的桑明吗？

她叹了一口气，将遮脸布扯下来。

待看清她的脸，桑明的剑有些抖，真是奇事天天有，今天特别奇。

"谢护卫？你怎么在这儿？"桑明摆了摆手，随行人将兵器收起来，围观的小哥哥小姐姐们也咬着手帕各回各屋了。

谢相思正想着怎么敷衍过去，桑明又恍然大悟地"哦"了一声："我怎么给忘了，王爷和谢护卫这么亲密，一定是之前就把事情告诉谢护卫了，如今你才会到天香阁来帮忙。"

谢相思点点头："你说得没错。"

上一次谢相思豁出性命去保护王爷的英勇事迹桑明是亲眼看到的，谢相思的忠心天地可鉴，现下见她承认他也就信了，他走过来和她大致说了下方才查到的情况。

"我奉王爷之令到天香阁，从常欢那儿拿到名单之后迅速地去核对了一下，发现这上面的姑娘都没有回到家中，怕遗漏什么蛛丝马迹，我就又带着几个人回来看看。"

谢相思抿抿唇，有些迟疑："是王爷让你们来的？"

"没错啊，谢护卫走后王爷发了好一会儿的呆，突然就交代属下来天香阁查了。"

她是无意中与傅清明结识才发现事情的个中关窍的，可裴缓是怎么想到这一层的？

而且她也没听到他的心理活动，定是他之前就知道了。

看来这人也没她之前想的那么草包嘛！

远处的裴家老宅，裴缓已然从一开始的发蒙状态中走出来，淡定地一边嗑瓜子一边听刚切换的"天香阁秘访记"，听到草包言论的这一刻，他"噗"地吐出嘴里的瓜子皮，冷笑一声："呵，你对本王的力量一无所知。"

如果说一开始是幻听，但现在听的内容这么丰富精彩，还能和现实相结合，也就不可能是幻听了。

裴缓心里有个大胆的猜测，就等着一会儿桑明人回来了问问了。

当然，如果谢相思和桑明一起回来的，还如他方才听到的声音里的一样裙摆缺了一块，那连问都省了。

裴缓活这么大还没见过这么刺激的剧情，他激动地搓了搓手："若是真的，那以后可有得玩了。"

"王爷！"白照敲了一下门就进来了。

裴缓轻咳一声，佯装正常地问："桑明他们回来了？"

"不，不是，是长安城来人了。"

"长安来人了？谁啊？"

"是我。"有人负着手踏门而入，皎皎的月光镀在他身上，映得面上笑意盈盈，"成之一走旬月，光顾着在这儿游山玩水，可是把我这个旧人抛到脑后了？"

裴缓一下子站起来，快步走过去，抬手与来人击掌："怎么搞得我像是抛妻弃子的负心汉一样？"

孟云客一挑眉，打趣道："你可不就是？"

"得了得了，整个长安城谁不知道我最贴心善良，什么时候干过这种事？"裴缓将孟云客迎进屋，招呼人上茶。

"不必麻烦了，你今夜就随我回去，马上启程。"

裴缓拧眉："这么急，长安城里可是发生什么事了？"

"倒没发生什么，只是父皇叮嘱，让我一见到你就带你一道回长安。"孟云客眼神幽幽，"父皇也知道，任由你在外面，你这辈子都不会想着回长安的。"

快到子时，谢相思才和桑明一道从天香阁回来。

他们盘查了一下和后院关押的姑娘们有关联的所有人，并没有发现什么特别之处。也就是说这几个姑娘就是纯倒霉，恰好在裴缓来天香阁前几日被卖进来的。

这样的天选之子，若是选中发财就好了，偏偏是这样的事情。

谢相思的心情很是沉重，整个人反应都有些慢。到了裴宅门口，看见侍卫来来往往，动作匆匆地往马车上搬行李，她愣了一会儿才想起来拉个人问问是怎么回事。

被叫住的侍卫回道："王爷说要立刻启程回长安城，谢护卫也赶快去收拾东西吧！"

"现在就走？"可她还没查出什么眉目来呢！

在门内槐树后隐着，一直暗中观察的裴缓施施然地走了出来，边走边说道："临安王亲自来传旨叫本王回去，立刻就要走。"

裴缓一边走，一边看着谢相思的反应，眼见着她眉心紧皱着，料想内心肯定是千万种思绪。可他走得越近，越是什么也听不到了。

但他方才明明看她和桑明一起回来的。

怎么会刚才能听到，这会儿又听不见那道声音了呢？

裴缓脑中灵光一闪，"啊"了一声："对了，本王还有样重要的东西忘了，得回去找找。"

说着，他快步往院中去，走到他住的东苑月门前，恍惚就能听见谢相思的声音说："什么听不到？什么和桑明一起回来的？我和桑明回来不行吗，碍着他啥了？这人怎么一天不找点儿事就不舒服……"

裴缓脚步一岔，一只脚在月门里一只脚在月门外。

身子向里倾——

"裴缓那个天杀的！"

身子向外倾，就又什么都听不到了。

裴缓抿紧嘴巴，站在月门里，叫来了桑明，伴随着谢相思的骂声让桑明把晚上发生的事情详细说一遍。果然如他所想，今夜在天香阁里所发生的一切，都跟他遥远听着谢相思的声音说的内容相吻合。

他居然能听到谢相思的心声！

而且看样子，他能听到她的心声有一个范围，大概就是一间院子的大小。超出一个院子大小开外，他能听见谢相思的心声。而在一个院子的范围内，谢相思能听见他的心里话。

也就难怪之前，谢相思事事都能走在他前面。

因为在谢相思面前，他仿若透明，心思全都被她知晓。

如今谢相思能在心里这么肆无忌惮地攻击他，显然是还没有发现这其中的关窍。

裴缓嘴角勾起一个弧度，眼神清明，看得桑明一个哆嗦——每逢自家王爷露出这个表情的时候，就代表有人要倒霉。

这一次，是谁这么幸运呢？

裴缓摒弃内心所有的繁杂，深深地呼吸，大步地踩着一地月光再次走到谢相思的面前。

枝头的鸟雀被惊得飞走，谢相思努着嘴立在马车边，密密的眼睫微垂，像一把小扇子，扫下淡紫色的扇影。

他的眼神随着她每次眨眼上下游走，心念一动。

谢相思没抬头，就像完全不知道他在这儿一般，只是将脸扭过去，那一段脸颊到耳根子处，红若明霞。

他方才想的那一句明显已经被她尽收耳中。

——"谢相思怎么能这么好看呢？"

"谢护卫。"裴缓沉声喊了一声。

谢相思犹自沉浸在那种震撼和羞涩交织的情绪里无法自拔，根本没听见。

裴缓勾了勾唇，人再往前一步。

"谢相思。"他的声音从上面传来，压在头顶又沉又重。谢相思终于听到，眼睛缓缓地往上转。

裴缓就立在她面前，今夜月亮极大，他近在咫尺，眼神明明亮亮地看着她，似从月亮上飘然而下的仙人。

裴缓平时能噎死人，至今还好端端地活在这世上，多亏这副人间难得的皮囊。

谢相思惊觉自己竟然被裴缓的美色所迷，眨了眨眼，稳住心神，往后退了一步，抱拳道："王爷有何事？"

"你的行李自己回去收拾，给你一刻钟，一刻钟时间不出来，本王就把你丢在这儿！"

裴缓说完毫不留情地转身，先一步踏上马车。

他的马车描金画彩，连四角的流苏都缀着小珍珠，浮夸到无以复加，风格非常之裴缓。

谢相思嘴角一抽，转身进了院子。

她带来的东西本就不多，三两下就收拾了个干净。看着窗外来回搬裴缓行李的下人，她皱起了眉头。

陈大帅去向不明，天香阁的事件也没个结果，到底是谁花钱买了解忧帮的令来杀裴缓还没个头绪，就这么回长安，不知道还有多少麻烦事等着裴缓，以及专门负责保护裴缓的她。

谢相思望着天哀叹道："我这是造了什么孽！"

谢相思突然想到了傅清明，她寻了张纸快速写了封书信，卷着塞进包袱里，这才又出了门。

院中吊着的灯笼被下人一个一个吹熄，之后他们无声而有序地出院门，这一方天地除了天上月，没什么再照亮的东西，在拐角的阴暗处就是漆黑一片。谢相思的视力比寻常人好一些，能和平时没什么差别地往外走，可其他人不见得能这样。

她走出月门，斜处里有人一脚踏上台阶，却踏歪了，就要往下滑，她一手拽住那人胳膊。那人借着力站稳，吁了一口气，松开手，往下退到庭院中。

院子里的月光澄澄，他的眉目逐渐分明，眉眼温和，鼻梁高挺，穿着一身淡蓝色的锦袍，虽没有其他贵重玉饰，只发上系了条绸带，可跟着裴缓时间长了，谢相思光看布料就能看出一个人身价几何。

眼下这人，低调又富贵无匹。

裴缓交好的狐朋狗友里，气质这么出尘这么像好人的很少，谢相思突然想到一个人——临安王，孟云客。

谢相思眼珠转了一圈，抱拳一礼，开口："王爷无事吧？"

"无事，多谢你了。"

孟云客说着，几步走到一边，弯腰将谢相思甩出去的包袱捡了起来，伸出手。

谢相思内心忍不住表扬机灵的自己，忙走下台阶，接过来包袱，垂首道："多谢王爷。"

"我谢你，你谢我，咱们也算扯平了。"孟云客收回手，顿了下，又说，"你是谢相思吧！"

谢相思抬起眼，有些讶异："王爷知道我？"

孟云客生了一双很温和的笑眼，看人没有寻常皇子那般居高临下，让人不会因他的身份心生畏惧。

"成之之前写信说身边多了个女护卫，今夜裴府来来往往这么多人，只谢护卫一个女子。谢护卫身法矫健，巾帼不让须眉，有你在成之身边，我也能放心了。"

孟云客语气里满是关心，真诚无比。

"王爷过奖了，我一定尽忠职守，保护好怀王。"

谢相思心里不由得感叹，俗话说物以类聚人以群分，裴缓是怎么和临安王这样的君子"类聚"到一起的？

真是令她费解。

更令谢相思费解的事情，还在后面。

从长安来时，裴缓坐马车，谢相思和白照、桑明以及其他一干侍卫骑马，围在裴缓的马车四周保护他。

回长安时多了个孟云客，不过孟云客有自己的马车，按理说只是车队多了一驾马车和几个临安王府随行人员，其他的都应该不变，可裴缓却硬是要她和自己同在马车内。

事出反常必有妖，裴缓想一定没安好心。

谢相思当然是一口拒绝："属下的职责是保护王爷，和王爷一起坐在马车里，属下不能第一时间发现外面的异样。"

裴缓面无表情："如果外面真的有人要刺杀本王，你第一时间发现之后，冲进马车保护本王，这中间的时间差里，万一贼人趁机刺杀成功怎么办？你在马车里，近距离贴身保护本王，这才能充分发挥你护卫的能力。"

谢相思等了等，想听裴缓内心的声音，好知道他突然揪自己上马车的真实目的。

裴缓倚在马车里，只默默看她，眼神里透出三分委屈。

紧接着，谢相思等来了他内心的声音鼓动。

——"人家好怕，为什么她不能上来保护我，上次她在身边我都被刺伤了，她万一不在我身边我怎么办？"

谢相思："！"

看来上次的刺杀事件真的给裴缓带来了心理阴影。

也难怪，裴缓以前在父母和兄长保护下长大，后来做了王爷身份更贵重，虽然之前经常被人群殴，可真的伤到他的却是没有。

谢相思心软，只能认命了："属下听王爷的。"

她撩开车帘上了车。

裴缓是天下第一享福能手，马车里铺着厚厚的毛毯，软垫钉在车身，坐着靠着都舒服，角落里燃着小炉熏香。裴缓就窝在毯子里，听见她上来轻哼一声，闭上眼不看她。

可他的心声在飘啊飘，被谢相思捕捉到。

——"这下放心了，可以安心补眠了嘻嘻。"

谢相思神情松懈，弯唇会心一笑，靠在软垫上，闭目养神。

裴缓慢慢地睁开眼，马车内光线昏暗，他只能模糊看到谢相思的位置。

她受这么重的伤，就算好了，骑马难保不会伤口裂开，他让她上来也不是全无好心。

难得，他居然有好心，裴缓自己都惊了。

裴缓连忙甩甩头，摒弃所有的内心思绪，闭上眼，窝进毯子里强迫自己睡过去。

车抖了一抖，车帘漏进一丝光，谢相思睁着眼，看到光漏进来急忙又闭上，她刚听见他心里想的了！

过了一会儿，谢相思才又睁开眼。

她拂了拂胡乱蹦跶的心口，好险，刚刚差一点儿就要被裴缓发现了。

不过裴缓居然藏着好心，她实在没想到。

知道裴缓的想法，谢相思总算可以轻松自在地在豪华马车里待下了。

盖州城距离长安有七八日的车程，第二日一行人在城边的一个叫络宜的镇子落脚。

镇子人不多，却是周边村落贸易往来的一个小中心，谢相思借口要去磨个刀，裴缓吩咐众人在镇上歇上一晚。

"属下很快就回来。"谢相思面上没露任何声色，拿着刀就下了车，她要想办法将那封信给傅清明寄过去。

裴缓一行在络宜镇唯一一家客栈落脚，饭菜都很勉强。裴缓素来挑剔，筷子在面前一盘烧鸡里戳来戳去，一点儿食欲也没有。

孟云客看着裴缓，眼神微微凝滞。

他捏着裴缓要扔开的筷子，重新塞回去，道："你多少垫一垫，等到之后路过望城，我带你好好吃一顿。你一口也不吃，很难活着撑到望城。"

望城美食，比长安都不逊色。

裴缓总算有了点儿动力，慢慢地机械进食。

耳畔断断续续的，谢相思的声音絮絮叨叨地传进来。

——"这地方的驿站怎么连个人都没有啊，人没有，鸽子有也行啊！"

——"总算来人了。"

——"也不知道傅清明人还在不在那儿，那个姑娘有没有醒过来。"

——"如果能再晚走几日就好了。"

——"……完了，我看这驿站官不靠谱的样子，我这信真的能到傅清明手里吗？"

裴缓咀嚼的动作也跟着一停。

他之前吩咐桑明查过傅清明，傅清明是神医鹿鸣的关门弟子，鹿鸣曾入皇宫为太医院院判，深受当今陛下器重。然而在皇恩最盛时鹿鸣却选择离开长安行走于江湖，救治许多家境贫寒命悬一线的老百姓，深受世人敬重。年初在找寻一味药时，鹿鸣跌落谷底身亡。傅清明把鹿鸣的尸身葬在谷底，被鹿鸣救治过的百姓则自发前往祭拜。

傅清明继承先师遗志，行走江湖做游医，居行不定。谢相思来盖州城才几天，就和傅清明认识了。

而且她还写了信给傅清明。

"啪！"

裴缓手中的筷子重重地砸到桌子上，孟云客调侃说："也没有难吃到要砸店的程度吧！"

裴缓的面色很难看，鼻子不是鼻子，眼睛不是眼睛的。他胸口一团无名火蹿得老高，找不到出处，寻不到原因。

半晌，他咬牙切齿地不耻下问："你说一个女人给一个男人写信，是什么意思？"

"自是寄相思了。"孟云客笑，眼神幽暗，"成之收到姑娘的情信？莫不是回到长安我就要去府上喝喜酒了？"

孟云客说完，裴缓的脸色就更难看了。

裴缓往前一推桌子，倏地站起来："我累了先去休息了，你慢慢吃。"

这反应，可不像是要办喜事的样子。孟云客明白自己这是无意间戳中了裴缓的伤心事。孟云客非常贴心地给他找理由："舟车劳顿是该好好歇歇，之后路还长着，你快去吧！"

裴缓包下了客栈整个二楼，他就近推开一扇门，把自己摔到床榻上。

这榻远不及王府自己的金丝绒软榻，这一下摔得他腰背酸痛，差点儿真的把自己送走。

"工作间隙还有空谈恋爱，可真有你的，谢相思。"裴缓喘着粗气，想到谢相思和傅清明这二人你来我往的事，简直咬牙切齿。

他恨不得冲去驿站，直接将那信抢过来，撕成碎片随风散去。可这样一来，他无缘无故知道谢相思心声的事情又要暴露了，以后还怎么……

"以后？"裴缓揉着自己额角的手停下，翻身坐了起来，"我怎么会想以后？让我不爽还心有他人的护卫，留在身边有什么用？我该立刻修书给解忧帮，让他们换个人来，再赔偿我这段时间的损失。"

"行，就这么办。"

"白照！白照！"

听到声音，白照立刻"咣"地冲进了屋，一手拎着大刀一手抬高做防御姿态："属下在呢！"

裴缓："你提刀进来想结果了我？你喊那么大声怕刺客不

知道目标是谁？"

白照连忙将刀收进了刀鞘，不知所措地挠了挠头："属下是听王爷声音很急切，怕王爷有危险。"

裴缓想了想，说："你出去，换桑明进来。"

他方才居然想要让白照这个缺心眼儿去办眼下的事，他才是真的缺心眼。

白照撇撇嘴，委屈巴巴地出去，桑明跟着进来。

"我有事要你去做。"

"王爷且吩咐。"

裴缓屈着一条腿坐着，面色幽幽暗暗，半晌也没说话。

他少有这样的模样，桑明一时愣了愣，猜测是事态格外严重，又上前几步，压低声音说："属下一家都是老将军救下的，生是裴府的人，死是裴府的鬼，王爷有什么事尽管吩咐属下，属下就算豁出性命也会去给王爷办的。"

裴缓身边的人都是裴昭挑过来的，每一个都知根知底，世代效忠裴家的。白照从小就和裴缓一起长大，桑明虽然不是自小跟来的，但祖上被裴家所救，一家都忠心耿耿。

看桑明坚毅的脸，鹰一样的眼里隐隐泛着红，裴缓犹豫了又犹豫，才开口："到望城后你改道去解忧帮，带着本王的亲笔信。"

桑明："王爷是准备——"

花大价钱买人去查刺客吗？

后半截话还没说出口，裴缓的声音就落了下来："把谢相思给本王退回去！"

桑明："啊？"

"啊什么啊，没听懂？"

桑明脑子转了好几个弯儿还是没懂裴缓为何突然这样，刚才谢护卫从王爷马车上下来不还好好的？

他还亲眼看到王爷注视着谢护卫的背影消失了之后才舍得收回目光的。难道在马车里的时候，谢护卫得罪了王爷，那注视背影时的目光不是不舍，而是愤恨？

　　桑明自诩忠心，也知道不该打听的不打听，他道："属下领命，务必办成此事。"

　　"嗯。"裴缓扬扬手，桑明退了出去。裴缓复又躺下，盯着天花板发呆。

　　之后他要换一个听话乖巧，爱说爱笑的护卫。不会当面一套背后一套，天天吐槽他不如这个人君子，不如那个人脑子好。

　　从此谢相思和他，大路朝天，各走一边，她此生再也别想看到他天上地下绝无仅有的绝世容颜。

　　而他能一直听到她的心声，知道她离开自己之后过得稀烂，真是开心！

　　裴缓扯过被子，闭上眼，决定好一切他放松准备要睡去，耳畔却又不合时宜地传进那个女人的声音。

　　——"陈大帅居然在这儿！一出门就遇到鬼，这是什么水平？"

　　——"我自己难敌他，还是先回去找人再做谋划。"

　　——"糟了，他发现我了，他身边居然还有帮手。我今日真要交待在这儿了。"

　　——"不过还好他还没发现裴缓在客栈，不然他直接杀过去，裴缓就危险了。"

　　裴缓倏地睁开眼。

　　门猛地被人拉开，在外守着的白照差一点儿被吓得跳起来。

　　裴缓面色沉沉，道："带上所有人手，去救人。"

　　桑明问："救谁？"

　　"谢相思。"

第四章

英姿飒爽

络宜镇天气干燥，常有风沙，谢相思在土墙间来回穿梭，脸干得要命，吃了一嘴土。

燕归来，顾名思义，如燕子春日迁徙归来落地时，无声无息。身后听不到任何脚步声，但谢相思听那吐纳呼吸声知道，陈大帅和他的那个帮手越来越近了。

她瞥了一眼墙上的影子，手摸到胸前的暗扣，"咔嗒"一按，将佩刀拽下来，落入掌中，脚尖一点，凌空翻了半圈，佩刀斜斜往上一送，"铛"的一声，与陈大帅刺过来的剑一撞，力道很大，两人皆是被震得往后一退。

陈大帅普通的脸上呈现出普通的愤怒："真是冤家路窄，这是老天爷注定让我不要放过你这个负心的人！"

谢相思扶额道："不是，我们又没有在一起过，我哪来的负你。"

"你负了我的一片心，简称'负心'。"

谢相思："你的书是武术老师教的吧！"

"你才……"

"陈哥别和她磨叽了，赶紧了结了她去做正事吧！"一直跟在陈大帅身后的帮手终于说话了。

刚才谢相思发现陈大帅二人时转身就跑，没来得及看这人的长相，现下看到了，怎么看怎么眼熟。

解忧帮很大，内分十七个院，每院内又有数个分组。每个院都是竞争关系，每年年底清算时，前三有奖金，后三名则要做帮内洒扫一年，且一年内都不可以再接单。

从前训练多是以组为单位，一年也就五六次能见到全院的人，其他院的人大多只是打照面，没太深交。等之后成年可以接单，就很少在解忧帮。谢相思在第五院，除了自己院里的人，还有其他院脸长得特别突出的，谢相思还真不认识几个人。

"你是——"

那人手里转着一把折扇，长眼细鼻，是个典型的反派长相。和他站一起，越发显得陈大帅憨厚老实了。

"三院，慕云。"

"慕云？"谢相思在脑海里搜寻了一下记忆，发现仍旧一片空白，"不认识。"

慕云冷笑一声："谢相思受四大长老青眼，数次在院中比拼夺魁，又连庄三届帮花之位，那可是全帮瞩目的焦点，怎么会把我们这些普通弟子放在眼里。"

"院中比拼夺魁？"谢相思人有些蒙，"我没参加过什么院中比拼啊。"

"内定的嘛，谁让你是南长老的直系弟子。"

谢相思："啊？"

解忧帮内部的各种选拔和比赛的第一名都有奖金，还有加分，可以在年末清算时更高一步，但因为解忧帮太大，又内部竞争激烈，所以很多比赛的消息传到各院院长那里就被卡死。

你请我喝酒，我给你下药，你暗算我，我明演你。

最后院长斗争赢了的，就直接在比赛上赢了，然后把冠军安给自己院内的一名弟子。

南长老是五院院长，而五院只有谢相思一个女弟子。

谢相思的颜值实在能打，对此结果也没人说什么。她人又经常在外执行任务，消息闭塞，偶尔回解忧帮复命休息，对这加在她身上的诸多头衔和光环一无所知。

她人不常在解忧帮，关于她美貌的传说却广为流传。

有人惊鸿一瞥，见到谢相思美貌，进而茶饭不思，相思深种。

解忧帮的弟子常年修炼和苦学，在谢相思不知道的角落里，有师兄师弟们将她奉为心上神女，还花钱买她的行程，等着她回来时第一时间和她偶遇，再把情信扔给她。

谢相思："怪不得上次七夕我回解忧帮，刚上山，就有无数东西砸向我，我以为是暗器呢！"

然后就都被她躲开了。

古有潘安出门掷果盈车，今有谢相思回山下情信雨，也是一段佳话了。

"所以你真的没收到？"陈大帅的表情从愤怒一瞬间转变成殷切，慕云恨得踩他一脚，他也像是丝毫感知不到，只顾着看谢相思。

谢相思诚实地道："我是真的没收到。"

"所以我还有机会是吗？"

谢相思内心复杂，面上没泄露半分，"哎呀"一声："师兄一表人才，如果我早早知道，肯定——"

——"谢相思你敢再说下去，本王立刻开除你！"

裴缓的声音近在耳畔，谢相思的一句话说到半句被硬生生地咬断，视线张望着看向两侧。

经过这些天的适应，谢相思已经能很迅速地区分开裴缓的心声和他本人用嘴说的话。

心声有些模糊，像是近乎贴在她耳畔说的，每个字都很沉。

所以裴缓就在附近！

"师妹，你说呀，你怎么不说了？"陈大帅还在苦苦等待。慕云没有愧对其反派长相，反应很快，见谢相思神情有些反常，稍稍侧过身。

余光里巷子拐角落下的影子里，有一把隐隐要拔出的刀。

慕云凑近陈大帅，低声道："有人来了。"

陈大帅还在眼巴巴看着谢相思。

陈大帅终于清醒，转头问："在哪儿呢？"

慕云其实就是随口一说，想用刺杀目标唤醒陈大帅被谢相思勾得五迷三道的灵魂，看他清醒了目的达成，就随手指着那边："巷口有人。"

两人看过去，从巷子口缓缓走出一个人。

天是土黄色，地是土黄色，连西边的太阳亦是比别处更昏黄，他就在这一片黄灰色中穿着一身绛紫色的锦衣华服，下摆月牙色的银线绣着暗纹，行动之间波光粼粼，仿若银河一线。

视线往上，他手提着一把刀，许是因不常用刀，手法生疏，骨节捏得泛白。衣襟之上蹭着点点的土，像是一路跑过来的，发丝有些乱，脸上也落了一点儿灰。

平时的裴缓都是从头发丝精致到鞋面，半点儿尘土也不沾身，眼前的这副狼狈样子，不像他。

裴缓下巴微扬，唇边溢出冷冽的笑，眸底的光碎成寒冰。

这个表情，也不像他。

即使他不是为她，但也提刀风尘仆仆地赶来了。

谢相思唇发干，抿了抿，心被这西北暴烈的风吹得像哪里漏了一角。

下一秒，裴缓举着刀："谁骂本王，给本王站出来！"

刀太重，身娇体弱的怀王殿下举了片刻，手忍不住发抖。

谢相思扶额，心道还是那个娇弱的怀王殿下没错了。

陈大帅和慕云交换了个眼神，一言不发直接飞身冲去围剿裴缓。

谢相思运气于掌，暴呵一声，将刀鞘用尽全力甩出去，直奔慕云的后背。

慕云和陈大帅是同院，轻功也自然都是学的燕归来，先前出来刺杀裴缓的却是陈大帅，这说明慕云的功力在陈大帅之下，肯定不敢去接她奋力的一刀。

果然，慕云察觉身后呼啸而来的攻势，下意识跳身一躲。刀身和刀鞘间的暗线往相反方向一甩，搅到陈大帅的双脚上，往后猛地一拽，陈大帅应声倒地。

谢相思斩断暗线，趁机握着刀，几下落到裴缓面前。

刀尖指着陈大帅的面庞，他眼中是不敢置信的神色："师妹，你居然对我下此毒手。"

"我解忧帮，拿人钱财，为人解忧，我接了单，就要护怀王周全。我如果让你为了我放弃杀怀王，你会吗？"

"我……"

陈大帅欲言又止，谢相思笑了一下："所以什么爱情不爱情的，不值钱，我们解忧帮从不相信感情。"

她话说得不留情，却没要他的性命，佩刀一偏，刀刃向上砍到他后颈，陈大帅顿时晕了过去。

——"所以他们也不是爱情吗？本王误会了？"

谢相思听到声音后，攥着裴缓的手腕，将他再往自己身后掩一掩，刀尖对着刚才慕云消失的方向，厉声喝道："出来！"

"陈大帅被我打晕，有我在，你自己一个人杀不了怀王，现下出来，我有办法保你一条命，若是不出来，等完不成任务你就要回去领罚了。"

巷子口还是毫无动静，谢相思秀眉皱了皱，偏头说："跟紧我。"

裴缓不满地嘟囔着："呵，怎么还吩咐起本王了？"

——"啊，谢相思打架的时候好有安全感啊！"

——"下命令的时候我下意识就想听话这是怎么回事？"

听着他的心声，察觉他亦步亦趋地跟从，谢相思又笑了一下。

两人近乎贴成一个人般挪到巷子口，谢相思握刀的手，微微颤抖。

"……你们在这儿怎么不出去啊？"

面前桑明、白照，还有陛下拨下来的总藏在房顶屋后的禁军暗卫都在，安静地蜷曲在巷子里。慕云也被打晕，被捆成了粽子扔在一旁。

刚才他一跳，刚好跳进了这一堆暗卫间，射箭都没这么准的。

桑明道："是王爷让我等在这儿的，没有王爷的吩咐不能出去，也不能发出任何的声音。"

谢相思的视线落在白照嘴里堵着的布上，简直一言难尽。

"王爷千金贵体，尔等作为侍卫，怎么能任由王爷冒险？"

"不冒险，怎么救你？"裴缓的声音近在咫尺，和听他心声不同，这话说得格外清晰。

"那个陈大帅武功高强，上次就把你我扎了个对儿穿，这次又多了个人，本王要不出去让他们集中火力在我身上，你怎么能寻到空隙脱身？"

谢相思耳朵被他的气息捉弄有些发麻，僵硬着往前站了一站，转回头面对裴缓："属下能救自己，下次王爷务必不要为我冒险。"

——"你以为本王愿意为你冒险？"

——"为你豁出去你还不领情，死丫头嘴硬，你是鸭子变的吗？"

——"你越不让本王做什么，本王越做什么，本王怎么会让你个鸭子拿捏！"

裴缓这次心口合一，淡漠地哼了一声："我偏不。"

谢相思叹了口气，周身突然一软，是用力过度的脱力状态。

她手撑在墙上，艰难地开口："麻烦王爷……给属下就近找辆车。"

"马车贵得很。"

"那找匹马。"

裴缓掸了掸衣襟的土："马也贵。"

"找只骡子也行，或者牛车……"

"本王背你回去。"

"王爷金贵之身，属下受不起。"

裴缓眯了眯眼："不让本王背你就在这儿躺着吧！"

还真是越不让做什么越做什么。

谢相思点头："那劳烦王爷蹲下了。"

她撑着最后一点儿力气将自己挂在裴缓的脖子上，可身体太软，几次从裴缓的背上滑下去，裴缓便改成抱着她。

她整个人就窝在裴缓的怀里，被他抱着往前走。

这是保护人的姿态，记忆里她还没有这样被人抱过。她从来没想过会被人保护，更没想到这个人，会是裴缓。

她信奉靠自己，一贯看不上裴缓这种在家靠爹娘兄长，出门靠皇上临安王的纨绔米虫。可这次在盖州，她见到他洞察天香阁之事的机敏，也见到他刚才调虎离山让她脱身的果断。

裴家的人，文武双全，忠诚无双都是刻在骨子里的。裴缓就算再不学无术，身上也流着裴家的血，差不到哪里去。

裴缓比他想象的要复杂。

昏昏欲睡间，谢相思的思绪乱飞，她听见裴缓问。

"解忧帮的人若是接单又完不成任务，回去之后会受什么惩罚？"

她撑着眼皮，声音很弱地回答："一般是罚款囚禁地牢，若是在接单中犯很严重的错，由刑堂审判，重则处死吧！"

她说得很轻松，像是对这样的事情稀松平常，可每个字却极沉，听得裴缓手一抖，差点儿把谢相思扔出去。

——"那我不能让她走了。"

——"我不能让谢相思回去送死。"

——"长这么好看死了怪可惜的。"

谢相思眼睛半阖，耳边嗡嗡响，也没分清是他亲口说的话还是心声，便应道："那谢谢您。"

裴缓的脚步一滞，低头看着她。

她额发濡湿，贴在脸上，面庞苍白，前一秒是杀神之姿，这一秒乖得和小白兔一样。

他的手有些不稳，怕真的把她扔出去。

"去把前面那个铺子门口停的马车买下来。"

白照跑过去办，过了会儿回来："老板说那是进货的马车，不卖。"

裴缓："那把铺子一起买下来。"

片刻后，裴缓把谢相思抱进马车。

他弯腰将她放下，人要跟着钻进去，脑海里突然冲进一幅画面——

背景是冲天的火光，脚步声嗒嗒，声嘶力竭的呐喊声不断。

胸腔里是吸入的浓烟，眼前是模糊的黑影幢幢。

有人抱着他上了马车，不住地摇晃，不住地叫喊。他眼睛扯开一条缝，只看得见那人下巴上一滴一滴坠下来的汗珠。

"成之，你要活下去，你一定要活下去！你不能丢下哥一个人！"

裴缓脑子里乱哄哄的，像有无数条杂乱的线纠结成一个线团。他深吸口气掀开马车的车帘，任由夜间的凉风肆虐地吹。

记忆里他并没有遇到过大火，也没有遇到过什么奄奄一息活不下去的事。

他幼时有战功赫赫的父母，少年时有平步上云霄的兄长，护着他半生顺遂。

要非说有什么坎坷，那都是在裴昭离开长安时他自己硬生生作死创造出来的。

"看来是我太思念兄长了，把不知道哪里看的话本子情节都加自己身上了。我这书啊，都看杂了。"

旁边谢相思已经睡着了，睡得很沉，呼吸也很沉。看着看着，裴缓也有些犯困，但碍于马车内部装饰实在是太简朴，睡得不舒服，他硬生生撑到回客栈。

一进门，裴缓就见孟云客坐在大堂里等，满面的焦急，待看到安然无恙回来的他之后才松了一口气。

"我听手下说你带人出去了，还好你没事。"

白照扛着睡着的谢相思上楼了，紧跟着的护卫提着两个脸罩着黑布的人进来，孟云客问："这是怎么回事？"

裴缓困得眼皮耷拉着："之前在盖州城刺杀我的人，抓到了。"

孟云客神情一紧："什么？你被人刺杀？你怎么没和我说？"

"你和我兄长是一类的，我说了不得被你念叨到长安啊，我没事。桑明——"

"属下在。"

裴缓打了个哈欠："去审审，我先睡了，折腾这么久皮肤都不水灵了，得好好睡觉补一补。"

"是！"

裴缓脚步慢腾腾地上楼，今日注定要在这儿过夜了。

孟云客离长安办事是微服出行，随行人不多，但都是府内的亲信，他吩咐手下去附近守着，别让任何人接近刺客。

落日下沉，暗夜将来。

谢相思是在下半夜醒来的。

她每次脱力之后再睡着就会睡得特别沉，醒来时四肢像是灌了铅。

她捶了捶腿，抻了抻胳膊，从床榻上翻身下来，拽着茶壶灌了半壶凉茶水，人彻底清醒。

小镇的夜格外宁静，耳边没有听到裴缓叽叽喳喳心声的吵闹，他应该已经睡熟了。

一想起裴缓，她就能听见怦怦怦的心跳声，也不知道是他的还是自己的，跳得很热闹，很快乐。

谢相思拿水揉了把脸，将刀上的暗线重新缠好，轻手轻脚地出了门。

裴缓的门口，白照脑袋抵着墙，站着睡得香，平时守夜的桑明并不在。谢相思如今已经是怀王府第一护卫，几下就问出了桑明的去处——客栈后面的柴房。

柴房外三步一岗，守得严严实实。

谢相思刚到柴房，就听见里面传来忍痛的闷哼声，过了许久桑明出来，携着一身的血腥气。

"这两人骨头还挺硬。"

桑明抬眼看到她："谢护卫怎么过来了？"

"睡醒散步能活八十八。"谢相思往门里看，"那两人什么也没招吧？"

"正是呢，我让手下给他们灌了药，等一会儿再去审。"

"不如让我试试。"

"这……"桑明有些犹豫。

"解忧帮有规矩，出卖雇主相当于背叛解忧帮，一旦被发现是要被尽全帮之力抓回去处死的，他们为了活命，不管你怎么问他们都不会说实话。我也是解忧帮的人，我有办法能让他们开口。"

桑明点头，让开路："那谢护卫请吧！需要什么工具尽管说。"

"不用了。"谢相思的手抵在门上，回头看了桑明一眼。

桑明招呼守卫："都往外撤五步。"

一时间柴房周遭只剩谢相思一人。

"谢了。"谢相思推门进去，里面的血腥气浓重得她眉头皱起。

陈大帅和慕云两个人被捆得严严实实，光看脸和身上倒是一点儿伤也没有，不知道吃了什么灵丹妙药，面色红润不苍白，但配合着血腥气，这么完好无损的看着更瘆人。

他们受的都是内伤。

谢相思不解："这套审讯人的法子可真阴毒，这不像是一个普通护卫会做的事情。裴缓身边的人真的都很神奇。"

慕云眨了眨眼皮先醒过来，瞧见谢相思来表情怨毒得很，挣扎着要扑过来，却牵动伤口呕了一口血。

谢相思叹了口气："别动了，再动就要吐血身亡了。"

说话间陈大帅也醒了过来，他看到谢相思先是惊喜，再然后笑容僵在脸上，神情落寞。

她无意间又伤害到了一颗普通少男心。

"我长话短说。"谢相思找了个堆在角落里的破垫子扔在地上，盘腿坐在他们对面。

"咱们都是解忧帮的人，帮内规矩懂的都懂。接单的价钱越高，危险性就越大。你们既然敢接刺杀怀王的单，应该都是急需钱吧，比如欠了赌债，要帮人赎身等等。"

慕云咬紧牙关安静下来，只有血从嘴角溢出，陈大帅的脑袋则垂得更低。

"有我在，人呢，你们肯定是杀不成了。你们为活命不肯招认，想着任务搁置之后会有其他师兄弟接手就能救你们了，可三院的人都是什么人，不用我多说了吧！你们是竞争关系，他们怎么会管你们死活，那这条路就堵死了。"

谢相思慢慢悠悠地说，同时观察二人的表情，见二人有所松动，继续说："你们等不来他们，又因为迟迟不招认没了用处，到时候就会被怀王这边弄死。如果招认了，那出了王府门就会被解忧帮下追杀令，也是个死。现在你们人在悬崖边，四面都是刀枪，怎么都活不了了。"

谢相思长长地叹了口气，颇为唏嘘。

"你有什么办法就快说吧！"慕云咬着牙喊了这么一句，又吐了一口血。

陈大帅也抬起头看她。

谢相思笑，鼓了鼓掌："慕云师兄果然机智非凡。"

顿了下，她又问："你们这次接单可有时限？"

陈大帅摇头："对方只要怀王的性命，没有设时间，只说要尽快。"

慕云无力地瞪了陈大帅一眼，陈大帅小声说："这个是能说的吧……"

"既然没有时间限制，那就好办。之后我会找个机会把你们放了，你们以后就每隔几日假装来刺杀怀王一下，有点儿动静就撤，王府这边我会安排好，每次装模作样追你们一段距离就收队。这样你们一直在刺杀一直没得手，也不算违规，而怀王性命无忧，我也算是安然在完成任务。"

"若是哪一日怀王不用我保护，我回解忧帮之后，你们想怎么杀他都随意。"

慕云摇头："不行，这样等下去等到何时才能拿到钱？"

"我会和怀王说，要拿钱封你们的口，他有得是钱，肯定会出的。到时候你们先把钱带回去把难关渡过，之后的事情就容易了。"

慕云和陈大帅面面相觑，慕云转头："我们需要考虑考虑。"

谢相思本来就没指望他们能立刻答应，她站起身，抻了抻懒腰："天亮前我再来一趟，那时给我答复吧！"

"谢相思——"陈大帅叫住她，欲言又止。

谢相思像是猜到他心中所想，又笑了一下。谢相思是个冷艳的长相，不笑时生人勿近，可一笑时颊边就会显出两个小酒窝，人一下就甜了。

冷美人藏着两个小酒窝，动和不动皆倾城。

陈大帅一时看呆了。

可谢相思接下来的一句话，轻易就掐死他死灰复燃的心动。

"别爱我，没结果。"

陈大帅的脸埋下去，声音闷闷道："我相貌平平，在书院内再努力也没有人能看得到我。我没有爱好，也没有什么值得开心的事，整日行尸走肉一般，不知道为了什么而活。除了追逐你，我没有目标。

"我接这个单，是想买一件礼物送给你。我并不知道你离开解忧帮接的单是保护怀王，刺了你一剑之后，我并没有觉得解气，反而更痛苦。如果追逐也没结果，我死或者是活，都没什么区别。"

谢相思没想到陈大帅藏着这样的心思，她想了想，重新坐回去。

"你喜欢的，你追逐的，只是书院里口耳相传造出来的那个假人罢了。你看我这样，你觉得除了长相外，我和那个'出尘绝艳，恍若仙子下凡'的完美神女有什么关系。"

陈大帅抬头，谢相思一身男子装束，面色不施粉黛，姿势毫无顾忌地盘腿坐在地上，陈大帅一怔。

"我在解忧帮长大，不知道真的喜欢人是个什么感觉。只是听师姐们说过，喜欢是见他一面就欢喜。

"可你连我本人都没怎么见过，哪有什么机会喜欢上我呢？你一直想融入书院，刚好那时候书院每个人都高喊着'我要追谢相思'，很自然地在内心就加入这个行列里，把情感寄托在'谢相思'这个你没接触过的、假想的完美仙子身上。换成李相思、王相思，也都是一样的。

"我不需要礼物，只要你好好活着！我不想你死，因为那样之后书院里人人都会说我是祸水，我这个人还是很在意名声的。"

陈大帅的眼溢出泪光："可我不知道继续的意义……"

"人如果死了，就什么都没了。只要往前走，自有意义。我给你个方向，努力去赚钱吧！

"钱不会骗你的，有了钱之后从解忧帮离开，不用再在刀尖舔血，自由自在地去看山川湖海。"

谢相思憧憬着美好未来，笑得更灿烂。

陈大帅二人也被这种笑容感染，忍不住加入其中，畅想暴富后的幸福生活。

裴缓是被谢相思疯狂输出的心声吵醒的。

他困得厉害，在榻上来回翻着试图躲避那节奏密集的话语攻势，可不管他人滚到哪里，那声音都如影随形地紧紧追上。

裴缓眉头皱得死紧，扯过被子将自己耳朵捂住，可也无济于事。

那声音能透过无形的空间和有形的被子棉絮，直直往他脑子里钻。

裴缓烦躁地坐起来，灵魂被强制叫醒，身体还处在半睡半醒间。

"保护王爷！"在外面打瞌睡的白照被裴缓的声音喊醒，

"哐"的一声直直地撞进来，用力太猛一下扑在了地上。

裴缓这下是真的彻底醒了。

他面无表情地看着白照，冷声吐出一个字："滚！"

"好嘞！"白照爬起来一步一退，速度地原路返回。

裴缓睡意全无，干脆坐起来，从放在房间内随行的箱子里随手扯出一个话本，有谢相思跌宕起伏的心声做背景，看话本倒是很起劲儿。

之前他刚发现能听到谢相思心声秘密的时候就很想这么干了。

耳边是谢相思在心里谋划着骗陈大帅和慕云，话本子里男主角在密谋着怎么把女主角拐做自己的妻。

在话本子里女主角被套路得无处可逃的同一时间，谢相思那边也收到了喜报。

——"说会考虑那就是十有八九了，嘻嘻，我可真机灵。"

她的喜悦很单纯，裴缓嘴角弯弯，手又翻了一页话本。

——"陈大帅和慕云我尚能应付，如果他们没做成这单换解忧帮别人来，我不一定能解决，到时候裴缓可就危险了。"

她的考虑很贴心，裴缓嘴角弯起的弧度更大，一目十行，快进到男女主角成婚当日。

——"虽然我对陈大帅和慕云说的话都半真半假，可对未来的憧憬却是真。等什么时候裴缓不需要我的保护，我完成这单就可以拿一大笔酬金，加上我之前攒的，扣掉出帮的赎身费，还能剩很多银子，没有任何的生活压力，到时候天高任我飞，帅哥任我选。"

——"希望这一日快些来吧！"

裴缓的嘴角瞬间拉平，连带着书里撒糖的内容怎么看怎么碍眼。

"骗人做妻，天打雷劈。"

裴缓手一扬，话本子顺着窗就飞了出去。

他直挺挺地躺在榻上，瞪着屋顶，活像是瞪着谢相思本人。

"就这么想离开我？每日看本王这么个绝世美男是多少人求都求不来的福气！

"我是短你吃还是缺你穿了？算了睡觉。睡不着了，谢相思你真是害人不浅！"

翌日再出发，裴缓是顶着一双满是血丝的眼上的马车。

谢相思紧随其后跟了上去："王爷，属下有事想禀报。"

裴缓眼睛闭着："不想听。"

谢相思已经习惯裴缓三不五时地抽风，并不在意，声音压低下去，道："属下已经和陈大帅、慕云谈好了合作，只要先演场戏放他们走，他们日后就不会真的伤及王爷。"

"本王杀了他们，他们照样伤不到我。"裴缓睁开眼，似笑非笑，"斩草不除根，春风吹又生，这个道理谢护卫不会不懂吧？"

谢相思深吸一口气，语重心长地道："杀了他们，解忧帮会派新的杀手来继续做这一单。陈大帅和慕云我们已经了解了，知己知彼，百战百胜。可换成其他人，我们没有准备，岂不是把王爷置于险境？"

裴缓懒洋洋地说："那是你的事，和本王无关。"

"裴缓！"谢相思提高声音，又娇又冷。

这是她第一次亲口叫他的大名。

裴缓：！！！

谢相思脱口而出后自觉不好，又软下声音劝："人的性命只有一次，王爷要爱惜自己。"

裴缓面色古古怪怪，凝眸盯着谢相思半晌，盯得她脊背都有些发凉，他方撤回眼，干巴巴地挤出一句："那就随你吧！"

——"我也不想这么快就投降，可是她叫我裴缓，叫得怪好听的。"

——"再叫一声，我可能会脸红。"

"裴缓？"

裴缓的脑袋往旁边别得更歪,露出的一点点耳尖白里透红,不满地嘟囔着:"放肆得很,你还叫上瘾了。"

——"糟糕,不能让她发现。"

谢相思摸了摸自己的耳朵,莫名其妙地有些热。

在怀王一行还有一日到长安时,陈大帅和慕云趁守卫换班逃走,护卫们追出十里之后跟丢了,怀王殿下表示生气,罚了护卫半年月银,以示惩罚。

晚上,谢相思请被罚的护卫们喝酒,将半年月银换成银票一次性发给大家,说这是她和王爷争取来的结果。

之前府内的护卫对谢相思这个外来人员做老大还颇有微词,这次之后倒是心服口服。

谢相思不由得感叹,钱在大部分时候确实是个好东西,从此她积极赚钱的心又坚定了一些。

而在她做这些事时,裴缓还是执着地将谢相思给傅清明写的信截了回来,翻来覆去看了好几遍也没看到一个"情"字,他手抄了一份,让桑明连夜将原信放回去。

裴缓觉得这里面可能有隐晦暗语,他得好好研究研究。

马车进到长安,已是六月中旬。

怀王府外的梨花早就落尽,只剩一片片油绿的叶子在随着和风轻摆。

裴缓沐浴更衣过后,奉诏入宫,谢相思同行。

自从在裴缓身边做护卫,他几次进宫谢相思都在宫门外守着,这还是她第一次得以踏进宫门,一睹这世上最盛极的所在。

雕梁画栋,金碧恢宏,脚一踏进去,那股逼人的威压感近乎排山倒海一般地冲到天灵盖,让人忍不住垂下头,大气也不敢出。

反观前面的裴缓,走路晃晃悠悠,也不用太监引路,带着她穿花拂柳,进各种曲折小路,熟稔得仿佛是自己家一样。

"这宫里本就大,工匠修的路九曲十八弯,要是靠两条腿走他们修的路得把人累死。"

谢相思问："王爷是跟着临安王知道这些小路的？"

"你倒是聪明，本王少时做过几天临安王的伴读。"

能做皇子伴读的人，自都是天资聪颖的人，也不知道临安王文质彬彬的，这裴缓怎么就长歪成这样。

裴缓想到过去，眼睛弯起，笑得狡黠："临安王的先生王太傅是个老学究，一上课我就犯困，一犯困他就罚我，一罚回家兄长就不让我用晚饭。我就在王太傅的茶里下泻药，之后事发王太傅追着我打，我就到处躲，一来二去，这宫里的小路暗道被我摸了个透。"

谢相思嘴角一抽，这下她知道了。

少时的裴缓和如今的他也没什么区别，顽劣不堪，让人头疼。

谢相思追问："那之后呢？"

"太傅告到了陛下那儿，我爹娘进宫要领我回去，免得我教坏了临安王。陛下倒是仁慈，说我天资聪颖，只是顽皮而已，把我留在身边亲自教导。"

"然后？"

裴缓脚下一转，下巴点着前面："穿过这灌木丛就是乾元宫了。"

谢相思跟上去，听裴缓道："然后半年之后陛下嫌我话太多，把我塞回裴府。父亲把我交给了兄长，兄长和我同食同住，日日盯着我，稍有懒惰就教训我……"

想到过去，裴缓不由得打了个哆嗦："那日子真是苦不堪言。"

能让裴缓这么恐惧的人，想来是个人物。

两人说着到了乾元宫门前，越武帝身边的内监总管梁瑞在门口等着，一见他忙笑着行礼："王爷你可回来了，陛下日日惦记着您呢！"

梁瑞说着引裴缓进去，侍卫拦下谢相思。

裴缓回首看了她一眼："这是我的新护卫，劳烦梁公公找人带她去歇一歇。"

梁瑞道："是，王爷放心吧！"

梁瑞送裴缓进殿，不一会儿有小黄门出来，带谢相思去乾元宫前面的听雨台歇息。宫里的茶水点心都很好吃，谢相思也没客气，吃了半饱之后精神也放松，思绪不自觉地就飘到裴缓身上，进而想到他方才话语间都很敬重又惧怕的"兄长"裴昭身上。

前中书令裴昭之名，天下无人不知。

裴家一门忠烈，裴昭继承先祖之志，天资极高，六岁便做《红梨赋》惊艳四座，十七岁中状元，步入官场，仕途一路顺遂。裴昭为人正直，淡泊名利，事事亲力亲为，常在衙门办公至深夜方归。二十三岁便任中书令，如今的丞相卫启年事已高，且自去年底开始缠绵病榻，无力办公。朝上朝下人人皆知，裴昭从两江调回之日，便是拜相之时。

而裴昭的同胞弟弟裴缓，被称为"长安四大纨绔"之首，不学无术，文不成武不就，人们最常用他来衬托裴昭的完美无瑕。

听裴缓说裴昭从小也是管他极严的，可他后来还是长这么歪，这其中的变故，谢相思猜，肯定与后来镇国将军和夫人双双过世有关。

父母骤然离世，裴昭为父为兄，自然是不肯对这个唯一的亲人过于苛责。裴昭不得不离开长安后，陛下为了庇护裴缓，还特意寻了个由头封他为王。

裴缓在父母兄长以及陛下的庇护下恣意生长，近乎没有一点儿忧愁。

而谢相思在裴缓称霸长安的年纪还在解忧帮苦熬着，每日服各种药物改变肌理结构，那些药有时在体内相冲时实在难熬，连入睡都是奢望。

那样难熬的日子谢相思硬生生地撑下来了，她一直信奉靠自己得到想要的才不负此生，看不惯裴缓这样仗着父母兄长便平步青云得到一切的人。可这一刻，她不得不承认，她很羡慕裴缓成长中的那些烂漫时光。

那是她从来没拥有过的。

"成之，成之？"

殿内，裴缓望着烛台的纹路走神，听见声音他发怔着转头："陛下说什么？"

龙榻上越武帝靠在床头，面色苍白，精神不济，唯那双看遍鲜血白骨的眼依旧明亮如昔。

"你方才在想什么这么出神？"越武帝玩笑着问，"可是有心上人了？"

"没……没有。"裴缓话说得急，差点儿咬到自己的舌头。

"嘶！"手腕处传来一阵冰凉的疼痛，是太医看裴缓分神果断下的一刀，薄薄的刀刃划开他的皮肤，血跟着渗出来，一滴一滴，滴进白瓷碗中，似北风寒雪里绽开的朵朵红梅。

血没过碗底，太医拿纱布止住血，又上了凝血药包扎好，端着那碗血躬身退出去熬药了。

越武帝看那张和故去的至交好友相似的脸，有些疲累，又有些不忍，最终吐了一口浊气："成之，辛苦你了。"

太医的药起效很快，这一会儿就不疼了，裴缓又活过来了，语气轻松地道："传闻中臣可是靠血上位的，不真的出点儿血怎么保住这荣华富贵。"

越武帝被逗笑："你啊，几时变得这么伶牙俐齿。"

"母亲说我生下来哭个不停，不像裴昭，刚出生的时候就无声无息的，我爹娘都担心他是个哑巴呢！所以我伶牙俐齿嘛，打出生就如此了，从来就没变过。"

越武帝神情默默，笑意敛起："朕本想同你一起回盖州城看看他们……"

"臣在父亲墓前将陛下让臣带过去的信烧了，父亲在天之灵会明白的。陛下好好休养，待到明年春日，臣陪陛下再回盖州。"

越武帝半阖着眼，良久后点头。

裴缓见他实在疲惫，又说了会儿话就退了出去，梁瑞亲自来送："听闻王爷在盖州遇刺，陛下很是担心，陛下让老奴把这个给王爷。"

梁瑞手里端着一个锦盒，里面躺着一枚赤色龙佩，是越武帝的贴身之物。

守卫皇城的禁军中，有一个秘密组织暗影署，只听皇帝一人号令，行暗夜秘事。裴缓身边的那些禁军暗卫就是越武帝亲自从暗影署挑过来的，而能调动暗影署的，就是这枚赤色龙佩。

越武帝的意思，是让他自己去调人，想调多少就调多少，来保住他这条小命。

"我在陛下眼里，就是走路可能也会崴脚摔得没命的废物吧！"裴缓合上盖子。

梁瑞赔笑道："陛下只是担心王爷。"

裴缓耳边过着方才偷听到的谢相思的心声。

她说很艳羡他的人生。

裴缓眉头一挑，将盒子收起来："梁公公不必开解本王，烂就烂，我就烂。"

梁瑞："王爷真是豁达开明，老奴敬佩。"

裴缓慢悠悠地走出乾元宫的门，梁瑞说随行的那位女护卫正在前面听雨台，裴缓谢过梁瑞，没用人带着，自己往那边走。

他特意让梁瑞着人带谢相思去稍远的地方等他，为的就是把距离拉开，超过一个院落，以防止自己替越武帝割血治病的事情被她探知。

当然也为……让他能清楚听到她的心声。

谢相思人冷话不多，可心声却很活泼，和她给人的感觉反差很大。今日裴缓才晓得，她一开始是不得不这么做，之后便是习惯这么做了。

在解忧帮那样的环境里长大，一旦行差踏错很容易就没了性命，千百句话都得藏在心底，自己和自己排解。她在无人无事时就安静地待着，在旁人眼里是在发呆，但其实她是在自己给自己找事。

她的内心世界很鲜活明亮。

走了几步，裴缓停下，耳边已经没什么动静。

距离雨花台还有段距离，裴缓负着手加快脚步，猜道："一定是睡着了。"

只有睡着，她才会不在心里吐槽。

越武帝喜雨，特意在乾元宫外的西南角建了雨花台。台阶一级一级向上，最高处可以远眺前面的御花园，看百花争艳，听雨打芭蕉。

裴缓踩上一级台阶，喉咙突然有些发干，后悔刚才在乾元宫出来前没喝完那盏雨前龙井。

裴缓屏住呼吸，甩掉不知道从哪里冒出来的杂乱念头，和莫名涌出来的一点点紧张，脚步踩稳，走了上去。

阁楼的窗和门都打开，初夏的和风穿堂而过。

裴缓放轻脚步，站到她旁边。

谢相思靠在圈椅里，秀眉舒展，睡得很是安稳。有一片叶子裹进来，贴在她脖颈儿上，碧绿的叶子叶脉清晰，她太过白皙，脖颈儿上的筋也清楚可见。

她就似这叶子，颜色清冷，独一无二。

裴缓探出手，捻住那叶子的叶柄。

紧跟着腿猛地一阵剧痛，天旋地转间他人已经被压倒，厚重的刀鞘抵在他脖颈儿处。

"谢相思！"

谢相思睁开眼，对上一张痛苦到扭曲的俊脸，她暗道不好，忙收回手："抱歉了王爷，这是我睡着自保的本能反应……属下带王爷去太医院看看吧！"

她说着要去扶裴缓，好巧不巧地正按在他左小臂刚被划了一刀的伤处，裴缓眼前一黑，差点儿没疼死过去。

"王爷您怎么了？王爷！"

"不能去太医院！"裴缓甩开谢相思，指着她，"站在原地不要动，离本王远点儿！"

裴缓一瘸一拐地坐到圈椅上，大口大口地喘着气。

这谢相思是来克他的吗？

谢相思听话地站在原地，看他平缓疼痛之后阴沉着脸，浑身上下散发着浓重的煞气，非常识时务，软语解释道："属下的本能反应是做护卫必须具备的，这样一旦有人来伤害王爷，不管是白天还是黑夜，属下都能第一时间察觉然后保护王爷。王爷走路的声音很沉，属下能区分出来，可今天王爷的脚步很轻，属下还以为是别人——"

谢相思说着一顿，瞅着裴缓："王爷是故意放轻脚步的？王爷是想亲眼抓属下睡着然后记一笔？"

裴缓右手掌心攥紧，冷笑一声："恶意揣测本王，谢相思，你好大的胆！"

不正面回应，而是说套话，那她猜得很正确。

她之前迷迷糊糊睡着听裴缓说不能把她送回解忧帮，既然能确定继续留下执行任务，她也不怕什么投诉。

谢相思立时道："属下知错，属下冤枉了王爷，王爷放轻脚步一定是猜到属下睡着了不想打扰属下。王爷的善良比天高，王爷的宽容比海深，能在王爷手下做护卫，是属下三生荣幸。"

裴缓脸色一会儿红一会儿白，最终哼了一声："马屁精！"

——"哎呀，她是怎么猜到的？"

——"难道我暴露了？"

——"不能想不能想，再想真暴露了。"

谢相思愣了愣，啊？裴缓真是不想打扰她？

裴缓居然这么了解她，猜到她睡着了吗？

暴露什么，暴露自己其实不只是个害人精，还是个有点儿良善的小可爱？

谢相思面无表情，裴缓瞥了她一眼，长指敲了敲扶手，吩咐道："你去乾元宫门口叫两个人，送本王出宫。"

"是，属下这就去。"

谢相思心里有愧，走得很快，刚到乾元宫门口，身后传来一道不确定的声音："……思思姐姐？"

谢相思一怔。

她转回身，对上一张灿烂笑脸，她差点儿怀疑自己出现幻觉了："傅清明？"

傅清明换上一身锦衣，落发高束，颇像世家里招猫逗狗、百事全无的小公子。除了那张依旧清秀的脸，和久安镇那个落魄的小神医毫不相干。

他的鹿眼里盛着惊喜："好久不见了，思思姐姐。"

第五章

噬鬼之毒

这夜深深，星月高悬。

怀王府内，桑明带着一队护卫穿过花园，往西南角去巡逻，不多时，白照亦带一队人走过，往相反的方向去。

谢相思倚在窗边，手里把玩着一把小巧的匕首。

待到二人走了之后，她从窗户飞出，点着地面，几下飞上院内那棵枝繁叶茂的槐树。

之前为了保护裴缓，谢相思就住在裴缓所在的主屋对面，每隔两日和桑明他们轮班值夜。

白日从皇宫回来之后，裴缓就让人把她的住处搬出王府主院，迁到相隔两个院落的别院中。

他还说自己不舒服，任何人没有他的命令不许靠近。

谢相思知道，裴缓这是在报复她在听雨台无意伤他的举动，想给她的保护工作增添难度。

她也没反抗，身为解忧帮的人，这点儿小麻烦算什么。

谢相思搬好之后就在附近飞了一会儿，最终选择这棵槐树作为晚上监视主院的地点。她视力比常人要好，从这棵槐树上往下看，斜对着能看到主院的动静。

谢相思捡了枝粗的枝丫窝着，身体不能怎么动时，她脑子就动得飞快。

白日里碍于是皇宫重地，傅清明又摆明了是去见皇帝的，两人没能说几句话。只是在擦肩而过时，傅清明面不改色，悄声漏了一句："晚上等我。"

他这话说得含糊，两个人只在盖州城的久安镇有交集，谢相思连他住哪儿都不知道，又该上哪儿去找他。

她一无所知，就只能等他来找自己了。

巡夜的梆子敲了三下，已是子时三刻。

主院的灯熄了许久，谢相思也听不到裴缓的心声，想来他已经睡熟了。

耳畔传来一阵清脆的破空声，随之一道寒光钉在谢相思脚下的树杈上。她脚勾着树干，倒挂着取了那枚飞镖。

被削成两半钉在树杈上的叶子打着旋儿飘在地上。

这飞镖的力道、巧劲儿，谢相思没见过第二个。

是傅清明。

谢相思展开字条，上面只有一句话。

——城西长东街朱燕巷院，门口悬一月色灯笼，事出紧急，万望速来。

谢相思翻身下树，落地无声，原路钻进屋中，将字条焚毁之后又跳出去。

与此同时，王府主院中，本躺在榻上的裴缓一下坐起来。

"来人！把谢相思给本王找来。"

谢相思刚要翻墙出去，院门就被人破开，她的脚步硬生生地顿住。

白照焦急地赶过来，和谢相思直直地打了个照面，他喘着粗气，声音断断续续，道："谢护卫，你……怎……怎么站在这儿呢？"

谢相思回答："赏月。"

白照长吐口气，仰着脖子看天，那一弯细细的月亮也看不出什么好看来。

谢相思问："可是王爷有事？"

白照回过神来，"哦哦"两声："王爷让我来叫谢护卫去一趟。"

"王爷不是睡着了？"

"这谢护卫都知道？"白照竖起大拇指，"不愧是谢护卫，人不在主院，心却在，王爷睡着没睡着谢护卫都能猜到。怪不得桑明说，谢护卫和王爷心有灵犀。"

"过奖了。"

若是别人说这番话，谢相思觉得他是阴阳怪气，顺带扯犊子。可白照说出来，就是坦诚至极，这一个多月间，府里这些护卫倒是真的拿她当自己人了。

"我也不知道王爷有什么事，反正很急，很急很急，急得我腿都差点儿跑断了。"

白照提着快断的双腿又跟着大步流星的谢相思跑了回来，几乎是踏进主院门的同一时间，裴缓卧房的光复又亮起。

裴缓仅着里衣躺在榻上，眼皮耷拉着，一副睡意蒙眬的样子。

"王爷叫属下有何事？"

听到动静，裴缓侧过身子，抬起脸，他的里衣料子是外朝进贡而来，盛夏暑热时穿着睡觉也凉爽不闷汗。因为此特性，裴缓的里衣比寻常的衣服更加顺滑垂坠，他一动，衣领处就往旁边一歪一滑，他随手扯回来，另一边的领子又滑开。

暖融融的光，映在皎白的肌肤上，蒙上一层旖旎的颜色。

模模糊糊，朦朦胧胧，看得见，又似看不见。

谢相思的眼神有些发直。

裴缓仿佛还没睡醒，对她这本性直白的眼神毫不在意，眼皮抬起又垂下，声音透着倦怠："本王方才做了个梦。"

谢相思静静等着他下文。

"梦里是一望无尽的山川，本王站在山巅俯瞰脚下的景色。突然从后面伸出一双手，将本王推了下去。随后本王惊醒了，本王找高人解了梦，高人说本王今夜有一劫难。

"今日虽然不是你当值，可本王花钱雇你来保护，有危险你自然是要在的。"

谢相思问："敢问王爷，是哪位高人解的梦？"

裴缓打了个哈欠："本王自己。"

谢相思嘴角一抽，沉默以对。

裴缓："是本王不够高吗？"

谢相思顺从道："王爷自然是高人。"

整个王府裴缓身量和桑明差不多，并列第一，确实是"高人"。

"那不就完了，谢护卫，好好值夜吧，本王继续睡了。"裴缓扯过锦被将头一蒙，重新歪了回去。

丫鬟锦芽吹熄了灯，白照对谢相思拱手："那就辛苦谢护卫了，我也回去睡啦！"

谢相思的刀，差一点儿就要饮血出鞘。

黑夜里，她盯着裴缓的背半天，恨不得盯出个窟窿来，终是吐了口气，身形一跃，纵身上了房梁。

屋子里燃着梨香，其中制香用的一味龙涎香还是皇上为表恩宠亲赐的，闻着清清淡淡，即使梨花不在，这屋子里还是梨香扑面。

梨花清冷高洁，很不像裴缓这种浮夸人会喜欢的，倒更符合传说中的裴昭。

看来裴缓的习性喜好还是受他那位兄长影响不小。

房梁上不知道是谁缠了一圈金丝席，躺在上面软软的，又不闷热。谢相思一动不动，连呼吸都控制得细而长，寻常人难以发现这里躺着个人。

——"我睡不着。"

——"总觉得谢相思在盯着我看，我好不自在。"

——"可去盖州城之前她也是这么盯着我的，我怎么就能睡着呢？"

谢相思即将入定时，耳畔传来一声声嘟囔。

她微微侧过头，眼睛盯着斜下方的床榻处，锦被里的鼓包随着这声音悄悄动了动。

——"谢相思睡着了吗？"

——"她怎么可以睡着，她是护卫。"

——"我叫她一声。"

"谢相思！"

"王爷有事？"

"没事，随时抽查看看你睡没睡。"

"哦。"

——"没睡，倒是挺有职业操守的。"

——"不对，若是有职业操守怎么会踹雇主的腿，害得本王现在腿还肿着。"

谢相思缓慢地眨着眼，所以裴缓现在才想起来她白日里伤到他的事，那叫她来，就不是存心想找碴儿报复了，而是真的为那个梦境担忧。

迷信害人啊！

谢相思松了口气，随后那口气又提起来。

她若是这一晚都要因为这个理由待在这儿，那就没办法去找傅清明了。

"谢相思！"

"王爷有事？"

"你转过去别看本王。"

谢相思："哦。"

谢相思扭过头，动作没有避讳。

裴缓听到声音，道："你果然在暗中盯着本王看。"

——"嘻嘻。"

——"嘻嘻嘻。"

谢相思看着近在咫尺的木梁，已然对他的自恋淡然以对："不盯着王爷，怎么能保护王爷？"

榻上有了动静，是裴缓翻了个身。

"那你下来盯。"

——"本王睡不着也许是她离太远我没安全感。"

——"试试看是不是。"

——"如果不是的话，再绕回之前的思路，试试是不是因为她盯着我才睡不着的。"

——"啊，长夜漫漫，我要实验。"

谢相思对裴缓信奉着能不浪费口水就不浪费口水的原则，

她飘然落地，站在榻边，和灯架并列成排，一动不动。

裴缓的脸对着她，隔着一层薄薄的床幔，他闭着眼，神态安详。

——"还是睡不着，一定是不够近。"

"这个距离，万一敌人射一箭，穿过你我的空隙，那本王就危险了。谢护卫，你靠近一点儿。"

谢相思从善如流，上前一步。

"敌人若是射飞镖，这个距离也能过。"

谢相思再上前一步。

"若是射银针。"

谢相思再上前。

"若是……"

"王爷，再往前的话，属下就要上床了。"

裴缓睁眼，谢相思往后退一步，他入目撞上的，是谢相思近在咫尺的细腰。

腰带轻系，不用力就能勾勒出娇软的弧度。

他的手指探出，只碰到腰带垂下的璎珞穗子，扫得他心痒痒。

——"怎么会有人有这么好看的腰。"

——"好想……"

——"不，我不想，这跟登徒子有何区别，我裴缓还是要脸的。"

——"不对，我什么时候要过脸。"

——"做人就该从一而终，不能半途被外界改变。"

裴缓再抬眸，眼神墨黑，里面藏着谢相思窥探不出的深渊。

他伸出手，声音暗哑："谢护卫，过来。"

胸腔里的空气像是一下被人抽走，谢相思往后小幅度地退了一步。

"你敢不听话？"裴缓意味不明地笑了一下，他一笑，胜过璀璨世间所有的光华。只今夜的笑透出危险色，谢相思心头不住地战栗。

谢相思一怔，他人突然扑了过来。

——"今夜……"

谢相思眼一眯，手抡起来。

——"量到……"

谢相思往旁边一闪，手挥下。

——"尺寸我好叫人做衣服……"

裴缓眼前一黑，高大身躯轰然扑到地上。

——"给她。"

裴缓昏了过去。

他只是想量她的腰身？他还要送她衣服？

又打错了。

谢相思"扑通"滑跪到裴缓身边："王爷！王爷！"

她叫了几声裴缓都毫无动静。

谢相思拽着裴缓，将他扶到榻上，盖好锦被。愧疚的情绪如果是水，那她现下已经被泡发了。

谢相思对着裴缓鞠躬，诚挚地表达歉意，本着"打都打了，不如就势做点儿正事"的原则，她趁着护卫不注意，翻窗出门，逃入茫茫夜色里。

长东街不算是长安城最繁华的一条街，却是所有人趋之若鹜的存在。传说中长东有地龙，在这地方买房子能官运亨通，平步青云，是以诸多亲贵朝臣都在此处置办宅子。

长安有言，一块房梁砸在长东街，十个人里有七个家中有人做官。

但凡贵的地方都会分个三六九等，长东街的八条巷子各有乾坤，上三巷最贵，都是二品往上重臣王室的家眷置办的，中三巷大多住着四五品的京官家眷，而下两巷是给除了钱一无所有的富商，偶有几家是权贵养的外室。

一言以蔽之，这地方很贵。

因为含钱含权量太高，有心思歪的贼人绑匪经常来这儿绑票要钱，后来慢慢地，朝臣权贵也不在这儿住，或是给投奔的远房亲戚住，或是将房子租出去。

朱燕巷位于上三巷的第二巷，谢相思奔袭而来的一路，想象这这是怎样穷尽奢华的地方，可此刻站在门口，望着残破的门，白到褪色的灯笼，她开始怀疑这个魔幻的世界。

"……啊？就这？"

"嘎吱"一声，门应声而开。

寂静的深夜，破败的院落，自动打开的木门，组合在一起就是个鬼故事，一般胆量的人都得吓出个好歹。

可这一切落在傅清明身上，非常合理。谢相思没有任何犹豫，直接入门。

门在她身后又重重合上，这三进的院落一点灯火也没有，她四下扫了扫，直步上了台阶，推开主屋的门，随后大拇指一推，手里的佩刀"唰"的一声出鞘。

那一点月光漏进来，傅清明正坐在大堂里，手里拿着一个小布兜，里面网着一兜子萤火虫，绿色的光照在他的脸畔，诡异得要命，饶是谢相思这等心智也一瞬间心脏骤停。

"思思姐姐，我等了你这么久，你怎么见面就拔刀啊！"

谢相思手指收回，佩刀落回，坐到傅清明手边："谁让你装神弄鬼的吓唬人。"

"我来得急，这里什么也没有，我没来得及布置，就只能用些笨办法吓唬人了，我知道思思姐姐胆子大，肯定敢进来。"

傅清明的"布置"，指的是像雨花巷那样，用毒和药布阵，防止有别人闯进来。

想起雨花巷，谢相思问："那位姑娘如何了？"

萤火虫灯放在桌面上，布兜沾了底软趴趴的，"灯光"随之晃了晃。

傅清明摇了摇头，谢相思心头一紧。

"你走之后三日，她突然说想见你。我往裴府射飞镖，可你迟迟没回应，我一打听才知道，怀王已经启程回长安了。"

"之后我回去，她便没了气息。"傅清明从怀中摸出一封信，是谢相思寄给他的那一封，"对不起，我没能照顾好她，有负你所托。"

谢相思胸口闷闷的，声音也发沉："她是怎么死的？"

"自杀，触墙而亡，死得决绝。"傅清明叹了一口气，手握了松，松了握，可也握不住注定要流逝的生命，"销骨香吞噬人肌理，即使我医术再高，也只能留她性命，难以让她的容貌恢复往昔。她在死前留书给我，让我火葬了她，她不想顶着这张脸埋进土里，投胎转世。"

天香阁的姑娘，身若浮萍，被人呼来喝去。她们处处都不如人，只有那一张美丽的容颜，让她们觉得自己稍稍胜于她人，她们的脸是唯一引以为傲的地方，也是唯一能让她们在这尘世生存下去的依仗。

那个至今谢相思也不知道名字，只有两面之缘的姑娘，死对她而言是解脱。

在解忧帮做事，谢相思见过很多人求生，第一次见到有人求死。

她叹一口气："如果人有来世，希望她平平安安，顺遂地过平凡一生。"

两人相顾无言，静坐片刻，谢相思将刀横在小几上，开门见山地问："你找我来的目的是什么，直说吧！"

她太直接，问得傅清明一愣："我本来以为你会迂回地和我寒暄下在皇宫里的重逢，或者问问我朱燕巷的房价什么的，侧面打探一下。毕竟正常人都羞于直接问别人秘密，没想到你会这么直截了当地开口。"

"你去皇宫自然是机密，我问你你也不能说，那我为何要问？朱燕巷的房子不管涨了掉了还是大甩卖，我都买不起。你找我，肯定有目的，这个才与我有关。我问一个事就行，为什么要浪费心思旁敲侧击问别的。"

傅清明起立鼓掌："思思姐姐真是人间清醒。"

"看你年纪小教教你罢了。"谢相思摆摆手，示意他坐下，"说吧，到底什么事？"

"重新自我介绍一下，我叫傅清明，我师父是鹿鸣。"

"鹿鸣？"谢相思很是意外，"妙手神针鹿鸣？"

"正是。思思姐姐也知道我师父？"

"但凡在江湖上行走，谁能没听过鹿神医的大名。可我听说鹿神医不收弟子，之前多少人想拜鹿神医名下，不管是帮派子弟还是权贵，他都没有松口。"

解忧帮内部有各类名人志士的资料，只是谢相思一看字多的书就头疼，《朝堂宫廷篇》和裴缓有关，在出发来长安前她强迫着自己背了，《江湖异闻篇》她只囫囵翻了个大概应付考试。有关鹿鸣出宫后的事情，她知道的不多。

傅清明点头说："思思姐姐说得没错，师父说他要燃烧自己所有，来行医救人。他会看病，却不会看人，那些奔着他来的人，大多为名为利，少有真的想行医的，他分辨不清，就干脆不分辨了，也不收徒，就只能由自己一人坚定本心便行了。

"我嘛，是个意外，我父母双亡，身患重病，舅舅带着我到处求医问药最后求到师父，师父治好了我，舅舅却因长年累月的劳累猝死。师父见我一个人孤苦，就收了我在身边，一开始只是做他的小童，后来师父见我对药草一学很有天分，考察了数年才最终收我做关门弟子。

"师父对我恩重如山，师父过世后，我遵照入门时发的誓，不入贵门，不以医术敛财，救济苍生。我去的第一站，就是盖州城，之后就遇到了思思姐姐，我和思思姐姐真是有缘。"

"不入贵门？不以医术敛财？"谢相思眉头一皱，很是嫌弃，"可你入了宫，还有钱买朱燕巷的房子，你这誓言三个里两个都没做到。"

"朱燕巷的房子虽然是我的，可我赚钱可从不靠医术。"傅清明说着，手指做拨算盘珠子状，"我和师父之前在边境落脚，我白日和师父行医，晚上倒卖两境物品，赚了第一桶金。之后我拿这笔钱，选了一个很有发展前景但偏僻的城镇买了房，再之后倒手卖掉，就这样来来回回，七八年之后我就买了这儿。其实这儿的房子我去年才买，因着办师父的丧事没时间回来，就到现在也没收拾，乱得很，让思思姐姐见笑了。"

好一个天纵奇才！她要是有这水平，早就攒够钱离开解忧帮了。七八年光景就如此出息，真……

谢相思情绪一顿，梗着脖子看过去："你这编的吧？七八年前你也就七八岁吧？七八岁的小娃娃还能倒卖货品？"

"呃……"傅清明轻咳了两声，"那个，我今年刚好二十。"

谢相思盯着眼前这张稚嫩的脸，无辜的鹿眼，怎么看也就最多十五六岁的样子，摇头三连："怎么可能！我不信！你演的吧！"

"我跟着师父到处试药尝药，天山最好的雪莲师父只取蕊芯，花瓣都让我吃了，很甜。我师父临终前也是鹤发童颜，不见多少老态。"傅清明及时停下，把话题拉回去，"这都不是很重要的事情，我叫思思姐姐来——"

"别，别叫我姐了，我比你还小一岁，这声姐姐我可担不起。"

傅清明睁着一双无辜的眼："那叫相思妹妹好了。"

谢相思捂住泛酸的牙，摆摆手："先说正事吧！"

"其实若不是天香阁的姑娘，我应该比你先到长安。我在盖州城落脚时，就有人来给我送了一封信。"傅清明又摸出一封信，指尖抵着，推到谢相思那边，"你看一下。"

信封中的信上并没有字，空白一片。她问："为何没有字？"

"这是暗影营送来的信，是机密中的机密。没有字，最保险。"

谢相思脑中念头一闪而过："是陛下。"

"师父虽然离开皇宫，可和陛下的君臣之谊永远都在，这空信封是皇上和师父之间的约定，不到万不得已不会用。我继承师父遗志，自然要为师父守好约定。"

谢相思想到那个传言，那个裴缓青云直上有了王爵是因为为陛下献血治病的传言。

"……难道陛下真的有病？"

傅清明点头："正是。"

谢相思托腮，眼前"唰唰唰"飘过的是她熟读背诵无数遍的《朝堂宫廷篇之镇国将军裴阙》。

当今越武帝当年还是三皇子时率军打仗，平定西南，和裴阙是生死与共的同袍兄弟。之后先帝驾崩，传位于三皇子，铮王谋反，是镇国将军裴阙一手护佑三皇子登基。

铮王余党不甘心见三皇子坐上帝位，纠集起来在越武帝封禅大典后打算再次谋逆，镇国将军和夫人为保护皇上以身为饵最终双双被杀。再之后长子裴昭中状元入仕，一路顺遂。虽然裴昭的天资出众，但大家都说他能这么快上位还是多亏了自己姓裴。

裴缓是裴家的异类，文不行武不行，成天招猫逗狗，纨绔难搞。裴昭在朝廷风头那么盛，都没有人想浪费心思给他下套，是都等着放长线，兵不血刃，等裴缓出事把他哥给拖下水。裴昭离开长安，裴缓没人管，这正是诱他犯错的好时机，可还没等到各方有所行动，皇上突然封了裴缓做怀王，成了大越第一个异姓王。传出来的原因是皇上生病需要裴缓的血做药，大家虽然叫他"血王八"，可其实并没有人真的信。

在这个节骨眼儿封王，一般人就很难动裴缓，这是皇上为了保裴缓呢！

且皇上行武，一向体魄强健，每日上朝都是容光焕发，并没有一丝病态，还用裴缓的血做药？蒙谁呢？

朝上的重臣都是在官场沉浮几十年的老油条，他们表面关切上折子问候皇上龙体，心里完全不信事情会这么简单。

众人皆醉他们独醒。品级小和年轻的官员受到这些重臣前辈的"好心指点"，也加入"独醒"大军的行列。

最后，大家都把真相当成个傻子才会信的借口。

谢相思眯了眯眼，不由得感叹一句圣心难测，不愧是坐稳龙椅三十年的一代英主，可真是把每一步都算到了。

"虚虚实实真真假假，玩的是人心啊！"谢相思几下想明白这其中关窍，抬眸睨了傅清明一眼，"所以你进宫，是为了陛下的病。陛下到底得的什么病？为什么怀王的血能救他？"

"其实不是病，是毒。"

谢相思被惊到："有人要谋逆？"

"这毒叫噬鬼，是苗疆人牟赞研制的，用药极为偏门，一旦毒发，便是恶鬼都逃不掉，所以才叫噬鬼。噬鬼毒会通过人体的血游走到四肢百骸，身体每一寸都会腐烂，受尽极致的痛苦最后才会死去，至今尚未有人能解这个毒。"傅清明眸中盛着无限的哀伤，少年不知愁的面庞终于有和他真实年纪相配的情绪，"师父从去年底开始潜心研究破解噬鬼的方法，可惜只破出了一半的解法就出了意外。"

"节哀。"

傅清明摇了摇头，将眉间那一瞬间溢出来的阴霾扫开，继续说："陛下体内的毒性很浅很淡，所以才保住了性命。但那毒不解，会慢慢在体内吞血再生，最终还是会要命。可这大半年皇上的病情并没有加重，所以说怀王的血，应该是真的有用。"

"是因为怀王天赋异禀吗？"

傅清明又摇了摇头："这我并不知道。"

所以那日进宫，裴缓是给陛下献血去了。

谢相思消化着这一晚得到的庞大信息，手被人握住。她本能反手一推，傅清明被弹开，她又迅速地扯着他衣襟把他捞了回来。

这一飞一回之间，她惯来冷艳的脸情绪变化极快，一起一落，她的样子忽远忽近，飘扬的发丝都泛着光，像是在缥缈月色里羽化登仙，傅清明一颗心都要蹦出来。

谢相思把他扶正，歉意地笑了笑："抱歉，手快了。"

傅清明怔怔地看着她，手摸着把手坐下，让那颗躁动的心也慢慢沉下去。

"没……没事，是我忘了你的防御反应了。"

见傅清明这么好说话，且适应能力超强，谢相思也没什么心理负担，又坐了回去。

傅清明悄然往远处挪了一寸，谢相思当没看见，看了一眼窗外的月亮轨迹，说："怀王那儿我不能太久不回去，你铺垫了这么久，想要我做什么就直说吧！"

"也不是铺垫，既然要你帮忙，当然要把事情原委都和你说清楚。"今夜傅清明也受谢相思影响，干脆坦诚到底，"陛下也知道光靠怀王的血不是长久之计，所以才找上我。我要解噬鬼之毒，一是为了完成师父的遗愿，给陛下解毒；二来，也是未免这毒落在什么愤世嫉俗人手里，祸害苍生。所以，我需要你帮我从怀王那儿取点儿血过来，用作研究解药。"

"这事怀王能知道吗？"

"不能。这事只能天知地知，你知我知。"

谢相思沉默了片刻，弯唇淡淡笑了一下，倏地佩刀出鞘，一瞬便抵住傅清明咽喉。

"说得可真好听，不告而取就是偷。怀王是我主上，我偷主上的血，就为了帮你这个只见了几面的不熟的人，你还真是脸大如盆。你说了这么一大通，谁知道你到底藏着什么心思。"

傅清明垂了下眼，并未挣扎，似早已料到谢相思的反应。

"你在意怀王的命。"他说出这个事实，谢相思微怔。

傅清明眨了眨眼，直直迎上她审视的冷冽目光："我与你虽只有几面之缘，但看得出来你只关心你在意的事，对其他事都无感。你今夜说话多的时候，两分为天香阁的姑娘，剩下的都是为怀王。如果不是因为怀王的血能救陛下，对陛下中毒这件事你也不会多问。

"所以就算是为了怀王，你也一定会答应我。怀王的血真

· 105 ·

的能救陛下的事情一旦传出去，他也会有危险。而且我为什么私下找上你，而不是直接让陛下找怀王要血，或者是让怀王放血时取上一点儿研究，正是因为陛下极力反对。在拿怀王研究和可能没命间，他毫不犹豫地选择了后者，肯定有什么原因。这个原因，你也想知道的，对吗？谢相思。"

谢相思，这是傅清明第一次叫她的名字，三个字干干脆脆，将她的防备打落。

谢相思拿着刀的手攥紧，骨节松缓下来。

傅清明伸手，两指夹住薄薄的刀刃，将其移开。

"你为了怀王，我为了天下苍生。试一次，行吗？"

弯月行至树梢，怀王府的梨树晃了晃，掉落几片叶子。

谢相思翻墙进去，几条黑影无声无息地追上。她察觉，脚尖轻点，直上房顶。

几人落在瓦片上，丁点儿声音也没有。

谢相思眼风一扫几人胸前黑衣上绣的玄色蛇纹："暗影营的？"

领头的人生了一双鹰眼，只盯着她并不多话。

十个暗影营人，十个都是能说话的活哑巴。

谢相思抱拳道："我乃怀王府第一护卫谢相思，奉王爷之命出门办事。你们是新来的吧，之前在这儿守着的暗影营的兄弟都认识我。"

她出门时没人跟着，那应该是她走之后暗影营的人也刚好交班了。

鹰眼上下仔细地打量着她，和身边人换了个眼神，身边人跳下去奔入夜色里。

鹰眼转回头，又看着她，不说话，只盯着她。

谢相思腹诽，说一句话会烂舌头吗？

要不是看暗影营直接听命于陛下，她这一拳头下去，他必定会死。

谢相思干脆地坐在瓦上，等着刚才走的人核实她身份再回来。鹰眼就死死盯着她，眼珠都不转一下，真是令人窒息。

谢相思闭上眼，眼不见为净。她突然有些敬佩成天被人盯着的裴缓，是怎么坦然且肆无忌惮地活到现在的。

刚一走神，耳畔突然传来一阵激烈的打斗声。

谢相思手按在刀鞘上跳起来，睁开眼，看到眼前人，今夜第无数次窒息。

暗影卫训练有素都是高手，解忧帮专学杀招招招见血。两大组织的较量，那真是精彩纷呈。

如果来人不是陈大帅和慕云就好了。

这两人就这么巧赶在今夜来"佯装刺杀"了，巧得谢相思好想骂人啊！

骂谁呢？找不到人的时候当然是骂裴缓了！

那厢慕云被鹰眼一个扫堂腿逼得差点儿掉下去，他强行站住，眼风不住地往谢相思这边扫，仿佛在说：不是假打吗？为什么这么拼？

暗影卫不是她手下，要是解忧帮有人要杀裴缓的消息传到陛下那儿，那不是害了解忧帮嘛！

谢相思拔刀，迅速加入战场，靠近慕云，运气于掌，用尽所有力道直直往下一劈，慕云手中的长剑顿时折成两半，"当啷"掉在地上。

鹰眼几人被谢相思这战斗力惊了一惊，又迅速回过神来去围住陈大帅。

慕云一脸的怀疑人生。

谢相思趁机迅速凑近慕云，用只有两个人才能听到的声音说："快装晕。"

谢相思手腕一劈，奔他脖后，刚触到他人，慕云就白眼一翻倒了下去，谢相思脚一勾，他才没滚下去。

"慕云！"那厢陈大帅见慕云被擒，眼睛通红，不敢置信地盯着谢相思，"你……你——你都是骗我们的，我杀了你！"

陈大帅暴呵一声，直冲过来，他身形诡谲，可暗影卫也不是吃素的，人又多，他轻功绕开一两个，绕不开三四个，一时也走不开。

他又闪过一个人，不料凌空突然跳出一人，长剑直逼他面门，正是刚才跑去核实谢相思身份的人。

陈大帅一个退步，"唰唰唰"数把剑交错着比在他咽喉。

谢相思急急脱口："留活口！"

鹰眼抬手，手下将陈大帅双手反剪按到瓦上。

"把他嘴堵上吧，王爷还在睡觉。"

"谢相思，你……呜——"

陈大帅说不出话，只能用眼神传达着怨毒。

鹰眼道："把他们押回暗影营！"

"还是押到王府吧！"谢相思语重心长地道，"眼红王爷的人太多了，隔几天就有人来打他，背后人都是朝堂的……还是交给王爷处理吧！这样的小事还让陛下费神，陛下该觉得暗影营没什么用。"

鹰眼点头："押到王府。"

谢相思说什么他听什么，再不是前一刻钟的瞪眼哑巴了。

暗影营的人将陈大帅和慕云带走，鹰眼脸色有些不自在："……谢护卫方才用的是什么招数？我从未见过。"

习武的人，对超出自己认知范围之外的绝顶高手天生心带敬仰。

谢相思捡起一片瓦片，手一捏，瓦片碎成粉末。

在鹰眼震惊的目光中，她嘴角勾起淡淡弧度，一副高深莫测的模样："天赋异禀而已。"

鹰眼喉头滚了滚，由衷地敬佩："厉害。"

"现在我可以走了吧？"

"自然可以。"

谢相思翩然跳下房顶，腿一软差点儿栽在地上。

用完大力气之后脱力症状很快就来了，她强撑着推开离自己最近的房门，不管不顾地快速往前跑。她的脑子昏昏沉沉的，眼前急速旋转着。

倒下时，谢相思也不知道自己现在是在哪儿，只感觉身下软软的、热乎乎的，是个好地方。

翌日，清晨。

初升的朝阳带来人间希望。

榻上的男人意识刚刚苏醒，眼睛还执着地闭着，他的手钻出帷幔，哑着嗓子喊了声："倒杯茶来。"

听到声音，锦芽快步地进来。裴缓平时并不喜欢让婢女近身，尤其是他睡觉的时候，锦芽只将温的茶放到裴缓手中，便退到一旁。

裴缓困倦的脸略有舒展，直起上半身，却发现腰上有桎梏，根本动不了。

动作间，帷幔被扫开，锦芽瞪大了眼。

"王……王……王爷，奴婢什么也没看见，奴婢先出去了！"

锦芽捂着脸慌忙跑出去，开门时差点儿撞上桑明。

"锦芽姑娘，王爷醒了吗？"

"醒……醒了。"桑明要往屋里迈，锦芽红着脸拦住他，"别……别去，不方便……"

桑明不解："啊？"

"里面有人。"见桑明还是不明白，锦芽一跺脚，"谢护卫和王爷在一起呢！"

"白照说昨晚王爷叫谢护卫来值夜，在一起这不是正常吗？"

锦芽摇着头，欲言又止，"哎呀"一声："不是王爷护卫的那种在一起，是……是好看的公子和好看的小姐的那种在一起。"

锦芽说得很委婉，桑明脑子转了个弯儿，震惊地瞪大眼。

卧房内，裴缓睁开眼，目光往下扫，只见一个人正斜着趴在自己身上，脸埋在他左手边的锦被里，腿搭在他右手边，像是一个饿虎扑食扑上床榻的。

他的视线往下扫，扫到一截不堪一握的杨柳细腰，是昨夜他心心念念想量的。

这人是谢相思。

裴缓脑中混混沌沌，对于昨夜的记忆最后只停留在他扑向谢相思，然后就没了。

之后发生了什么，谢相思才会这么胆大包天地冲向他的床呢？

裴缓躺回去，后脖颈儿一阵酸痛，他当时扑到地上，如果是摔晕应该脑袋疼，脖子疼这分明是被人打晕的。

他眼盯着棚顶，随后缓缓地漾开一个笑。

谢相思打晕了他。

谢相思扑向了他。

谢相思平日里碍着雇主和手下的身份有别，不能表露太多情绪，但又实在垂涎他的英姿，在二人相处时春心萌动，不惜打晕他以获得亲近的机会。

看她这死鸭子嘴硬的特性，等她醒来肯定会说是他自己晕倒的，又或者说是有刺客来她护着他，两人双双被打晕之类的。

裴缓握在手里的茶水从温变凉，他被谢相思压得腿发麻，再压下去就要残废了，他伸手戳了戳谢相思的手臂：“喂，醒一醒。”

谢相思没有动静。

裴缓心里“咯噔”一跳，将杯子随手甩出去，起身将她推开。谢相思滚到榻里，眼皮都没动，呼吸均匀，随遇而安地继续睡着。

“怎么会有人睡觉和死了一样动都不动。”裴缓说着松了口气。

她睡颜恬静，纤细修长的睫毛挡住总藏着情绪的眼。

床幔的缝隙里漏下光，裴缓忍不住凑近，数着她的睫毛根数。

——"一根两根三根……"

——"谢相思真好看。"

——"四根五根六根……"

——"怎么会有人眼睛、鼻子、嘴长得都这么合本王审美，是假的吧？听闻番邦有妖术能让人五官改变，她是不是去做过？我捏捏试试。"

他手伸过去捏了捏她小巧的鼻尖，指尖顺着往上游走，到达她的眉骨。

她的眉骨比一般女子略高，秀气的长相硬是被逼出七分的艳丽。

再然后，是眼。

她睁开眼时，大多数目光都像是看死人一样，可当她内心情绪奔腾时，眼底也像是藏着万千星，耀眼极了，就像现在这样，她自己可能都不知道。

——"真好看。"

裴缓的目光温柔，在她面上一睃，随后一个僵住。

裴缓：！！！

两人四目尴尬相对，裴缓收回手，声势咄咄地先发制人："本王醒来你就在本王床上，本王刚在查看你是不是死了。"

谢相思："哦。"

如果不是她能听到裴缓的心声，她就真的信了他的鬼话。

裴缓的眼危险地眯着，继续进攻："谢护卫，你怎么在本王的榻上？"

谢相思撑着手臂下了榻，这短短的几秒钟，痛苦得像是几年那么长。

其实从裴缓有动静开始她就已经醒了，他心里关于自己"饿虎扑食"的言论她都听到了。

她和傅清明的事情不能告诉任何人，就不能让别人，尤其是当事人裴缓知道她昨夜偷溜了那么久。她不让鹰眼将人带去暗影营，又不让他们向上禀告就是为的这个，暗影营的人是"哑巴"，他们不告诉陛下也肯定不会告诉裴缓，就没人知道她昨夜出去见过谁。

裴缓被打晕，她横七竖八躺在床上，解释这一切最好的理由当然是她为救他殚精竭虑，最后二人双双晕倒。

柴房里正有两个被捆的刺客，稍微串下供就好了。

再不然，就是他自己摔晕，她为了护着他用力过猛最后也晕倒，也勉强能说得过去。

巧了，裴缓也是这么猜的。

他觉得这都是谢相思为了掩盖对自己的不轨之心想的借口。

谢相思脑仁疼，剧疼。

她突然间不知道自己能听到裴缓心声到底是好事还是坏事。

"说啊，怎么不说话了？"

裴缓屈着一条腿，眼风跟着谢相思，如影随形。那样子，分明是今天不得到个结果不会罢休。

谢相思深吸一口气，直面他："昨晚属下感觉到附近有人，就出去看看。陈大帅和慕云按照约定过来假装行刺，被新来的暗影营的兄弟们堵住，我把他们两个带回了府。"

裴缓薄唇微扬，不言不语。

谢相思继续说："属下回来之后，继续在房梁上给王爷值夜。"

她说着，惯来清清冷冷的脸上，飘上丝丝红晕，倒也玲珑可爱。

裴缓的眼凝着，心跳得飞快。

——"老天爷，她有点儿可爱啊！"

谢相思脸更红了，她埋下头，从裴缓的角度看，她修长的脖颈儿弯着，似湖边洁白圣洁的白天鹅。纯真和美好，这一刻在她身上展现得淋漓尽致。

"不瞒王爷，属下打小过得苦，就喜欢漂亮的物件。四季的花，能看到的我都摘下收集起来。好看的人，属下忍不住一看再看。昨晚上属下回来，在房梁上看到王爷的睡颜，当真是画中仙人一样。

"属下没忍住就跳了下来，蹲在床边看着王爷。再然后，属下就不知道怎么睡过去了。

"属下也是一时鬼迷心窍，王爷放心，属下下次再也不敢了。"

电光石火之间，谢相思巧妙地将裴缓的预判换了个说法。

把裴缓认定的"她馋他的英姿"扩大到"馋所有好看人的英姿不限定裴缓一人"，这样顶多听起来变态了一点点，但是也不会让裴缓觉得她对他心怀不轨。

谢相思等了半晌，都没等到裴缓的反应。

她悄悄抬了眼皮，见裴缓面上一片可以读出来的空白，眼神迷蒙着，像是失了神智。

自恋被戳破，会这么失望吗？

美女不解。

只是须臾，裴缓像是回了神，面上没多余表情，只是声音冷凝："你过来。"

谢相思听不到他的心声，拿不准他到底要做什么，不会气急败坏要和她撕破脸吧？

这谢相思反而不怕了，她勇往直前，走出了六亲不认的步伐，几步就冲到了榻前。裴缓又说："蹲下来。"

谢相思照做，她蹲着，脊背也是一如既往的高挺，裴缓低下头，就能和她平视。

两双眼，正正对上，谢相思的心猛地一跳。

"谢护卫兢兢业业保护本王，本王当然要回报你。"裴缓的眼垂了垂，复又重新对上她的，那一双眼黑得像是落日尽头，丝丝的光亮缠在其间。

谢相思突然有些恍惚，她像是透过这双眼，看到了一个和眼前的人，完全不同的人。

孤洁骄傲，心思万千也不动声色，是风雪压不弯脊梁的冬日梅。

谢相思一颗心往那落日尽头坠，一直下坠，失重感让她抿紧唇，一句话也说不出来。

——"多少人一眼就沦陷在本王的美貌中，你也不会例外，嘻嘻。"

鼓噪的男声将谢相思从蔓延的情绪中拽了出来。

她回过神，再看眼前的人，那双眼弯着，已经没了方才给她的感觉。

真是奇怪。

谢相思站起来，抱拳："多谢王爷，王爷的美貌给了属下今日好好做事的动力。"

裴缓一脸的"我就知道你逃不过"的表情："行了，去吧！"

"属下告退。"

——"找遍长安城也找不到比本王还好看的人。"

——"你每日只看木王，时间长了也就只馋本王一人的英姿。"

——"到时候一日不见本王，你就难受！三日不见本王，你就泪流！"

听到这儿，谢相思差点儿被门槛绊倒。

真是好美的一张脸，好恶毒的一颗心。

裴缓在榻上又躺了一会儿，唤来桑明："去看看谢相思在哪儿，不用叫她过来，远远地看着，知道她人在哪儿就行。"

桑明本来还不信锦芽说的话，但他是亲眼看着一向清冷一个打十个也不在话下的谢护卫方才捂着脸，小女儿一样娇羞地跑出去的。

再看王爷，也就这么一会儿没见到谢护卫就如此关心。

还特意关照不要打扰谢护卫休息。

这不是爱情是什么？

自家王爷这么多年只顾着吃喝玩乐，到现在也没议亲，好不容易开了窍，谢护卫虽然不是什么名门贵女，但也是个高手，如果能嫁给王爷，那以后就更方便近身保护王爷了……

桑明拿着做护卫的银子，操着老大爷的心，很郑重地回道："王爷放心，属下有分寸。"

裴缓也没听出来他的深意，"嗯"地应了一声。

桑明退了出去，裴缓揉了揉发胀的额角，坐了起来。

他尽量放空自己，什么也不去想，就静静地坐着。过了一会儿，桑明回来禀告，说谢护卫去了柴房见抓到的那两个刺客了。

柴房的位置，离裴缓的院落更远。

所以他没听到她的心声不是因为她没到距离，而是她在做正事，根本就没有想什么。

直视他漫长的三十个数之后，居然不会满心满眼都是他？

裴缓转头，看着铜镜中的自己，虽然好看，但不精致。

谢相思看惯了他从前的美好模样，现下肯定是差几分的。

裴缓捻着通透的青玉簪，露出了志在必得的笑。

旁边的桑明后背阴风阵阵，打了个哆嗦。

柴房里，解开陈大帅和慕云捆绑的谢相思打了个喷嚏。

"一会儿你们换上府内护卫的衣服，我送你们从后门出去，之后什么时候再来听我的安排。"

陈大帅耷拉着脑袋，说："那个……昨夜是我误会你了，对不住。"

"有什么对不住的，你的反应很真实，在不知情的情况下我要是那样你还相信我，那你这个人才真是无药可救。"谢相思指着衣服，"我先出去，你们换好了就出来。"

"师妹！"

谢相思止住脚步，回眸看他。

陈大帅握着双拳像是鼓足勇气，才开口："我知道下单要杀怀王的人是谁。"

"师兄！"慕云拉住陈大帅，"不可啊！"

"你我杀不了怀王，和师妹合作也不是长久之计。如果师妹能有办法，让杀怀王的那人撤了单，我想，我们还有一条活路吧！"

这个道理，是陈大帅花了这么些天才想出来的。

慕云的手松开。

陈大帅肯说，这是意外之喜。

谢相思忙问："是谁？"

"兵部尚书，左炎。"

第六章

风起云涌

谢相思放走陈大帅和慕云之后，坐在王府后院的墙上，望着长安城依旧熙熙攘攘的新一天出着神。

　　解忧帮在一处深山之中，和外界的连接靠一条小桥，在能去执行任务之前，帮内弟子很少有机会能出去。谢相思那时候就喜欢望着天上的云、天上的星，畅想着以后能自由活动时，看到外面的瑰丽世界。

　　其中最令谢相思心驰神往的就是长安城。无论是在话本子里，还是解忧帮的典籍中，长安城都是梦幻瑰丽，繁华的不夜城。那里有数不完的珍馐美食，金器珠宝，那里的女子环肥燕瘦，那里的男子俊美无匹。

　　甚至有一本话本子里，写长安城遍地黄金，有人靠着在地上捡金豆子就能发家致富。

　　虽然长安城还有钩心斗角的朝堂争斗、尔虞我诈的宫廷战争，但这些和长安城的好比起来不值一提。更何况她一个武力人根本掺和不进去这些脑力斗争中，别人再怎么斗都与她无关。谢相思一心想来长安，就算之前接的任务都在西北一带，还是积极翻看解忧帮内有关宫廷朝臣的资料。

　　谢相思做梦梦到的好地方，十有八九都是长安城。

　　梦里有个背对着她的男子，一身月白锦衣，发丝被清风拂乱，他脊背高挺，孑然立世，君子端方。

　　那是她看过的所有话本子里美好男主的集合体。

　　谢相思虽然没想过嫁人，但她喜欢看美男子，梦了几次之后她就更向往长安了。

　　这次怀王裴缓的单子刚到解忧帮的时候，谢相思就从南长老那儿听到了，她寻思去长安这么好的事情肯定大家抢着上，她去竞争不一定能有胜算，倒不如先表达一下自己不想去，坐山观虎斗，等他们两败俱伤时自己再出手。

可她的谋划还没开始就结束了，其他院的几位师兄都强烈表示退出，她退出的叫声没他们的大，最后这单子就落在她身上，当时她还觉得是自己幸运，现在看来她才是真的傻。

谢相思眯着眼看远方长东街几个小贩为抢地盘挥着萝卜白菜打成一团，近处王家的寡妇和李家的鳏夫眉来眼去，一辆马车呼啸着从胡同穿过，被扬一身土的凶悍的赵家婆子叉着腰骂……简直一言难尽。

这长安城除了有钱人多一点儿，很多院落气派一点儿，吃喝玩乐项目多一点儿外，和传说中的神仙仙境根本不搭。

话本里写长安城遍地黄金更是诈骗情节。

她没体会到多少长安城的好，倒是领教了不少长安城的刀。

谢相思的心驰神往稀碎，非常想向有关衙门反应举报。

她来到裴缓身边保护他，做武力值的护卫挨刀挨枪还不算，现在还要动脑去抽丝剥茧看谁害他。

一个人打两份工，给几个钱要她累成这样啊！

"唉……"谢相思长长地叹一口气，短暂地给自己喘口气的时间之后，跳下墙，招呼来柴房的林护卫，吩咐道，"昨晚关进来这两人是来和王爷一起搞下次扮装大赛的玩友，弄误会了。王爷让我送两位好友离开，要我来叮嘱你们一声，下次再碰到他们别再弄错了。"

"是，谢护卫。"林护卫张望着没人，八卦道，"这两人是王爷去盖州城认识的朋友吗？以前在长安从没见过。"

"是啊，道上的人。王爷长得太好看，盖州城那地方没见过王爷这样的人物，有胆子大的想把王爷抢走，这两位壮汉舍身而出，两人大战对方四十人，王爷十分感恩，就跟他们歃血为盟拜了把子。"谢相思没有什么心理负担地鬼扯道。

"路见不平拔刀相助，真是大侠啊大侠！"林护卫十分感佩两人的舍生取义。

谢相思沉声道："这事我只跟你一个人说了，事关王爷声誉……"

"属下懂的，谢护卫放心。"林护卫说着把嘴抿成一条缝儿，表示自己嘴最牢靠。

"这府内数你嘴最严了。"

这位小林护卫，外号"王府大喇叭"，短短两日"王爷在盖州城时美貌惹贼人惦记，二壮汉舍身救王爷后裴园结义"的消息就传遍了怀王府的每个角落。

林护卫再把昨夜两人的身份自认为隐晦地点一点，之后陈大帅和慕云再来的时候，府内的护卫就不会真的去拦，就谢相思自己出去装模作样截一截就完事。

利用这种舆论风向引导，比她召集府内人叮嘱他们不去抓陈大帅和慕云靠谱得多。

毕竟两个刺客没事儿来刺杀怀王，他们还要放刺客走，还不说个理由，他们肯定会胡乱猜。

至于怀王的声誉……裴缓压根儿就没有"声誉"这东西，根本不用担心。

王府内很快接受了这个和裴缓人设非常搭的信息，消息传到裴缓这里，裴缓表现出了超出寻常的镇定。

"垂涎本王的人何止千万个，本王已经习惯了。"

其实在谢相思出卖他声誉的第一时间，他就听到了谢相思的心声，给他气了个半死。

她这卖了他的操作看起来可太熟练了，肯定不是第一次！

裴缓气着气着，再听到后面谢相思的头脑风暴，慢慢地就气不起来了。

——"下单给解忧帮杀裴缓的，是兵部尚书左炎。"

——"《朝堂宫廷篇》记载，越武帝继位之后呕心沥血于朝政，很少逗留后宫，这么多年越武帝膝下只有嘉贵妃所出的晋王孟钦，和陈妃所出的临安王孟云客两个儿子长大成年。嘉贵妃家族显赫，陈妃只是宫女出身，皇储之位看似必稳。在这个关头，越武帝封了前中书令，如今两江总督裴昭的弟弟为怀王，对其很是恩宠有加，裴缓又和孟云客是发小，皇上旨意一下，裴缓这个和皇上没有血缘关系的怀王虽然不可能继位，但代表裴家说个话站个队还是很有影响力的，这么一来究竟谁是太子还不好说。"

——"兵部掌皇城兵马，左炎这个人一向耿直忠良，从来不参与党争。可他既然想杀裴缓，那就证明他不参与党争都是装的。"

——"孟云客和裴缓那么好，人也温和有礼、不争不抢，不可能想杀裴缓。那么左炎，应该就是孟钦的人了。"

——"裴缓也真是惨，当不当王爷都要被针对。"

——"如果真的是这样，孟钦看到裴缓一直没被解忧帮的人弄死，肯定还会出别的招的。"

——"谁能想到保护一个闲散王爷这样温和的差事会这么难，这差事也和长安一样诈骗。裴缓，你欠我的拿什么还？"

裴缓的思绪也跟着谢相思一道走远，之后又拉回来。

虽然她造了谣，但出发点也是好的。

她为他也算是殚精竭虑。

左手腕的伤敷了几日太医院精心调配的药已经好差不多了，只留一道浅浅的疤痕。闷了这几日，该好好出去散散心了。

裴缓唇边勾起一个笑，道："你既然说我欠你，那我就好好报答报答你吧！"

六月十八，长安城中最有名的云庆楼效仿在久安镇火爆的天香阁办主题盛会。

对家吉祥坊的掌柜大骂云庆楼不要脸，居然还敢在这天子脚下明晃晃地办这样的东西，简直是不知廉耻，钻钱眼里了。

就在发表骂人宣言之后，吉祥坊转头也扬言要办会，时间和云庆楼定在同一天，不过办的是"面具游玩会"，一举解决那些心痒痒想来逛但是碍于脸面的世家子弟、王公大臣的顾虑。反正大家都是戴着面具，谁也不知道身边人是谁。

云庆楼继续把"效仿"二字贯彻到底，是以六月十八当晚，对着开的两家楼都办"面具游玩会",云庆楼是天香阁做过的仙子主题,吉祥坊则是妖精主题。

当夜,暗花街灯火通明,人满为患,仙妖共生共存。

人群外,谢相思不自在地扯了扯脑袋上别着的毛茸茸的狐狸耳朵,低声说:"王爷,这儿人太多了,咱们来得晚根本就进不去啊!要不咱们还是回去吧!"

旁边的裴缓很固执,面庞坚毅:"这么大的主题盛会,错过就没有下次了,我必须要去。"

行吧。

谢相思本来也没指望裴缓会回去,问一问死了心就不用再浪费口舌了。

还有来得更晚的人排在他们后面,一时间四面八方都是人。

白照和桑明在前面,谢相思跟在裴缓身后,三人呈合围之势将裴缓保护其中。随着人群的涌动,四人亦步亦趋地跟着往前动。谢相思的眼睛四下扫着,耳朵也灵敏地动着,探听周围的动静。

忽而手背一阵温热,酸麻的感觉自那一点往上飞速窜开。

谢相思眼神凝住,顺着手就要抓过去,把对方的"爪子"掰断。

——"人好多,抓着谢相思我才能有安全感。"

耳畔悠悠的男声轻飘而过,谢相思伸手的动作顿住,指尖刚好和裴缓的指尖相触。

两人的手指都是一僵。

周围乱哄哄的,嘈杂得连人的说话声都会被湮没。

裴缓的心跳声,就在哄闹中一声一声,贴着谢相思的耳朵响起。

她的另一只手,放到自己的胸口。

那里面的东西跳动着的频率,渐渐地和裴缓的一致。

两种心跳合成一体,声音越来越大。

她摸了摸自己的脸颊,是热的。

庆幸自己的半边脸戴着狐狸的面具，也庆幸外面流灯四转，每个人的脸上都被照得红彤彤的，她可以放肆地脸红，也不会有人发现。

吉祥坊先一步开门，人潮顿时汹涌，身后有人推着他们向前挤。

裴缓的那只手钩着她往前一带，谢相思纤细的胳膊便自后往前半环住了他的腰身。

前有裴缓一拽，后有路人一推。

谢相思的脸撞到裴缓的后背，这一下不重，却撞得她一颗心剧烈地颤动，好半晌眼神都是涣散的。

——"早知道人这么多我就不在这儿排队了。"

——"谢相思，跟着我走吧！"

——"你别丢了。"

"让开，让开！"桑明和白照两个健壮的大个儿开路，四人掉转方向向后。后面的人和前面比可少太多了，两个人蛮横地在前面开路，裴缓拉着谢相思的手逆着人流走出去。

这短短的路很挤，但一起走出去，并不艰难。

"爷，我……"桑明转头，视线在裴缓和谢相思拉着的手上飞速一转，脑袋又迅速地转了回来。

"不知道谁把我鞋踩掉了！那是我刚买的鞋子给我赔！"白照骂骂咧咧地要冲回去，刚一转身就被桑明按住肩膀扭了回来。

白照十分不满道："你干什么？！"

桑明低头和他咬耳朵："王爷好不容易有朵靠谱的桃花，你这一回头，很可能把桃花踩碎了。"

"桃花？"白照无辜的脸上满是迷茫，忽而眼睛一亮，错愕道，"你说谢护卫？怎么可能啊！"

桑明知道以白照的智商是很难自己发现的。

可要是不告诉白照，白照横冲直撞的，毁了王爷的姻缘怎么办？

桑明胳膊搂着白照，再往前走两步，把那天王爷身边的锦芽的话飞快复述了一遍，快到他不小心咬到自己的舌头。

"反正一切以王爷的终身幸福为主，以后对谢护卫再客气一点儿，就跟对王爷一样！"

白照犹自在震惊中，那厢裴缓一个人走到他们面前，虽然戴着面具，但桑明从自家王爷抿平的嘴角看出笑过的痕迹。

好一个春风满面。

好一个桃花盛开。

"去找吉祥坊的人来接我们。"

白照还在发呆，桑明胳膊肘杵了一下他的胳膊："王爷叫你去找吉祥坊的人，记得去找罗妈妈。"

"哦哦，哦。"白照回过神，往前跑了两步，脑袋扭回来，眼睛瞪大着看着立在后面、垂着头的谢护卫。

谢护卫像是敏感地感受到了探究的注目视线，倏地抬起头，泛着寒光的目光直射，白照吓得一个哆嗦，心虚地跑开。跑了两步，想起桑明说的对谢护卫要向对王爷一样客气，他停下脚步，转回身，恭敬地鞠了一躬，这才离开。

裴缓蹙眉："哪天找大夫再好好看看白照，是不是病又要复发了。"

桑明无语地捂住脸。

裴缓舔了舔发干的嘴唇，他最近喝菊花茶明明很水润，可刚才被一阵心火烧，瞬间便口干舌燥。

方才那股脸红心跳的劲儿将散未散，撺掇着他再往回看。

推推搡搡的人影是背景，安静立在那里的谢相思被衬托得格外显眼。

她身上是一身白色的裙子，因着天气热没有加太多的毛皮，只在衣领和衣袖处缝了一圈白狐的毛，头上卡着一对毛茸茸的狐狸耳朵。此刻她不知道在想什么，手拽着腰后拖着的长长的狐狸尾巴，瞧着有些呆。

此刻她艳丽的脸，在面具下也是这样呆呆的可爱样子吗？

裴缓心间躁动，真的很想伸手掀开面具看看她。

吉祥坊花重金找了长安的制灯手艺人，灯笼的每一面透出来不一样的颜色，挂在四角檐上的灯用竹竿一转，方才白色的光就变得红彤彤的，半条街都泛着旖旎色。

裴缓就是在灯的颜色变化时伸的手。

他今日是白兔装扮，脸上的面具也是特制的，压着高挺的鼻梁只遮住上半张脸，在左眼角下方的地方垂下一条短短的坠子，最下方是水滴形状的红色宝石，像是眼角滴下的一滴泪。

那红光一打过来，红色宝石的颜色更深上几分，像是血一般。白兔明明是软萌乖巧的，但这一滴红泪却衬出了一种邪魅的惊艳感。

谢相思整个人都看呆了。

就在此刻，裴缓摘下了她脸上的面具，定了定，失笑出声。

她脸上丁点儿粉黛也未施，之前眉眼冷着自有一股凌厉，现在眼神发呆，她才像是白兔，而不是什么狡猾的狐狸。

裴缓弯下腰，语调轻佻："嗯，看来是我这身装扮才最适合你。"

声音沸腾，两人离得很近才能听到彼此的话。

他的鼻息和整个人，此刻都莫名其妙地炙热滚烫，谢相思像是被这种热浪侵蚀，头昏脑涨的，只记得将自己的面具抢回来戴在脸上，硬邦邦地扔下一句："要是面具掉了属下今天就进不去了，周围店里的各种面具可都卖空了。"

环顾四周，有像裴缓和谢相思一行戴着很讲究的装扮面具的，还有从街边买来的妖魔鬼怪的各种面具，实在买不到的人拿张纸随便在上面画了几笔贴脸上，瞧着像是道士的符纸。

吉祥坊和云庆楼为长安城面具行业库存清仓和改革创新做出了很大的贡献。

裴缓负手而立，神情傲然："就算掉了我也能让你大摇大摆地走进吉祥坊。"

谢相思想起白照听他的话去找人，笑而不语。

就凭白照那个智商，能真的找到人才奇怪了，只不过她还没有十足的把握。

"你不信？"

谢相思继续笑而不语，任由裴缓自己解读表情。

"若我能办得到，你今夜得答应我一件事；若我办不到，我就答应你一件事，如何？敢不敢，嗯？"

白照这时连跑带颠儿地回来："罗……罗妈妈不在……张……张掌柜的说，说今夜坊里没有上下尊卑，客人一视同仁，都要……都要排队。"

白照的话刚一落地，谢相思就稳稳地接了过来，语速飞快："属下敢，那就一言为定不管最后结果怎么样都要愿赌服输，桑明刚才全程都听到了可以做个见证。"

裴缓眯起眼，桑明下意识地后退一步，表示一切和自己无关。

白照刚回来不明所以，又没听清谢相思说什么，但谢护卫说什么他都应该捧场，遂鼓掌叫好："谢护卫说得好！"

裴缓盯着白照，冷哼一声。

白照摸了摸脸："咦，王爷看属下做什么，属下脸上有东西吗？"

桑明望了望天，看来给白照找大夫的事情迫在眉睫了。

——"我说错了，她还是最适合身上那身狐狸装扮。"

——"阴险狡诈！"

——"啊，气死爷了！"

——"她会要我答应什么？要是很丢脸怎么办？"

——"失策了，失策了！"

谢相思听裴缓悔不当初的内心咆哮，一阵暗喜。

裴缓看着是一池清水，一眼能望到底，可搅和起来才知道底下是沉下去的泥沙，一搅和满池浑水。

现在已经牵扯这么多人，还不知道以后是什么样子。她有裴缓的许诺，之后找个机会让他写封解除任务的信回解忧帮，她就可以平安无事地回去了。

她不下地狱，谁爱下谁下！

什么这个王爷那个王爷，这个太医那个太医的，都再也不见了您哪！

裴缓余光一直瞄着她的表情，看她颊边的小酒窝都显了出来，映着灯笼又转变的橙色光，像盛了一樽酒，看着就醉人。

——"还好我还有后手……"

谢相思心里"咯噔"一声，倏地转头。

裴缓不受控制的心声飘了一半，正对上谢相思睁大的眼回过神来，他重整思绪，将另一半吞下去，开口："走吧！"

白照问："去哪儿啊，王爷？"

裴缓斜睨着谢相思，云淡风轻地道："自然是去吉祥坊。"

怎么可能，刚才白照不是铩羽而归吗？

裴缓怎么可能还有办法，演的吧？

一刻钟后，吉祥坊二楼位置最好，一出门可以俯瞰到下面整个大堂的雅间内，裴缓跷着二郎腿，悠闲地品着吉祥坊刚从地窖里起出来的梨花白："嗯，这酒不错，一倒出来梨花的香味儿就扑鼻而来，喝下去清清凉凉，最后泛着淡淡的梨酸，比上几次做得好多了。"

罗妈妈立在一旁，笑得花枝乱颤地给裴缓续上酒："公子……不对，早就应该叫王爷了。王爷喜欢就行，那奴婢就叫人照着这个方子继续酿了。酿好之后就埋在王府后面的梨树下，来年春天花开时再起出来，一定比现在还好喝。"

裴缓点点头："行了，你忙你的去吧！"

"奴婢告退。"罗妈妈躬身退了出去，贴心地将门关好。

裴缓喝了半壶，咂咂嘴，齿颊留香。他看向面无表情的谢相思，修长的手指敲了敲桌子，淡淡地道："认输吗？"

谢相思郁结五内，闷闷地吐出一个字："认。"

裴缓手里转着面具，眼尾一勾，无不得意。

谢相思心头的火被勾起来，难得地想问到底："不过既然是死，属下想死得明白。"

"你想问本王和吉祥坊的关系吧？"

"是。"

这长安城内的尊贵人都是论打算的，既然吉祥坊已经说了不管是什么身份都不许插队，那就说明在裴缓之前也有身份贵重的人想这么干，且这人很有可能比裴缓地位还高，不然张掌柜也不会这么快就直接拒绝裴缓。

结果最后，裴缓带着他们几个，摘了面具，直接从偏门被迎进了吉祥坊。

甚至连老板罗妈妈也被临时叫来，急匆匆地接待裴缓，体贴周到，如果不是年龄不对，谢相思会觉得裴缓是她亲爹。

长安这地方最厚的墙都是带洞的，裴缓这边进吉祥坊，不一会儿外面就会有人知道。吉祥坊就宁可顶着得罪比裴缓更尊贵的客人，也要接裴缓进来，这是什么水平？

不要命不想干的水平。

这里面肯定有问题。

裴缓拨拉着面具上的红宝石，叹了一口气："既然你诚心诚意地问，那本王就告诉你吧！桑明——"

桑明应了一声，从袖口取出一个锦囊，从里面倒出一张被丝线捆着的布团。

丝线拆开，布团被甩了几下，慢慢恢复原貌，不知是什么材质做的，薄如蝉翼，展开铺了大半张桌子。

谢相思扫了一眼："这是长安城的地图……"

就是缺了很大一部分，是个画得不太完整的地图，画图的人像是画了一半被拉出去了一般。

"不。"桑明道，"这不是长安城的地图，而是王爷名下的产业图。"

谢相思惊得一双眼瞪圆，僵硬地看向裴缓。

裴缓晃悠着手里的酒杯，一派闲适。谢相思仿佛看到一束光打在裴缓的脑袋上，闪闪亮亮，那是金子的光芒。

——"唉，我也不想说的。"

——"是你非要我说的。"

——"颤抖吧，小狐狸！"

她确实颤抖。

谢相思是个俗人，一爱美人，二爱银子。

她在解忧帮打拼这么多年，为的就是攒钱出帮，然后做富婆逍遥。

在足够多的银子面前，美人也可以抛下。

傅清明产业多，但大多是在长安城外，且都是房产，都倒卖了才换了一个长东街的房子。看裴缓这图上密密麻麻画的牌楼作坊，可都在长安啊！地比金子贵的长安啊！随便拎出来一个都是日进斗金，眼前的裴缓在她眼里不是裴缓，是硕大的金人，还是里面空心，塞满了银票的那种。

谢相思口水咽了两回，才找回自己的思绪，仍是太震惊，话出口时有些结巴："那……那这吉祥楼就是王爷名下的产业之一了？"

"正是呢！"桑明将"裴缓产业图"叠起收好，说道，"我们王爷为人低调谦和，从来不对人说自己有这么多产业，今日是破例了。"

裴缓低调？谦和？

谢相思的眼风随着产业图上下地飘，内心疯狂吐槽。如果不是认识裴缓，谢相思真的信了。

桑明从来没见到谢护卫眼神中有这么热切的神色，再看裴缓笑而不语在品酒，也没拦着他说话，寻思要是谢护卫跟王爷以后成亲，那裴家的事情也应该早早知道。

王爷自己不好嘚瑟自己太有钱，他应该勇往直前。

"大公子少时中举，是一定要走仕途的，我们王爷不爱看书，看见字多就头疼，夫人就想把攒下的家业日后多分给王爷一些。唉，可惜将军和夫人突然故去，那时王爷年纪还小，大公子一边读书一边带着幼弟，一个人掰成几个人用，变卖了不少家产。之后王爷到十五岁，大公子就把剩下的铺子产业都给了王爷。"

这段谢相思还挺熟的，裴缓的纨绔之名就是接手铺子产业后骄奢淫逸开始的，很自然地接口："然后王爷就给败光了……"

话说出口，她就暗道不好。裴缓却一点儿也没生气，面上还挂着笑，放在平时就是冷嘲热讽，这会儿头顶金光，就是悲悯众生。

——"桑明，继续啊！快说！"

——"怎么还没到之后那段，可急死我了。"

谢相思无语地想，敢情裴缓是打算借着桑明的口夸他的英明神武呢！

桑明没辜负裴缓的期待，他嗓音低醇，声音厚重，把《裴缓发家史》讲得跌宕起伏、引人入胜。

简单来说，先是裴家那个正直清高的裴家大公子，是个白切黑，超出谢相思之前想象的那种。

再是裴家那个不着调的纨绔二公子，会花钱更会赚钱。

裴昭把家里本来的产业变卖成现银，看准那几年扬州时兴的产业以别人的名头直接投钱进去，这样钱滚钱、利滚利，等到裴缓十五岁，就已经有了万贯家财。

裴缓接手之后，又把那些产业变卖，到长安盘店开铺，生意越做越大。

对外这兄弟俩一个两袖清风，一个败坏家风，可其实人家一个青云直上，一个富得流油。

裴缓进吉祥楼，那是真正的大老板来视察，合情合理。

只是……

"王爷藏了这么多年，今日暴露了身份，岂不是浪费了之前的努力？值得吗？"

裴昭做了这么多，无非是不想让裴家风头过盛，让裴缓被人惦记，可以说是用心良苦。

裴缓今天为了个主题会就把裴昭这么多年的努力破坏了，谢相思为那个还没见过面的裴昭不值。

裴缓一扬眉，眼底一派恣意，含笑望着她："赢了赌局，怎么会不值？"

谢相思的心一阵乱跳。

旁边桑明暗道自己果然是最懂王爷心的人，拉着云里雾里的白照出去看门。吉祥坊的主题会开始，热闹都是别人的，倒霉是她谢相思的。

谁能想到裴缓居然还有两副面孔，一面挥金如土败家，一面日进斗金捞钱。

谢相思认了命："愿赌服输，王爷想要属下做什么？"

裴缓支着手臂，轻轻"唔"了一声，没说话，只眼神上上下下地扫着她。他认真看人时，眼神格外深邃，诱人坠入深渊。

谢相思浑身僵硬，只觉得被他看的地方，肌肤下像是有小蝴蝶破茧而出，闷着头四下乱飞。

她听不到他的心声，此时此刻，他只是在很认真地看她。

谢相思自从来裴缓身边，习惯了鸡飞狗跳的吵闹，这种安静，倒被衬得弥足珍贵。

"你看够了吗？"

"没……啊？王爷说什么？"

裴缓啧啧道："你真是贪心。"

"也行吧，今日本王心情好，再让你看一会儿。"

说着，裴缓将脸扬着，让谢相思更清楚地看着自己的绝世容颜。

谢相思问："王爷要属下做的，就是看你？"

"自然不是，这是本王看你最近辛苦，给你的赏赐。至于你输了要做什么，本王可得好好想想。"

赏赐就是看他的脸，真是好大的一张脸。

谢相思嘴角抽了抽，耳风里突然刮进一阵细微的异样响动。她"唰"地拔出刀，跳到裴缓身边，警惕地盯着窗外。

裴缓不解，压着声音问："怎么了？"

"窗外有人。"

等了一会儿，外面却再没有动静，谢相思握着刀从裴缓正前面一步步逼近窗户，外面如果再有暗箭射来，这个角度她会完全挡住裴缓。

裴缓的眼一动。

谢相思是他花钱请来保护他的护卫，护卫的职责，就是用自己的命去换主子的命。

这么挡在他的面前，是她尽职尽责的本分，是应该的，是他花钱到解忧帮的目的。

可是……他突然有些气闷。

她就这么习惯性地过去，每一步都是在刀尖上行走，都是为了让他能活命……难道她就从没为自己着想过？

谢相思的手小心地摸到窗，听到裴缓的心声动作顿了顿，又坚定地打开条缝儿，将自己暴露在暗处那人的视线中。

窗外并没有人。

谢相思的手顺着窗往外摸，指尖触到一支镖，她探出大半身子，看这镖的位置倾斜度，判断从东南而来，她视力好，远远一望就看到在柳树荫下藏着的傅清明。

谢相思头疼。

傅清明要她"取"裴缓的血，至今她还没找到机会，他就找上门来了。

她将镖取下，将窗关好，折身回来，将镖递给裴缓看。

"这是什么？"

谢相思面不改色地道："刚才刺客射过来的。王爷，除了给解忧帮下单，幕后黑手还找了别的人刺杀王爷，这地方太危险了，让白照和桑明护送王爷回府吧！"

裴缓捏着手里的飞镖，看她，问："那你呢？"

谢相思语气严肃，如临大敌："属下想四下找一找，看能不能找到贼人的蛛丝马迹，敌在明我们在暗总是被动。"

"你说得有道理。"

谢相思松口气，脑中已经在盘算等会儿见傅清明想什么理由拖一下"取"血一事。

眼前突然压下一片黑影，她抬头，那面具已经戴在她的脸上。

裴缓也戴好了面具，红宝石随着他的动作轻轻摇晃，熠熠生辉。

"你对这一带不熟，本王跟你一起找。"

他这要是一找，傅清明岂不是就暴露了？那自己和傅清明的计划就落空了。眼见着裴缓转身就要去推门，谢相思一急，一个手刀劈下去。

有了上一次的经验，谢相思已经对这套流程驾轻就熟，接过裴缓软软的身体，放到雅间的摇椅上。

"对不住了，王爷。"她拿过被裴缓扔在桌上的飞镖，照着裴缓的手背轻轻划了一下，血瞬间泪出。她用小瓷瓶接了几滴后小心收好。

解忧帮的人随身都带着最好的伤药，她取了金疮药给裴缓涂上，将身上碍事的狐狸尾巴和面具随手找个箱子扔进去，这才推窗出了门。

门外，白照和桑明对屋内发生的一切一无所知。

桑明还在不住地叮嘱白照："王爷以前最向往主题会了，这次长安城好不容易办了，他却在雅间出都不出来，一直忙着和谢护卫交代家底呢！为了谢护卫，王爷可破例太多了。"

"那王爷和谢护卫岂不是很快就要成亲了？"

"你倒是难得聪明一次。"桑明又道，"不过也不能这么快，怎么也得等大公子从两江回来再说。"

大堂内妖精主题的盛会已经开始，百妖齐聚，热闹非凡。

既然是扮演，当然要评个一、二、三名出来。

参加者上台，由底下人投票决出名次，前三名皆有丰厚的奖品。

"王爷那身装扮多好看啊，要是来参加比赛肯定能拿第一的。"白照眼馋地望着摆在大堂正中央的那株一人高的翡翠松树。

桑明不屑道："和王爷的婚姻大事比，这又算得了什么？不过一坨翡翠罢了，瞧这水头并不是顶级的翠，这样的东西王爷想买多少都买得起。"

不过提到买东西，桑明心里琢磨着，他该提点提点王爷给谢护卫送点儿好的首饰什么的，女孩子都喜欢。

装扮嘛，要想扮得好看扮得像，一靠心思二靠钱实现心思，得家里有钱还有闲的人才能扮得好，符合的人不多。大堂内，评选角逐很快到了尾声。

"虎妖"身材魁梧，那身虎纹装竟然是真的虎皮做成，逼真得活像是一只真的老虎直立行走。

他一上台底下就有胆子小的人腿软差点儿跌坐在地，人太密集，这一倒一下带倒了一小片的人。

"虎妖"不屑地哼了一声，更添威严。

他在众人或畏惧或激动的目光中走到大堂高处，双手展开，朗声大笑起来，仿佛自己真的是王者一般。

忽而一道寒光闪过，他的笑声戛然而止。

他不敢置信地看着胸口，那里插着一把长剑，血喷出来。有几个人离得近，还没来得及尖叫，兜头便是温热的血扬下来，盖了满头。

"啊——"

"杀人了！"

大堂里惊恐声嘈杂，直冲上云霄，听得人头皮发麻。

桑明冲到栏杆处往下看了一眼，回身敲了敲门："王爷！属下有事禀告！"

里面半晌没有动静，桑明心下一警，直接撞门进去，被眼前的景象吓了一跳。

裴缓躺在摇椅之上，面色苍白，气息微弱。

他的左手腕无力地垂在一边，"滴答滴答"鲜红的血淌了一地，这血红衬得他面庞格外白，碰撞出一种惊心动魄的美。

只是这美没人能欣赏，浓重的血腥味熏得桑明眼睛瞬间红了。

"王爷！还好，还好有气……白照！快去找大夫！"

"王爷你撑住，属下这就带您回去。"桑明扯下布条勒紧裴缓的手腕止血，将裴缓的面具戴好，背起他拔腿就跑。

"成之，成之……"略显清冷的嗓音一声一声唤着，裴缓混沌的脑子像被锋刃硬生生地劈开，一下睁开了眼。

床边坐着个人，天仿佛还没亮，一室暗沉沉的，那人的面庞看不太清楚。裴缓揉着发疼的额角，扬着下巴，戒备地问："你谁啊？"

"臭小子，连我都认不出来了？"

裴缓顿时像被人点了穴，一下呆立当场。

床边的灯被点亮，烛火映出那人含笑的眼，他的脸庞和自己的一般无二，只是情绪很少外露，纵然是眼睛带笑，嘴角也一直抿着。

裴缓惊喜地咧开嘴，眼睛亮亮的，巴巴地盯着眼前人："哥！你什么时候回来的？你回来怎么不提前告诉我一声我好去接你。这一路累了吧！"

裴昭瞥了他一眼，眼神很柔和，可看得裴缓却是一个激灵，要握上去的"爪子"老老实实地放下来。裴昭语气淡淡："我不在长安城，怀王殿下可是威风得很。"

"哪里哪里。我和兄长在时一个样……"

"四处招猫逗狗，朝上朝下的找人麻烦，还带人走街串巷，流连烟花之地……"裴昭说着一顿，眼角眉梢染上冷意，"嗯，我在时原来你也背着我做过这么些事。"

"没有，没有，真……真没有……兄长我错了。"裴缓磕磕巴巴的，满脸堆笑地装乖巧求原谅，内心在骂是哪个小人敢出卖他，等兄长走了他要扒那小人的皮！

裴缓天不怕地不怕，就怕兄长裴昭动怒。裴昭生气没什么大的表现，只不过脸色稍冷，只是他会润物细无声地惩罚裴缓，直到其忍不住痛哭流涕，在父母牌位前痛骂自己自求受罚并发誓再也没有下一次。

裴缓正要把脸皮踩到地底下，痛骂自己，面前的兄长却突然笑了起来。

他一愣，裴昭的手摸上他的脸。

"其实想一想，我从前确实不该对你那么严厉，那么拘着你。人生短短这些时日，让你做你想做的事，开心这一世，不好吗？"

兄长的目光闪动，隐有泪光，那里面是无尽的懊悔，和一些裴缓看不懂的情绪。

"从前我总在想，定要好好磨磨你的心性，让你不辜负裴家家声。可你就算什么也不会，整日游手好闲又能如何？你是镇国将军的儿子，是我裴昭的弟弟，就算是纵情肆意一生，我也是能护着你的。"

裴缓歪着头，大着胆子开口："哥……你今日怎么这么絮叨？这不像你啊，你是不是有了心上人了？"

他那些狐朋狗友看上哪家姑娘之后，就会满嘴酸唧唧的话，整天整夜地说。

这回轮到裴昭怔住了。

裴缓更加肯定自己的想法，八卦地凑过去："是哪家的姑娘这么有福分？什么时候办婚事啊！你任期还未满吧，要是在两江办，我要提前两个月过去……"

"你呢？"只能说裴昭不愧是裴昭，他总能用最简单的话堵住裴缓喋喋不休的嘴。

裴缓不解道："我什么？"

"心上人。"

裴缓突然发觉一阵火往脸上蹿，烧得燎原，他的上下牙突然间亲密无间，费了好大的力气才张开："我……我还小呢，哪有什么心上人不心上人。"

裴昭胸腔鼓动，笑意昭彰："你我前后只隔了一刻钟出生，我有，你也该有。

"想要什么，想做什么，就去讨，就去做。"

笑够了，裴昭的左手搭在他的肩上："尽你所想，自在地活一场。反正不管出什么事，我会为你撑腰。"

"王爷，王爷。"

粗厚的男声直往耳朵里钻，裴缓烦躁地捂住耳朵，喉咙咕哝了一声，再睁开眼，天光大亮。

床边风姿朗月般的兄长换成了一脸青胡荏苒遢的桑明，这对比可有点儿冲击。

裴缓："你有点儿丑啊！"

桑明顾不上被攻击，见他醒来长长地松了口气："王爷你可吓死属下了！"

"怎么了？"裴缓这才听出自己的嗓音沧桑沙哑，他抬手，左手手腕沉得完全不听他使唤。

桑明几句话把昨晚吉祥坊大堂发生的变故和进门看到裴缓人倒在血泊里的事交代完，末了又说："王爷放心，大夫包扎完之后，我已经拿银子封了口，保证他不会乱说。府内的人我也已经打点好，见到王爷受伤的只有我和白照以及几个心腹。昨夜等人都走了，我拿王爷藏在匣子里的凝血药仔细地敷了伤口，没有别人看见。"

裴缓身边的人都是裴昭挑过来的，桑明沉稳，做事谨慎，裴缓满意地点点头："你辛苦了。"

"属下只是做了应该做的事情，王爷没事就好。"

"大堂死的人，知道是谁吗？"

"属下已经叫人打听了，一有消息属下就告知王爷。"

桑明扶着裴缓坐起来，裴缓左手的手腕包得厚厚的，像个粽子。

自从被发现血能解皇上的毒后，他才知道自己异于常人。一旦有伤，就要涂上特制的凝血药，不然伤口就会一直流血。

昨夜，他只记得脖子闷闷地挨了一下，之后就没了知觉。这伤是他昏迷之后添的。

极致的痛会让人有清明的瞬间，那时，他沉重的眼皮撩开一道细缝。

那狭窄的视线里，只见一把如弱柳的细腰婉转流连，矮下来蹲到他身边，又直起来走到远处，最后跳出窗外。

他听见女声带着歉意和愧疚："对不住了，王爷。"

裴缓的拇指和食指缓缓地抿着，忽而抬眸，眸底划过一道光芒，问："谢相思呢？"

"这事属下也奇怪，属下和白照进去的时候，雅间内就只有王爷一个人，谢护卫不见踪影，至今也没回来。属下后来又让小林他们去找，在雅间里找到了谢护卫装扮用的狐狸尾巴和耳朵。"

胸口像是有无声的火被热油一浇，霎时熊熊燃烧起来，那火烧到五脏六腑，内里被灼烧得一派扭曲，天翻地覆，疼得裴缓的呼吸一滞。

他的右手紧摁住胸口，面目发青。桑明急着又去找大夫，看看主子是不是还有别的后遗症。

裴缓难受，唇齿间有一股铁锈味，那是从心口上涌的血气。

被寻常的护卫背叛，他会生气。

那是对人性丑恶的唾弃，和对自己识人不清的后悔。

可他不会像现在这样，心上像有什么东西塌下来，砸得全世界毁灭，再一把火，将废墟都烧得灰飞烟灭，连渣都不剩。

裴缓想起方才那个梦。

梦里裴昭问他，有关于心上人的事情。

同胞的兄弟姊妹，大多数都会有一些心灵感应。

小时候裴缓一犯错被罚，裴昭就会非常及时地赶来，裴昭总说，那是他下意识地感觉到裴缓要倒霉，就过来解救他了。

后来，父母亡故，裴昭担起长兄重担，对他很严厉，也亏得这种心灵感应，让裴昭猜裴缓的心思，一猜一个准。裴缓被管得严严实实，叫苦不迭。

日有所思，夜有所梦，梦能反映人真实的想法，而裴昭懂他的一切。

裴缓痛急，大口大口地喘着气，扭曲的俊容挤出一个笑。

他明白了。

他心里有了个人。

如今她走了，走之前在他心底纵了这把火，想毁灭痕迹，逃之夭夭。

让他连念想都留不下。

第七章

被发现了

"你如果再不说话，本官就要用刑了！"

天蒙蒙亮，刑部衙门的大狱里，这句名传千古的台词一次又一次地响起。

"第二十八次。"谢相思数了一下次数，不由得感叹刑部基层审讯人员的苦和累。

为了突破嫌犯的嘴，审讯人员通常会采取一系列招数，击溃对方的心理防线。比如在人最困最倦的深夜里一次又一次地提审，再比如拎个犯小错的犯人在旁边严刑拷打，杀鸡儆猴。

谢相思打了个哈欠，嗯，自己算是两样兼有了。

正想着，牢门的锁链"叮叮当当"地发出声响，随即走进来一个面白无须、一脸堆笑的年轻小吏。

"这位姑娘，招吗？"

谢相思盘腿坐着，表情透着倦，眼神却依旧清冷，在这里蹲了一夜，被折腾了七八次，她也并没有被磨得失了心性。李之昂不由得想，确实是块硬骨头。

那就更可疑了。

谢相思面上没什么波澜："我都不知道自己做了什么，没做过的事情，有什么能招的？"

她确实没说谎，昨夜她跳窗而下，寻到傅清明，将手里的瓷瓶递给他。

傅清明打开瓷瓶，放在鼻尖嗅了嗅，神色有些怪异。

谢相思问："怎么了？"

"这气味有一点儿异样，不过我一时也判断不了。我现在就回去，这件事多谢你了。"傅清明拱了拱手，转身就走。

本来谢相思还有一些问题想问，看他这么着急也就没勉强。

她上次打晕裴缓最后是以"陈大帅和慕云过来，然后自己馋裴缓的脸"多种复杂理由一起糊弄过去的，这次房间里只有他们两个人，而且裴缓还非常大度地一直让她看自己的脸，还能用什么理由才能解释自己击了他尊贵的后脑勺呢？

馋他肉体？

谢相思被这离谱的想法弄得一个哆嗦，就听见前面传来一阵激烈的尖叫声。

随后雅间的窗前飘过两道焦急的身影，她听见桑明焦急地喊着"王爷""大夫"之类的字眼。

谢相思的心一沉。

她只是用刀划破了裴缓的皮取血，之后也上了伤药，应该是没什么问题才对。怎么桑明的反应，像是马上要在怀王府吹喇叭了一样？

谢相思不解，窗前又飘过一人背着另一人的影子。谢相思心里忐忑，攀着墙就登上窗台。

"在那儿！给我拿下！"

不远处，一队衙门的人巡视到此处，领队的人一指谢相思，手下人迅速围过来。

若是走江湖，她几下就能把这些人干趴下。

可她如今在怀王府，行迹都很好找，打了这些官兵，是给裴缓找麻烦。

裴缓身份特殊，知道她是怀王府的人，一般人都不敢对她如何。

谢相思心思一转，将按在刀把上的手松开，直接跳了下来。

她说自己是怀王的护卫，这些都是一场误会。

领头的人眉头皱了皱，还是坚定地把谢相思押进了大牢。

这些人咬紧牙关，一个字也不泄露，但谢相思能看得出来，吉祥坊出了大事。

而她因为形迹可疑，被当成了嫌疑人。他们忌惮怀王得宠，不敢真的对她用刑，但因为事关重大，也不能放她走，就这么磨着磨着，看能不能在怀王来要人前磨出个线索来。

想到这儿，谢相思一挑眉，说："不如这位小大人提醒我一下，我可能就能想起来了。"

"行啊！"李之昂面上笑意不改，"昨夜吉祥坊中，兵部尚书左炎在大堂被杀，凶手武功高强，从远处一剑刺中左尚书胸口，导致其当场毙命……"

谢相思惊得一下跳起来："什么？左炎死了？"

她看起来倒是真的很惊讶，如果不是真的不知道此事，那就是装的。

演技真好，可以去戏班子唱戏了。

"昨晚吉祥坊中形迹可疑的人众多，都被我们带了回来审讯。不过武功高强又形迹可疑的，只有姑娘你一个。"李之昂的笑意变得意味深长起来，眸中略带讥讽，"你自称是怀王府的人，那就是怀王指使你做的了。怀王一向不参与朝政，看来都是装的。"

谢相思重新审视面前这个看起来官位只在刑部末流的小吏，仔细想他方才说的几句话，竟是循循善诱、句句设套。

她又坐回去，神情重新恢复之前的淡漠样子："如果我是凶手，来抓我的那些人早就被我一拳一个送去见阎王了，怎么可能乖乖跟你们回来。李大人这么聪明居然也不觉得奇怪，那就是间歇性脑子不好，有关于怀王的事情脑子好，其他事情脑子不好。李大人，莫不是嫉妒怀王，想栽赃陷害他？"

李之昂语塞。

两人四目相对，噼里啪啦地有小火花在四溅。

谢相思用看死人的眼神看他，那是真的在死人堆里浸润过的目光，阴冷瘆人。李之昂看了一会儿招架不住，偏开眼神又问："那姑娘在案发的时候做什么？可有人证？"

这是最麻烦的事。

她如果找人证就要把去见傅清明的事情说出来，但傅清明查的事情事关陛下中毒，此事是绝密，不能轻易让别人知道。

但凡和皇家有大关系的事情，最好都不要说，免得麻烦。

谢相思淡淡地道："我是去为怀王办事，至于办什么，事关王爷我不便多说。若是不信，你们可以去找怀王殿下核查。"

说到这里，谢相思顿了下，眉毛一挑，道："我进来的时候已经说了自己是怀王府的人，到现在王爷也没派人来，所以你们根本没通知怀王府吧？李大人，你这栽赃一条龙做得还挺严密的哈！"

李之昂面色一僵，瞪了谢相思几眼，随后站起来走人，迅速结束了这场审讯。

他一走，谢相思顿时委顿下来，脑袋点着墙，身体困得要命，灵魂却活跃着。

她刚知道买凶杀裴缓的人是左炎不久，左炎就在众目睽睽下死了。

按照解忧帮的帮规，下单的雇主一死，且这死和接单的弟子并无关系，那订单便自动解除。

陈大帅和慕云可以好好地回解忧帮，谢相思也可以松一口气。

但是如果左炎背后是有人指使的，而且那人坚定不放弃地就是想杀了裴缓，那就会有人再续上订单，运气好的话陈大帅和慕云会继续出这趟任务，运气不好，对方就会换人。

那她之前呕心沥血铺的那些路，一下就被人炸毁了。

到时候敌在暗她在明，解忧帮的人藏龙卧虎，她要怎么做，才能保护裴缓不受伤害？

谢相思心乱如麻。

不过在这之前，她只想裴缓赶紧过来，把她弄出去。

被困在这里，她对外面一无所知，就更没办法采取行动。

裴缓，裴缓。

你过来啊！

我快要承受不来了！

桑明来裴缓身边足有十年。

虽然没有白照时间长，但白照脑子不好。桑明自认除了大公子外，没有比他更懂裴缓的，可这些日子的裴缓，他有些看不懂了。

早上，王爷苏醒之后，看着身体极是不舒服，痛苦得像是下一秒就要死去。大夫说王爷应该只是伤口疼，并没有其他什么伤。

之后，王爷渐渐地平静下来，平躺在榻上，赶他出去。桑明担心王爷，悄无声息地落到房顶，移开一片瓦，望进去。只见自家王爷的眼睛盯着虚无处发呆，时不时地冷笑一声，看着像是生气。

可王爷一生谁的气，都是以摧枯拉朽般的气势不弄死对方不算完的，这次居然只是冷笑，还把自己关在屋子里生闷气，怎么看怎么无奈，怎么委屈。

桑明这样想，又见王爷叹了一口气，颓然地翻了个身，似是碰到了伤处，只好又翻了回来，眨了眨眼，声音很嘶哑地说："是我不够好吗？"

骄傲半生的王爷居然会怀疑自己的魅力？桑明觉得是自己耳聋了。

之后王爷一直沉默着，沉默到这个时节泛了热的太阳烘烤着桑明的脊背，他快要被烤成猪肉脯，就听屋里的人极是诧异地说："左炎死了？"

左炎？兵部尚书左炎？

王爷为什么突然提起他？

王爷脸色又阴沉下去："又是傅清明！这人可真是阴魂不散啊！"

王爷说着手够到枕头下，摸出来一封信，举起就着光研究。

看了一小会儿，他又骂道："还真是够牙尖嘴利的。"

他虽是骂，但神情已然放松下来，不再阴沉沉的了。

再之后，他的手松开，信飘飘然落在地上他也不管，面庞神色呆呆的："原来她竟是这样想的……"

片刻后，他的嘴角翘起，面上漾起笑意。像是小孩子得到了喜欢的糖一般，笑得澄澈天真，连眼睛都弯成好看的弧度。他转身把自己滚在锦被里打了几个滚，又碰到伤处，疼得他坐起来，"嘶嘶"地喘着粗气，脸疼到扭曲。

裴缓想到什么，又笑起来，伸出完好的右手摸了摸自己泛红的耳垂。

"她召唤我了。相思别怕，我这就来了。"

裴缓这一整个变脸的全过程，被桑明尽收眼底。他望了望太阳，又看了看地上，感叹一声："连王爷都会变成情绪被心上人操控的傻子，这就是爱情的魔力吧！"

"桑明——"

底下传来裴缓的声音。

谢护卫召唤王爷，王爷召唤他。

桑明绕了一个小圈，装成一直在外面守着的模样从门口进去："王爷有何吩咐？"

"跟本王去一趟刑部，就说府里丢了人，要去刑部找。"

桑明抱拳："是！"

日过正午，天的颜色逐渐泛黄，像是抓了一把糖扔到半空，挥着铲子炒出的糖色。

刑部衙门口响起一阵喧闹声，路过的百姓看热闹似的围了上去。

只见衙门口前，十几个身穿白色丧服的男男女女哭作一团，以一个瘦弱女子哭得最为凄惨，她边哭边号："我可怜的老爷啊，你怎么就这么命苦，众目睽睽之下被歹人所害，可我们，我们却没有办法为你讨回公道啊！老天不公啊！不公啊！"

衙门口时有这样的事情发生，百姓们见怪不怪，守卫们把守大门，连眼皮都没抬一下，任由他们继续闹，按照惯例基本上闹两个时辰见没人理也就过去了。

现任刑部尚书李维在刑部任上二十年，可谓兢兢业业，将自己献给公务，至今膝下都没有一子。能力超然又如此为国鞠躬尽瘁的臣子，皇上自然有心想让他再往上走一步，可对此李维上书婉言自己只想守在刑部，将典狱事业做大做强。皇上感叹：朝上之臣若都能如李卿，我大越何愁不能万年相传？

刑部在李维的带领下，办案手段繁多，从里到外从上到下大小官员都是油盐不进的老油条。刑部也被誉为现下朝廷六部中的铁板，轻易咬不动，无论朝中哪一派都很少能将刑部拉拢过去。

而对这种试图用舆论来操纵大众，逼迫衙门低头的人，李维只有两个字：别理。

曾有人问：那万一他以死相逼呢？

"想你兢兢业业这么多年，为国尽忠，为百姓尽力，你怎么就落得这么个下场……妾身没能帮你找那个凶手报仇，妾身这就随你去了！"女子嘶吼一声，震得周围人头皮发麻，竟不知道这么瘦弱的身躯里是怎么发出这样的声音的。

众人眼前一花，女子径直往衙门门口左侧那尊偌大的石狮子上撞去，决绝得似扑火的飞蛾。

李维答：大部分都不是想真的死，身边会有人拦着的。

守卫眼珠往左斜了斜，只见跪着的一片白衣人里有个矮个子的人一下弹起，强有力的双臂拽住那瘦弱女子的腰，往后一坠，眼泪流出来："二夫人您可不能想不开啊！小少爷才刚会走，他可是老爷唯一的儿子，还需要您好好照顾。小少爷已经没了爹爹，不能再没有亲娘了！"

此言一出，二夫人顿时像抽干了身体里所有力气一样，颓然跌坐在地上，哀伤抽泣，我见犹怜："老爷，妾身少时遇见您，您救妾身出虎狼窝，给妾身一个家，妾身只有您了。您这一去，妾身带着小小的望儿，该如何活下去……"

稚子无辜，柔弱女子流落街头更是可怜。

听到这儿，人群里有了窸窸窣窣的声音。

"唉，孤儿寡母的真是可怜。"

"听这话是官宦人家啊……"

"我听我表姑的堂弟的二爷说，兵部尚书左炎左大人昨天被杀了……"

"啊？兵部尚书？那可是天大的官啊，这么大的官被杀了，家里人都要不到公道？"

"杀人凶手肯定身份高贵，比尚书大人还大。"

"这还有没有天理了？！"

听到这儿，有个一脸正气的书生喊："这位夫人你家老爷可是兵部尚书左炎左大人？"

二夫人肩膀一抽一抽的，并不答话，只是看着更加可怜，以沉默回答了方才书生的问话。

人群的声响顿时大了起来。

有口口声声说世道不公要讨回公道的正义派，有劝二夫人别抛头露面徒做无用功的放弃党，还有一些人两面都不沾纯看热闹。

二夫人拿锦帕拭了拭眼泪，被丫鬟扶着站起来，先福了一福身子，弱柳扶风，姿态婉转。

"诸位听我一言。"她再开口，不像一开始那样的无理泼妇，也不像方才的柔弱没主意，声音微颤，尾音却坚定沉重，让人不由得就停下话头，等着她继续说。

守卫的眼珠移了回来，心道，有些麻烦。

他和身边兄弟交换了一下眼神，自己闪身进了门去找李大人。

二夫人道："我知道幕后凶手极有势力，才会让嫌疑人进刑部已经一夜加半日，对外还没有任何的结果，我几次求见，刑部俱是不见，眼看着这案子就要草草了之。我一个弱女子，还只是老爷的妾室，没有家世没有人脉，想要一个公道比登天还难。我带着儿子，守着老爷给的家产，也足可以度过下半生。为了儿子为了自己，我也该忍气吞声。可老爷对我恩重如山，如果不能为他报仇，将真凶绳之以法，我枉为人一场！"

"夫人真是情深义重，女中豪杰！"张扬的男声自人群后而来。

听这声音，二夫人眼中神色一变。

一辆颇为华贵的马车徐徐停下，马车里先下来一个小厮，弯下腰跪在地上，露出后背。紧跟着一只脚踩在他的背上，跟着下了车。这人穿着褐色蟒袍，腰系玉带，缀着一块通体雪白的双龙佩，他身量高大，阔脸浓眉，高鼻厚唇，自带一股桀骜之气。

二夫人不慌不忙一礼："妾身见过晋王殿下。"

众人一慌，忙颤颤巍巍地跪了一地。

此人就是当今陛下的三皇子，晋王孟钦。

"夫人不必客气。"孟钦挥挥手，示意众人起身，"本王回府路上经过此地，见这里围了这么多人像有什么大事发生，就让下人驱车赶了过来。也幸亏本王来了，不然竟不知就在我大越法律制定之地，明晃晃地就出如此冤案！"

二夫人眼噙着泪，"扑通"一声跪在地上："求王爷为我家老爷做主啊！"

"本王既遇到了，便不能坐视不理。"孟钦话音刚落，随车护卫整齐划一地快步上前，直到朱红大门门前，列两队站好。

孟钦阔步而行，几步到了门口。

守卫尽职尽责，堵在门口，一步不退。

"王爷，我们大人说了，今日衙门谁也不能进，王爷不要为难小的们。"

孟钦眼中烦躁一闪而逝，手心发痒，冷声道："起开！"

"王爷——"

恰是此时，朱红大门从内打开，李之昂温和笑着走出来，对着晋王一礼："下官恭迎晋王殿下。"

孟钦冷哼一声："犯人呢，本王要亲自去见！"

李之昂侧过身："殿下请。"

孟钦大步流星往前走，李之昂指了指外面，对着此处满眼殷殷期盼的二夫人一行人，道："把他们安排在西侧房，叫人好好看管，别让他们出什么意外。"

"是！"

李维不在刑部衙门，主审左炎一案现由李之昂审理。

孟钦听到这个消息，看了一眼老老实实的李之昂。

李维那个老狐狸素来难对付，他是特意挑了李维不在的时间来的。

天牢阴暗，那种脏污地方堂堂王爷怎么能去？李之昂遂安排了间干净的隔间，迎孟钦过去，叫人把谢相思提过来。

闻着浅淡的茶香，是今年的雨后龙井，孟钦对李之昂的安排颇为满意，知道这是个识时务的人，这是在故意卖自己的好。

"禀王爷，嫌疑人谢相思带到。"

"嗯。"孟钦淡淡应了一声，抬头看了一眼，瞥见一张艳丽动人的脸，眸子不由得怔了一怔。

竟然是她？

那美人也看到了他，表情没有丝毫的变化，那眼底的淡漠像是冰川之巅的雪，凉得世间少有，她丝毫不将他放到眼里。

孟钦想到那些光怪陆离的梦境，又想到年少时驯的第一匹马。

那是匹枣红色的烈马，性子格外野，马场的人谁也驯服不了它。他就在众人高呼中跳上马背，马鞭高扬，狠抽着马肚子，同时少年高壮的胸膛拼命地压着拱起的马背，马如飓风般呼啸而过，他闻到了血腥味，那让他异常兴奋。

最后马筋疲力尽，"咻咻"地吐着气，认他做了主人。

孟钦眼中透出兴奋，他要压倒眼前这匹同样不肯低头的"马"："谢相思，你谋害当朝命官，你可知罪？"

谢相思看着他，没说话，眼睛偏向旁边揣着袖子，好整以暇看戏的李之昂。

"审案的人是李大人是吧？据我所知，刑部衙门各事项分得很清楚，如果不是尚书大人亲指，其他人是不能代替李大人审这案子的。李大人，旁边这位大人，可有尚书大人的手谕？"

李之昂说："这位是晋王殿下。左炎一案影响极其恶劣，晋王殿下也是体察民心，才特意来刑部一趟的。"

谢相思倒是没惊讶，有关于宫廷那几个王爷的点滴，她早已背熟。

看这人通身气派，就知道是最嚣张也最有能力的晋王。晋王母妃嘉贵妃出身簪缨高门，其兄长卫启历任朝中重要官职，累至当朝丞相。晋王子凭母贵，一生下来便有各路人马保驾护航。晋王手腕狠辣，做事果敢，在军中战功赫赫，在朝上几件舞弊案办得很好，有能力，也有嚣张的本钱。

左炎是晋王的人，而自己则疑似是杀左炎的人。谢相思明白，落到晋王手里，不管她是不是凶手，也很难全须全尾地离开刑部。

她不能坐以待毙，她要尽量拖延时间，撑到裴缓来找她。

谢相思对着孟钦先是抱拳一礼，恭恭敬敬道："见过晋王殿下。"

随即，她又话音一转道："晋王殿下如果没有尚书大人的手谕，那就没有审理案件的资格，恕我不能回答王爷的任何问题。"

孟钦大义凛然道："本王在外面听闻，刑部有意包庇嫌犯。左大人为官清正，本王十分敬佩，本王是圣上亲子，从小受父皇教导，要匡扶正义，今日既然让本王撞上，本王就不能坐视不理。"

李之昂连忙道："下官等不曾包庇嫌犯，实在是因此事兹事体大，尚书大人命下官等小心审理，在有确凿证据之前不能走漏风声。"

孟钦讥笑道："哦？那审了这么长时间，可有什么眉目？"

"下官愚钝，至今还未查到实证。"

"啪！"茶盏重重地摔到小几上，被大力震得四分五裂，浅澄的茶水顺着流了一地，孟钦横眉冷对，喝道："左大人尸骨未寒，你们就这么磨磨蹭蹭的，想查个三年五载再破案？刑部既然如此没有用，那本王只能亲自审了。"

谢相思内心一紧，李之昂先她一步开口："晋王殿下还是等尚书大人回来再审，岂不是更妥帖？"

"兵贵神速，早点儿让这贼人吐口，就能早一点儿告慰左大人的在天之灵。"孟钦霍地站起。他身形高大魁梧，自带一股迫人的威压，李之昂心知肚明，今日只自己在这儿，是拦不住晋王的。

李之昂不再说话，脑中飞速转着想对策。

孟钦阴冷的眸子盯着谢相思，她竟丝毫不惧，眼里泛着艳丽的光，直直地迎上来。

看着清清冷冷，却是比那匹枣红马还要烈的姑娘。

那马几鞭子下去皮开肉绽露出骨头，然后就老实了。他倒是要看看，这姑娘能挨得住几下。

在孟钦盯着谢相思时，谢相思其实并没有真的看他，她是在回忆刚才走过的牢房内的路线，回忆得有些认真，显得眼睛一眨不眨而已。

回过神，她看见孟钦眼底的兴奋。

孟钦也确实没有辜负谢相思的变态认证，他扬着声音道："来人，取本王的金乌鞭来。"

谢相思瞳孔微缩，孟钦竟然想亲自动手？

看着她表情的变化，孟钦的呼吸喘得更粗重，眼睛慢慢地红了。

小东西害怕了，那就更好玩了。

早知道这姑娘这般有意思，就该早早地绑在身边才是。

手下很快将鞭子送到孟钦手中，不等孟钦下令，便伸手按住了谢相思，手脚利落地将她捆到隔间的柱子上。

"本王的鞭子上打过宗室族叔，下打过作奸犯科的要犯，今日赏你，是本王抬举你。"孟钦摩挲着软鞭，眼睛直直盯着谢相思的反应。

她没了方才那一瞬间的害怕，只静静地看着他，像是认了命。

孟钦渐渐地走近，谢相思运气于手腕处。

她不甘心被晋王迫害，她宁愿拼一把。

裴缓你个天杀的怎么还不来啊！

谢相思内心怒骂一句，随即握紧拳。

下一秒，耳畔飘来絮絮叨叨的男声。

——"这刑部衙门以前不都是很难进，今日怎么这么容易就让本王进来了，嗯，一定是本王的魅力征服了他们……"

谢相思无语，却着实松了口气。

裴缓这么不要脸的心声此刻听在耳朵里，如听天籁。

"你笑什么？"孟钦的脸色阴沉，鞭子抬起她的下颚逼问。

谢相思笑起来，颊边的小酒窝盛着漫天的霞光，这简陋的一间屋，得此仙人，摇身一变成天上仙宫。

谢相思的嘴角仍翘着："死到临头想笑一笑，不犯法吧？"

"你——不知死活！"孟钦一扬手，鞭子就势要挥下来。

——"谢相思！"

"住手！"

心声和一声高喝交叠着同时传过来，谢相思的耳朵被猛地冲了一下，耳边"嗡嗡嗡"直响。孟钦的手顿了下，李之昂眼疾手快，一下抱住孟钦的手，说："晋王殿下，怀王来了。"

一丝怨毒的神色自孟钦眼底划过，他咬了咬牙根，收了鞭子。

李之昂暗自松了口气，放开他再次站到一旁。

——"我当是谁呢，原来是这个'公夜叉'。"

"扑哧！"

公夜叉，这吐槽也太过于精准了吧！

裴缓和孟钦齐齐看过去，谢相思艰难忍住笑，迅速换成毫无表情的样子："属下见到王爷，太高兴了才笑了出来。"

裴缓翘着嘴角，孟钦的脸又阴沉了两分。

"裴缓，你来做什么？"

"你来做什么，我就来做什么。"

"本王是来查案的，这种事你帮不上忙，还是到一边去吧！"

这是在暗讽裴缓是个不学无术的纨绔子弟。

裴缓"啊"了一声："你是来查案的？那我们不是一路的，你查你的，我办我的。桑明——去，把谢相思解下来，我们回府。"

桑明上前一步："是，王爷。"

孟钦马鞭一横，截住桑明的去路，说："慢着！谢相思是本案要犯，谁敢带走？"

裴缓眯着眼，摇着头走到谢相思身前，道："自然是我。"

谢相思只能看到他的侧脸，那里的线条一如往昔，精致得不似凡人。

隔间有一扇窗的窗纸破了个洞，外面应该已经是金乌西坠时，有紫红掺杂着碎金色的光透进来，恰恰映在他的脖颈儿处。

谢相思的眼随着那光点动着，心潮也跟着涌动。

她听他说："谢相思是我的人，我若不允，谁敢碰她？"

心潮澎湃，一路奔腾前行，直入深海，陷入其中没了动静。

她像是听不到任何的声音，只能看到他的嘴一张一合。

她的五官比寻常人更敏锐，曾经她引以为傲的优点如今像是破碎了一般。

普通人怎么也能听到别人说话啊，可她像是失了听觉，连视觉也退化了，眼里除了裴缓外，根本看不进去其他人。

她仿佛……得病了。

她深深地、大口地呼吸着，渐渐地能听到裴缓的声音："谢相思是本王的护卫，那夜她陪本王一同去吉祥坊玩了，左炎被杀死时我们一起待在房间里，我就是她的人证。"

然后是孟钦的声音："怪不得刑部会包庇谢相思，原来谢相思是怀王的手下。既然怀王说你们当时在一起，那她被发现时为何会鬼鬼祟祟地出现在窗边？又为何怀王这么久了才来解释这是误会一场？"

是啊，为什么？

谢相思木着脸看着裴缓，她可太想知道了。

裴缓转过头，眼尾突然上挑，那双眼漾出春波。

"她啊，是害羞地想逃走。"

谢相思那种病的症状又出现了，而且比刚才还要严重，四肢都开始发麻。

孟钦不依不饶："就凭这两句生硬的狡辩就想带走嫌犯？你这是妄想！"

裴缓今天心情好，一点儿不耐烦也没有，打了个响指。桑明立刻搬了把椅子过来，裴缓撩开衣摆坐下，慢条斯理地说："我这人吧，别的优点没有，就是讲理。晋王既然说我是狡辩，那我自然要拿出让你挑不出毛病的证词才好把人提走。"

孟钦不语，裴缓跷着二郎腿，纤细的手搭在膝头，指尖一下一下敲着："昨晚桑明和白照这两人在门外守着，就我和谢护卫在雅间内。本王说了几句话，谢护卫害羞地推开本王，推搡间她误伤到了本王，她只顾着害羞对此全然不知，顺着窗跑到外面。后来白照他们看本王受伤把本王带回王府医治，谢护卫就消失得无影无踪。本王以为她是羞得王府都回不来了，后来知道吉祥坊出了事，嫌犯被关到这儿，嫌犯据传是个绝世美人，本王想，这长安城能称得上绝世美人的除了我，就只有谢相思了，这才想着上门来讨人。"

"这也只是你的一面之词，本王虽不掌刑事，也知道一面之词不能当证词。"

"那对质可以吧？"裴缓一指谢相思，"自案发之后她就被抓走，我们就没再见过，也就没什么可串供的机会。把她放下来，这位李大人提问题，本王和她分开作答。要是答案对不上，你们要杀要剐本王都不管。不过若是答得一样，那就立刻放她跟本王回府，怎么样？"

孟钦略思索了下，提出一个要求："那问题要本王来出。"

李之昂瞧见孟钦首肯，这时才笑着上前："这方法可行。来人啊，把谢相思放下来，准备笔墨！"

谢相思被裴缓提的想法刺激得什么病都痊愈了，她已经在考虑一会儿要是答得对不上是不是该挟持裴缓跑路，逃到安全地方再杀他祭天的事情了。

刑部做事麻利，很快一应安排都做好。

谢相思活动了一下被捆得发酸的手腕，坐在东侧。孟钦人高马大，横在她和西侧的裴缓中间，在他眼皮子底下，这两人别想要什么花招。

桑明弯腰拿狼毫笔蘸墨，递到裴缓手边。

一场对峙考试就此开始。

"第一问，昨夜怀王殿下同谢护卫说了什么让谢护卫只能逃走？"

谢相思捏着笔的手，微微颤抖，裴缓根本就什么也没和她说啊！

他是被她打晕的，哪里来得及说什么！

李之昂很贴心地补充道："分毫不差记住说了什么比较难，大意写出来就行。"

那边裴缓提笔开动。

——"本王身边垂涎本王的人太多了，可那些人本王都看不上。"

谢相思冥思苦想之际，裴缓的心声灌到耳朵里。

裴缓编瞎话一定是要琢磨寻思的，只要他在想，她就能知道他在想什么。

无人知道这个秘密，这让谢相思重新有了生的希望。

她捏着笔照着听到的写，每句话大差不差，只是用词方面改了下。

——"她们不是看上本王的地位，就是看上本王的钱。"

谢相思嘴角一抽。

——"只有你，对本王的地位和钱不屑一顾，你让本王知道，这世界上还有像你这样高尚的人、纯粹的人。透过本王绝美容颜，赏鉴到本王至纯至臻的一颗美好心灵……"

谢相思手下一个不稳，笔在纸上一画，留了一道长长的黑印。

谢相思深吸一口气，蘸了一下墨继续。

裴缓目不斜视，写得越发卖力。

——"这世界上知己难寻，本王能遇到谢护卫，那是上苍的恩赐，谢护卫，谢相思……你愿不愿意……"

"就说到这儿，谢相思就推开了我。"

裴缓停了笔，谢相思颤抖着补上几个字也跟着停笔，将脸埋在臂弯里。

裴缓往后一靠，绕过孟钦看谢相思："看，现在也在害羞呢！"

她不是害羞，她是怕一不小心抡起拳头想砸裴缓的脑袋。

李之昂对着两份考卷，除了谢相思写了几个错字，还有几句话差了两三个词，两份卷子没什么出入的地方。

"就这一问就够了，晋王殿下觉得呢？"

孟钦将两份答卷上上下下看了半晌，脸色变了又变，半晌没有言语。

他今日本是做了完全准备而来，如今却要功亏一篑！

"李大人，这毕竟是本王的隐私事，这两份答卷就还给本王吧！"

李之昂笑着奉上："应该的，应该的。"

裴缓将答卷交给桑明，站起来，掸了掸衣袖上的浮灰，拍着装鸵鸟的谢相思的肩膀："跟本王回府。"

出去前，裴缓对孟钦笑了一下，嗓音微沉。

"左炎一死，兵部交给谁呢？眼下皇上怕也在头痛呢！"

孟钦的脸阴沉得要滴出水来，裴缓敛了笑，眼神毫无温度，冷若冰霜。

他前脚出门，后脚孟钦就一鞭子挥下去，方才裴缓写字的小几应声而碎。

兵部掌兵马大权，历来兵部尚书一职都是要差，君主要谨慎再谨慎，选得力心腹大臣担当。左炎一死，兵部尚书位置空了出来，有力的竞争者是兵部左侍郎顾临开，以及皇城兵马司司长黄现。

其中顾临开是左炎一手带出来的，是纯正的晋王一系，左炎一死，晋王就想令顾临开顶上兵部尚书这个位置。而黄现则没什么背景，在当年的燕云城大战中以一抵百杀出血路，就此一战成名，之后在负责皇城巡防的兵马司任职。

本来黄现也不是兵部的人，即使左炎死了有人在耳边说他很有资格上位他自己也从没动过心思。可朝中晋王和临安王两派争斗已经多年，本着如果自己拿不到这个位置，也坚决不能让晋王的人拿到，临安王一党力捧黄现上位。

晋王一派是以卫相为首的权臣，而临安王一派大多是他从封地被召回来之后主动亲近他的清流文官，权臣对上清流文官，朝堂顿时暗流涌动。

"你猜，皇上会选谁呢？"裴缓剥了颗葡萄放在嘴里，悠闲自在地躺在躺椅上，随口问道。

谢相思木着脸，说："我怎么知道？"

裴缓"啧"了一声："这世上居然还有谢护卫不知道的事情啊，还真是稀奇。"

这几日他都这样一副阴阳怪气的样子，谢相思已经见怪不怪了。她垂眼看了下双手手腕的玄铁链子，叹了口气。

五日前，裴缓从大理寺天牢将谢相思带出来。

马车上，裴缓一言不发。

回府后，裴缓依旧一言不发。

等到半夜，谢相思照常值夜的时候，他蒙头大睡，一言不发。

他的一言不发，只对谢相思。

面对白照、桑明他们，裴缓表现得和平常一样。

谢相思就知道，裴缓这是在生气。

至于生什么气，谢相思拿不准裴缓在她拿刀取他血时的精神状态，也拿不准裴缓拿到她考卷时的心理活动。裴缓这两日像是什么也没想，一直放空。

所以她也不知道他在气什么，也不知道该怎么做，就干脆敌不动，她不动。

所以一连两天，两人一句话都没说。

第二天末尾，桑明单独叫谢相思出去，委婉地表示希望谢相思能够先低一下头。

"为什么？"

"咳咳，王爷……那什么，那夜谢护卫出去是找傅清明了吧？王爷知道了之后很不高兴，要是谢护卫能软言说几句好话，王爷肯定立刻就好了。"

谢相思惊得要命："你怎么知道傅清明的……你们有人跟踪我？"

她轻功算不错，若是跟着她能让她连一点儿踪迹也发现不了的，那肯定是绝世的高手，找遍天下也找不到几个。

怀王府……居然还有这样的高手存在？

那还要她护卫个鬼啊！

"王爷对谢护卫很信任，怎么可能找人跟踪……这是王爷自己说的。"

谢相思眼珠一转："王爷还说了什么？"

桑明犹豫要不要把那天王爷在屋里神神道道的话和盘托出，谢相思面上抿开一丝笑，神色竟少见的有些温柔："你既然想让我去和王爷低头，那我也得知道他究竟气在哪里，才好对症下药是不是？"

桑明琢磨着是这个道理，现在天大地大，能让自家王爷恢复好心情最大，他斟酌了一下用词就全都说了。

话毕，谢相思一脸呆滞，似是在怀疑人生。

桑明第一次从谢相思脸上看到这种表情，自觉这次助攻十分到位，谢护卫终于开始反思自己之前对王爷的态度问题了。

谢相思确实是在反思。

却不是反思对裴缓的态度，而是反思自己能听到裴缓心声的事情。

她自从在盖州城确定自己能听到裴缓心声后，在和裴缓的相处中就占了上风，时时让裴缓说不出话但又反驳不了。

除了这个她也没想过其他别的，毕竟这事本身已经够奇怪了，在奇怪的领域她的想象是有限的。

可桑明的话让她有了新的认知。

——无人跟踪的前提下，裴缓只睡了一夜醒来就莫名其妙知道了谢相思在案发时是和傅清明在一起。

——在刑部将案子捂得严严实实的时候，裴缓又莫名其妙在无人禀告的时候确定谢相思人在刑部大牢。

——在晋王孟钦的为难堵截之下，裴缓又莫名其妙地非常自信要和谢相思一起作答，像是早已预判谢相思一定会写出和他一致的、现编的谎言一样。

再加上最近谢相思发现自己听到的有用心声越来越少，再往前推，是裴缓在盖州城时突然要查天香阁，而那时的线索只有她和傅清明知道……

事情在奇怪的领域，往更奇怪的方向发展下去了。

裴缓可能、好像、也许能听见她的心声。

而且，他貌似知道她能听到他的心声。

再具体的，谢相思还没来得及分析，人就被裴缓送到了地下密室里，每日好吃好喝供奉着，各类话本书籍源源不断每天更新，只是双手被玄铁铁链捆住。

对此，谢相思没有任何反抗。

裴缓也没有任何解释。

两个人依旧没有任何对话。

谢相思明白，这叫熬鹰，裴缓在等她先迈出这一步。

他们彼此都知道对方的秘密。

谢相思听不到裴缓的心声，也不想被他窥探到，就整日看话本子，放空自己，什么也不去想。

又过了两日，裴缓出现了。

他就躺在摇椅上，整日品品茶，插插花，看看话本子，困了就小睡一会儿，有兴趣了就和谢相思有一搭没一搭地说闲话。

两个人像在翠竹青山间隐居的一对恩爱夫妻。

桑明把这景象定义为：诡异版岁月静好。

他只来了一趟就拔腿跑了出去。

今日裴缓来，说起了左炎案件的后续，在东街北巷找到一匪徒的尸体，脸上戴着青面獠牙的面具，牙齿缺了一块，很特别，有人辨认说在吉祥坊看到过他鬼鬼祟祟地经过，在左炎死时又没了踪影。

匪徒的身份很快被确认，是专干杀人越货勾当的凤阳山山匪头目罗利，凤阳山匪去年被左炎带人剿灭，所擒匪众尽数斩首，罗利和手下几人逃窜，至今没有归案。

罗利此行是为报仇，人证物证俱在，道理法理皆说得通，案子就此结案。

谢相思本来想放空，可又忍不住去想这其中的关窍。

这案子查得似乎太过顺利了一些，罗利很可能只是个顶罪的炮灰。

她心里想着，撩开眼皮去看裴缓，他没有任何表情，像是根本没听见。

谢相思心下有了另一重疑问，不管裴缓再说什么好玩的话题，或者阴阳怪气的言语，她都不搭腔，装模作样地看书。

僵持了半日，她终于又听到了裴缓的心声。

——"呵。"

简简单单一个字，背后含义无限。

谢相思单手撑着脸，铁链发出"哗啦哗啦"的响声，裴缓睨了一眼，她的手刚好挡住了她的大半侧脸。本来这个角度他能完完全全看到她，现在是什么也看不到了。

这几日的沉默，滋生出了黑暗的花。

那花生出了无数只手，胡乱地在他身上抓挠，让他突然坐立难安，不论换多少姿势，都是难受。

他本来是打算晾着她，打算拉扯她，打算她不低头就不让她好过。可明明不好过的，是他自己。

他不想再这么自我折磨下去了，他又不是受虐狂。

铁链稍微动了动，谢相思的眼顺着手挪开的缝隙看着他。

"啪！"裴缓扬了手，手中的话本子飞到谢相思脚下。

"谢相思。"他坐了一会儿，突然叫她的名字。

谢相思的脊背挺得直直的，淡淡地应了一声："嗯。"

"你知道本王为何要把你关在这儿吗？"

谢相思答："不知道。"

"你知道。"

"我不知道。"

裴缓一点头："好吧，你不知道，那我走了。"

他说着就要走，没有一点儿的犹豫。可谢相思刚才分明听到他的心声，他不打算再这么僵持下去。

她也不想。

她也不是受虐狂啊！

谢相思抿紧唇，看他一步一步走远。等他的手扶到门上，她终究没忍住脱口而出："等一下！"

裴缓脚步停下，人却没回头。

谢相思听见他的心跳声，快得像鼓点。

她的心跳亦是。

谢相思突然间福至心灵，明白了他想要的是什么。

"傅清明是神医鹿鸣的弟子。"

裴缓缓缓侧头，地下室没有光，只靠灯烛取亮。

明火在他眼底忽明忽暗，他看着她，等她继续说。

谢相思知道，自己猜对了。他要的是一个坦诚相待。

"鹿鸣和当今圣上的关系，王爷肯定比我更清楚。在盖州城时，刺客利用天香阁的姑娘们想毒害王爷，我一路追踪，与救治天香阁唯一幸存姑娘的傅清明相识。他来长安，是因为圣上的病。"

傅清明垂了下眼，片刻后说："继续。"

"陛下中了毒，傅清明为了解毒想尽办法……陛下将王爷的血对毒有功效一事告诉了傅清明，但是不许傅清明来找王爷。陛下金口玉言就是圣旨，傅清明只能找上我，偷偷地取王爷的血，看能不能破解这噬鬼之毒。我一直没能下手，拖到了去吉祥坊的那夜才动手……左炎的事情，确实和我无关。我是这世上最不希望左炎死的人。"

裴缓似笑非笑。

——"好，好得很，她居然还和左炎交情匪浅？"

谢相思差点儿被自己的口水呛死，她急忙摆手，道："不不不，我和他没什么交情，只是左炎是下订单到解忧帮雇人刺杀王爷的人，他要是还活着，那我就能让陈大帅与慕云拖着这单。他一死，情况可能有变，如果换了人再来刺杀王爷，王爷的性命会有风险。"

这是实话，和裴缓之前听到的心声一般无二。裴缓伸手，将放在泥炉上的茶壶取下，给自己添了杯茶，霎时一室清香。

他举手投足，一派文人自风流，和一开始印象里的他，相去甚远。

这样的他，才像是她想象中长安城里明亮耀眼的公子。

一个人怎么会有这么大的变化，还让她觉得这么自然？也是很神奇了。

"你这么不想我死，可我差点儿就死在你手里。"看着谢相思不明所以的眼，裴缓抿了口茶，笑笑说，"你割了我一刀，伤口很浅，可我却失血过多，如果不是白照、桑明他们发现及时，我就要和左炎一起去黄泉做伴了。他那人长得丑，黄泉路上他在我身边，我魂魄会难过的。"

谢相思倏地站起来："怎么会？！我明明给你涂了药，那可是解忧帮最好的药，就算割掉了肉，及时涂上都能立时止血的……"

"每次太医取血给陛下解毒之后，都会用专门的凝血药物给我敷伤口。寻常的止血药，对我来说根本不管用。傅清明的猜测应该没错，我的血，确实和平常人不一样吧！"

谢相思万万没想到这一点，如果早知道她肯定不会把裴缓扔在那里不管。

她差一点儿就亲手把兢兢业业保护这么久的雇主一刀结果了，这事怎么想怎么后怕，她脖颈儿后汗毛倒竖。

"我知道你不知道，我没因为这个事情生气。"

"不是因为这个，那王爷把我关在这儿是为了什么？"

"你说呢？"

谢相思说不出来。

不是因为砍他一刀，那就是因为听到心声的事情，这事太复杂，也太离奇，她没有什么把握，万一猜错被裴缓一传，该有人把她当妖精拖出去烧了。

裴缓不紧不慢地喝完了一杯茶，拍拍手。

白照蹦蹦跶跶地走了进来。

"王爷有何吩咐？"

"备份纸笔。"

裴缓幽幽地道："我也出道题，倘若你能答得让本王满意，本王就既往不咎。"

这一天，谢相思想起了当初被解忧帮文试支配的恐惧。

那时候考不好顶多挨罚，今天这任何一个没答对都会送命。

若是之前，谢相思不会太把裴缓的话当成正经的话。

可他今天不一样，很不一样，她已经拿出十二分的精神来应对还是摸不着头脑，仿佛有座无形的山罩在头顶，随时都要崩塌将她压在下面。

谢相思紧张得掌心出了汗，擦了两次才握得住笔。

"你猜，此刻本王在想什么？"

"啊？"

"这就是考题。"

谢相思木着脸："哦。"

在想什么……

在想……

——"我花钱去解忧帮找来的护卫，居然差点儿害死我，我应该一纸投诉给到解忧帮，到时候订金都能退回，这种忘恩负义，有一百件事瞒着我偷偷去做，眼里根本没有雇主的护卫也会从我眼前消失，真是一举两得。"

谢相思睫毛颤了两下，拿着笔的手僵硬着，随后一个字一个字，将听到的心声写出来。

——"之后我知道，她瞒着我的事情，都是为了保护我。"

——"在我的世界里，从来没有功过相抵这一说，我就是个睚眦必报的人，她伤了我，我就该让她不好过。可我却觉得，她伤我肯定另有原因，不是她的本意。这个世界在我眼里一向是烂泥，除了我身边的几个人之外，每个人都不怀好意。我为什么就总会把她往好了想。就连时常听到她在心里骂我，我也并不会生气，反而觉得还怪可爱的。"

谢相思觉得手里拿的不是笔，而是千斤重的巨剑，每写一个字都累得她脸红心跳多一分。

——"我不想让她落在别人手里，就把她抢回来。可之后呢，我又不知道该怎么处置她才好，我想要的是什么，我想得到的是个什么结果？让她低头认罪？让她将瞒着我的事情和盘托出？还是让她发誓效忠再也不起么蛾子？"

——"好像都不是。"

谢相思的呼吸一滞。

——"就在刚刚，我抬眼却看不到她的脸时，我出离愤怒。"

——"我好像突然间就懂了，我气的是什么，我想要的是什么。"

　　——"我气的是你出什么事都不告诉我，把你自己置于险境。"

　　——"我气的是你心里没有我。"

　　——"我想要的是我想看你时，你也恰好在看我。"

　　谢相思脸上的热度仿佛扩散到脑子，她头昏脑涨，眼前的字歪歪扭扭的，像是爬虫。

　　滚烫的脸被一双微凉的手捧起。

　　她惊慌的眼对上他的。

　　那双眸静如秋湖，将她一张懵懂的脸全然映出。

　　他说："就像此刻一样。"

第八章

想拥有她

在谢相思做完这次的试卷之后，她被裴缓放出来了，还照样上值保护他这个千尊万贵的怀王殿下。谢相思也没什么异样，保护裴缓尽心尽力。两个人偶尔有几句交谈，之后重回平静。

一切看起来都和之前没什么两样。

桑明拉着白照一起朝着东西南北四个角叩拜佛祖神灵，感谢他们保佑王爷和谢护卫和好如初。

白照睁着一双无辜的眼，说："如初……他们一开始认识的时候不是这样的啊！"

桑明怜悯地拍了拍白照的小脑袋瓜，当谢护卫在王爷身边时，他兢兢业业地拉着白照站远一点儿，免得打扰他们的兴致。

怀王府就在这种和谐的气氛中进入了又一个夏天，裴缓喜欢夏天，喜欢暖洋洋的太阳包裹自己的感觉，他吩咐人在花园的藤萝下搭了个大秋千。

说是秋千，其实就是个简易的胡床，背面封口，用棉絮蜀锦做了个靠垫放在上面。胡床的两边支着竹竿，上面用一层薄薄的月纱覆盖，每日太阳升起，光就会温柔地从月纱外透进来。

秋千旁边煮着一壶清茶，各式精致的点心水果每隔半个时辰换一批。花园的花竞相开放，姹紫嫣红，一片盎然，在长安这个每个人费心费神一心往上挤的地方，裴缓执着地做那个最会享受的精致咸鱼。

谢相思觉得他还是太享受主义了，这样不好。

在这个吐槽刚从心里滑过的瞬间，她就被裴缓按在了对面的秋千里，腰背靠在软垫的一瞬间，她整个人都软下去了。

如果享受是罪，她愿意代替裴缓去坐牢，无期徒刑的那种。

她没想到裴缓居然让人做了两个秋千。

"以前只有我自己，当然就做一个，今年可不一样了。"裴缓窝进对面的秋千，捡起一把玉柄扇子悠闲地扇着。

谢相思愣了一下，然后放松地躺下，没有说话。

裴缓的眼睛眯起来。

那天在地下密室他说完那番话之后，谢相思就是这个反应。

——没反应。

之后他也时不时说几句这样甜甜的话，她的反应无一不是这样，发愣，然后就没有然后了。

裴缓也想过要不把她支远一点儿，听听她心里的想法，但刚一支走她，他心里就抓心挠肝的，随后立刻让桑明把她叫了回来。

一刻不见，如隔三秋。

他舍不得那么久看不见她。

再想想什么办法，要不，找几个人假装刺杀他然后让谢相思美救英雄，再然后……

"咳咳！"一阵轻咳打断裴缓的想象作案，谢相思缓缓地坐起来，有些无奈地说，"王爷，我能听见。"

"哦。"被拆穿了，裴缓也不恼，扇柄在指尖转了两下，"那你觉得这个办法怎么样？"

"不怎么样。"谢相思中肯道，"我力气用尽就会脱力，不一定能救得了王爷。"

"那正好，脱力之后本王抱你回去，公主抱。"裴缓的眼中闪过兴奋的神色。

大意了。

谢相思以前从来没想过，世上还有裴缓这样的物种。

比脑回路清奇，她是比不过的。

谢相思愣了一下，又坐回去了。

地下室那几天，对谢相思而言，最大的收获就是她和裴缓彼此侧面坦诚了能听见对方心声的事情。

在一个院子的距离内，她能听见裴缓的心声。

超过一个院子的距离，裴缓能听见她的心声。

以前的一些疑惑的点，她都有了解答。

更重要的是……

谢相思偷瞄了一眼裴缓。

他躺了回去，将扇子盖在自己的脸上，同时，心里"啧"了一声。

——"我真是个天才。"

——"就决定用这套方案了。"

谢相思嘴角抽搐了一下，随后想到什么，又轻轻地笑开。

午后的阳光在月纱的过滤下呈淡淡的粉色，似一场繁华又漂亮的梦。

她一直觉得能听到裴缓的心声，是个奇怪的事情。

全天下的人都不会这样，只有她一个人会。

在解忧帮那么多年，最深处的孤寂总会被这个认知勾出心底，让她一瞬间心思沉到谷底。

可现在她知道了，不只是她一个人这样。

还有裴缓。

两个人的奇怪，就不会让人觉得那么奇怪了。

至于其他的，她还没想过来，就干脆不想了。

谢相思被太阳晒得有些犯困，刚晃了个神，耳畔传来一阵细微的异样声音。谢相思旋身飞到对面秋千前，手臂张开横在裴缓面前。

"怎么了？"

"有人闯了进来。"

谢相思话音一落，南边飞檐上一道黑影上下翻飞，后面暗影营的几个兄弟紧随其后。

那身形谢相思很熟悉，是慕云。

谢相思的心头一紧。

左炎死后，陈大帅和慕云就没有消息，谢相思问过两次，他们都说没有接到解忧帮的指令。这次突然来了，还在大白天明晃晃地闯入……解忧帮那边一定有了新的指令。

她刚想到这儿，下一秒西北角的梨树后就蔓延出两道影子，一长一短，随即人闪了出来。

谢相思瞳孔微缩，人都麻了，他们怎么会在一起？

高的自然是陈大帅，他身边比他矮一点的……居然是傅清明！

——"很好。"

裴缓阴阳怪气的两个字适时地响起，谢相思就更麻了。

麻烦的"麻"。

按照裴缓的吩咐，他和谢相思在后花园晒太阳时，周围不能有太多碍眼的人，就只有桑明和白照在不远处候着。

府中其他护卫都在月门外，暗影营大白天也不好躲在屋顶上，就藏在墙外的树间，或者对面的茶摊子上，以此保证内外都有人。

但是很少有人知道，王府有个死角，就是西北角的第三棵梨树下面藏着个狗洞，是裴缓小时候为了逃出去玩自己挖的。

之前为了让慕云和陈大帅顺利进来假装刺杀裴缓，谢相思就把这个只有她和裴缓知道的死角告诉了他们。

他们也确实利用得很充分，慕云勾走暗影营的人，陈大帅和傅清明从狗洞进来，声东击西，神不知鬼不觉。

可傅清明是怎么混进来的？

桑明按住冲出去的白照，看向谢相思。谢相思摇摇头表示没事，桑明一点头，拉着白照站得更远了些。

陈大帅和傅清明走近。

陈大帅未语先哽咽，颤着音开口："师妹……"

谢相思微笑，还没说话，从她的右腰侧就探出个脑袋："陈、大、侠，许久不见了。"

称呼被他每个字都咬得很重，真咬牙切齿。

陈大帅被吓得哭音一下就吞在喉咙里。

裴缓扔开扇子，从秋千上下来，站到谢相思旁边，锐利的目光在傅清明的脸上一转，唇边溢出一抹笑："傅大夫来我这王府，不和本王打声招呼，不合适吧？"

傅清明看了一眼谢相思，眼神询问。谢相思叹了口气："他已经知道了。"

"你——"说好不说，做彼此的小可爱呢？

谢相思看出他所想，又叹了口气："不是我说的，是他……"

"是本王和相思心有灵犀，能看透她的想法，知道她的一切。对吧，相思。"

这话说得一点儿毛病也没有。就算天王老子来了，他说的也是真的。

谢相思点头，点头，再点头。

傅清明撇撇嘴，私下调查跟踪直说就好了，扯这么一出，还要逼迫谢相思配合他说话。

陈大帅则心思幽怨，看那两个人站在一起，越发显得自己形单影只。

谢相思问："你们怎么会一起来的？"

傅清明忙道："碰巧了。"

谢相思没再说什么。

这两人没什么交集，哪来的碰巧。不过是她最近天天被裴缓盯得严，傅清明的传信飞镖无人回应，才想找上门来，刚好碰到陈大帅和慕云在研究狗洞。

至于他用了什么理由说服的陈大帅和慕云，傅清明那张嘴能说得很，谢相思猜不到也不想知道。

傅清明说完就让了让位置，把陈大帅完美地让了出来，成为视线焦点中心。

"解忧帮那边传了消息过来吗？"

"师妹说得没错。"陈大帅再张嘴，哽咽音更重，"左炎死之后，刺杀怀王的订单解除，我和慕云要回解忧帮了。"

订单解除，也就是说，左炎一死，解忧帮就没人再来续刺杀怀王一单。裴缓暂时安全，陈大帅和慕云也没事。

悬了这么些天的大石一下落了地，饶是谢相思这样喜怒轻易不在外人面前显露的人都不由得神情轻松下来。

"那你和慕云师兄也能安全回去了，可喜可贺。"

陈大帅的脸上却只有悲伤，不见喜色："我马上就要回解忧帮去了，师妹……我……我很担心你。"

长安看似平静，实际下面波涛汹涌。

就只刺杀怀王一事，就搅和得这么久，谢相思留在长安，以后只会危险重重。

谢相思语气轻松地说："订单已经解除，就没有解忧帮的人来刺杀王爷了，我的任务也能很轻松。等王爷什么时候不用保护了，我就可以顺顺利利地回解忧帮了，师兄不必担心。"

——"我算算，以我的身家，续你个一百年保护我，不成问题的。"

解忧帮一枝花的谢相思差点儿一个平底趔趄摔倒在地。

陈大帅的脑袋突然扭向裴缓。

"怀王身边的护卫都是高手，解忧帮订单解除，其他地方的刺客很少有能靠近王爷的。我师妹是个女儿家，是个最好的姑娘，在江湖上血雨腥风地过了这么多年，她值得安安稳稳过幸福日子。我只要她平平安安就心满意足了。这次任务结束之后，我会继续出任务，不让师妹来回奔波。等我攒够了银子，能替她和我自己从解忧帮离开……我、我……那个，我……"陈大帅一开始还说得很顺溜，这段话不知道练了多少次，可越说越没底，涨红着脸，结结巴巴。

他看了一眼谢相思，像是陡然喝了一大盆鸡血，又有了勇气，随即"扑通"一声单膝跪地，高声道："请怀王殿下放谢相思离开，回解忧帮。我陈大帅愿做牛做马，报答怀王殿下的恩情！"

夏风闷热，吹得人脊背生汗，傅清明却觉得有一股阴凉的风吹向自己。

这事他是个局外人，他上道地默默退后几步，坐到树下的石凳子上，只耳朵抻长，等着那边裴缓的回答。

只见裴缓的长指点了点谢相思的右肩膀，问："你们解忧帮人从帮内离开需要多少钱？"

"每个人不同，看帮内投入成本，百倍做赎身银。"

"你在解忧帮算十年……一百万两够了吗？"

谢相思："……够吧！"

裴缓随意道："我给你出了。"

裴缓垂眸，道："本王已经替她赎身，以后她自然有安稳日子，也会平平安安，你还有什么要说的？"

这一幕陈大帅万万没想到，他嘴笨，方才的说辞还是慕云教他的，他一下噎住，只能粗喘着气息，说不出什么反驳话来。

慕云的身影一晃，落在地上，好不容易甩开暗影营的人，看到陈大帅这样烂泥扶不上墙简直要吐血。他把陈大帅从地上拉扯起来，语带讥讽地道："有人就有江湖，长安的风波不比江湖上少，只要谢相思在怀王身边，就离不开长安，哪有平安、安稳的日子过？"

裴缓是新晋宠臣，裴昭回来之后上位丞相，裴缓的地位又会更上一层楼，怎么可能舍得下这长安富贵？

他对谢相思，不过也就是玩心。

在这世间女子眼里，陈师兄的一颗真心和怀王的滔天权势比不堪一击，谢相思也没有例外。

裴缓沉吟片刻，道："我家在盖州城有祖宅可以住，不过盖州风景很一般。江南我有几个庄子，位置倒是挺好，就是夏天太热，虫子也多，我不喜欢那儿的夏天……西北嘛我也有产业，那儿的秋日最好看，雪还是长安的最好。只要相思想走，我们可以一个季节去一个地方，四季都看最好的景色。"

谢相思神情一震。

离开解忧帮，看绿水青山走大江南北，寻梦中长安。

这是谢相思给自己设立的目标，让自己有动力踏碎从暗夜伸出来的刀枪剑戟，走向光明灿烂的白昼。

现在这遥远的目标，在她心里是有生之年能实现就好，却突然近在咫尺，她只要伸出手，就能轻易触摸它的边缘。

她不会去要裴缓的钱，可知道遥远的目标有实现的可能，比什么都让她激动。

——"不许哭，我又没欺负你。"

心声恶狠狠地呵斥，谢相思这才意识到，自己居然差点儿掉眼泪。

上一次流泪，她已经不记得是什么时候了。

她强自眨眨眼，将眼泪逼退，抬起头。

"多谢师兄的好意，我虽是女人，但不想依附别人而活。我有这个能力，能得到我想要的一切。师兄也应该为自己去活，不能辜负来这世上一次。"

陈大帅神情黯然，之前谢相思就已经和他说明白了，只是他不甘心，才求着慕云在与她告别时说这些。

他的声音艰涩，带着最后的释然："师妹，保重。"

"师兄保重。"

慕云拉着陈大帅离开，从长安到解忧帮路途遥远，他们要在规定的时间内回去复命。

两个人一走，花园陷入一片沉默。

打破这沉默的，是看了半天戏的傅清明。

"既然王爷已经知道一切，那正好。请王爷找个没人的地方，在下想给王爷诊个脉。"

怀王府最僻静安全的地方，就是地下室。

白照和桑明依旧在外面守着，这一次，谢相思也在外，让傅清明能专心地给怀王看病。

故地重游，谢相思的心情有些复杂。

白照小跑着拐到前面的一间屋子里，不一会儿抱着一个大竹篮子，手上提着一个食盒出来，里面竟是各种长安有名的小吃，把谢相思给看傻了。

"地下室是用金刚石磨碎掺进土里制成的，又设有无数个机关暗器，水火不惧，刀枪不入，别管什么绝世高手都休想靠近一步，安全得很，完全用不到人守着。之前每次王爷进去看谢护卫，白照都在这儿吃吃喝喝打发时间。这些，都是白照辛辛苦苦背着王爷攒的。"桑明说道。

白照就势将吃食推到谢相思面前，笑说："嘿嘿，谢护卫吃，不要客气。"

谢相思微笑道："多谢你。"

"哦，我还在这儿藏了好大一块冰，做冰盏最好，我这就去拿。"白照"噔噔噔"又跑远，桑明失笑地摇摇头。

"我有个疑问……"

"谢护卫是想问白照的来历吧？"

谢相思点点头。

"论起和裴家的情谊，白照比我还要深。他是从小跟着裴家两位公子长大的，情同兄弟，那一年……就是大将军和夫人殉国铲除掉铮王的那一年，有铮王余党买通了将军府的下人，混了进来，想杀二位公子，斩草除根，铲除裴家一门。

"当时大公子不在府中，幸亏白照机灵，发现府中有不对劲儿的地方，就扮成大公子的模样，诱贼人出现。贼人怒而下了黑手，一棍子打到白照的脑袋，白照仍死死地不放手，直到贼人被回来的大公子一箭射杀。白照头部受伤本来神仙也难救，是大公子进宫求了皇上，让神医鹿鸣前来医治，这才保住了白照的性命。只不过人和从前比，没那么机灵了。大公子怕别人欺负他，也怕哪天白照病情反复就一直带在身边，之后大公子去两江，不想白照跟着奔波，就把白照留了下来。"

谢相思赞叹道："裴家一门忠烈，身边的人也都是英勇无畏的好汉，裴大公子也真是有情有义。"

看谢相思夸大公子，桑明忙道："论有情有义，我们二公子也不遑多让呢！"

"王爷……"谢相思往门内看了一眼，声音压低，"王爷也有这样的故事？"

"谢护卫可能不知道，做生意哪有想象得那么容易。王爷几次被长安内外的商人们雇人截杀，九死一生，可他还是咬牙忍着，发誓要干出一番事业来。他是爱钱爱玩，可也没到能豁得出去自己的地步。就算他什么也不干，照样有荣华富贵。他这么做，是为了大公子。"

"为了裴昭？"

"大公子能力出众，又有裴家光环在，陛下器重，仕途顺风顺水。可官场不是只看你的出身，还看你的能力、人脉，看你能给他们带来多少利益。二公子私下拓展长安内外的人脉圈子，上下打点，保大公子一路顺遂。二公子曾说，只要是为了兄长好，他什么都能做，什么都能舍弃。"

听桑明这么一说，谢相思不由得对裴缓刮目相看，他之前行事那么夸张，竟然都是扮猪吃老虎，长安上下不知道多少人被他骗过。

可能一开始连他那个英明神武天纵英才的大哥也被他骗了过去吧！他大哥把打点的生意交给他，为的也只是让他活得好随便挥霍而已，却没想到交给了他一个银矿，人家换了一座金山。

谢相思今日听到了这么多故事，八卦的心得到了极大的满足。白照捧着半人高的冰过来，谢相思听了故事决定回报，动手几下把冰砸个稀碎。白照拿着碗接着，在上面浇上糖稀，撒上各式水果，就是一碗清凉消暑的冰盏。

白照怕热，一口气吃了三碗，谢相思又亲手给他续了一碗。

"多谢谢护卫。"白照咧开嘴笑。谢相思这才注意到，他右边有一颗小虎牙，是天生英武之人。

地下室建得极大，横跨了三个院落，谢相思听不到裴缓的心声，心里一路颠簸，七上八下。她人越慌话就越多，三个人聊了个冰盏茶话会，等到茶话会进行到尾声，里面终于有了动静。

谢相思第一个起身，一大步就跨了过去，桑明、白照紧随其后，三人将傅清明围在中间。

"王爷怎么样了？"

"怎么样了，傅大夫？"

"……大夫。"说话慢的白照只来得及说两个字。

傅清明的表情很复杂，很奇怪，他看了谢相思一会儿，说："王爷身体康健，活到八十八都没问题。"

桑明和白照听到想听的，道了一句"多谢傅大夫"，就冲进去找自家王爷了。谢相思知道傅清明是故意支走他们的，她往前走，傅清明转身跟上，去了刚才白照藏吃食的小屋子。

裴缓的身体确实没问题，这是真的。

他身体确实奇怪也是真的。

傅清明从谢相思这儿得到裴缓的血之后，遍寻古籍和之前师父留下的关于噬鬼毒的记载，才将噬鬼毒摸了个大概。

噬鬼毒入人体血液内，先迅速吞噬肌理，再吞噬骨头，最后吞噬心肺，让人死亡。中毒深者就算是大罗神仙也难救，中毒轻微者在噬鬼毒还没来得及吞噬肌理之前用健康的人血和他更换，在道理上应该可以救中毒者的性命。

但是那个和他换血的人，就必死无疑。

而且那个换血的人，最好是有血脉关联的人，成功的概率才更大一点儿。不然最终两个人都会没命。

谢相思听得一知半解："那这和王爷有什么关系？"

"陛下中噬鬼毒很深，换血也无用，他能活到现在除了师父的治疗硬逼出一部分毒血之外，剩下的就是靠怀王的血。古籍记载，苗疆之前有药人，药人者，是用药灌入体内，让人成为药，有的药人的血可解百毒。这几天我做了大量的试验，怀王的血并不是有可解百毒的功效，它只对噬鬼毒有效果。毒经里有一种治法，叫'以毒攻毒'，很多烈性的毒药，本身就是解药，不过怀王的血内也没有噬鬼毒，所以也不是。"傅清明顿了下，说，"我现在有一个怀疑的方向。"

"什么方向？"

"得过天花的人，以后就不会再得，他的身体里有对天花的抗性。"

谢相思神情大骇："你是说……怀王中过噬鬼毒？"

傅清明点头。

"可中噬鬼毒的人怎么能活得下来……"谢相思眼神一变，"是有人给他换了血！"

"那人换了血，怀王活了下来，身体内有对噬鬼毒的抗性，可以压制皇上体内的噬鬼毒性发作。"

"王爷的血不容易凝结，上一次我取血他差点儿就失血过多……和这个有关吗？"

傅清明面色凝重："噬鬼毒先一步是吞噬血液，因为太强大，就算换了血，还是会有一丝丝残留在肌理内，破坏血的凝固。如果是像你说的这样，那我能肯定，怀王必定是中过噬鬼毒又换血痊愈了的人。"

中了噬鬼毒，又换血痊愈。

是谁给他换的血？

裴家一门忠烈，不可能会强逼谁去给裴缓换血，自愿献身的，还能赶在噬鬼毒侵蚀肌理之前的，肯定是当时在裴缓身边的亲近的人。可桑明和白照几次聊天，从来没有提过这件事，那必定是有意隐瞒。

皇上中毒隐瞒是为了天下大局，那裴缓中毒隐瞒是为了什么？

谢相思觉得面前陡然立起一座高山，那是她需要去的终点。

而在高山和她之间，有一条小河。河里的水混浊，她看不到哪里有旋涡，哪里是能走的路，无处下脚。

傅清明很有爱心地叮嘱谢相思："我告诉你就是解你疑惑罢了，怀王不跟你说你也别提起，他们这些皇室中人最喜欢搞一些别人不知道的秘密，显得自己比别人高贵。你跟他一说，他很可能把你杀了灭口。"

谢相思干干地扯起嘴角："可我已经和他说了。"

傅清明问："什么时候？"

"就刚刚。"

傅清明一脸蒙。

谢相思叹口气："就如裴缓说的那样，我和他之间没有秘密可言。"

傅清明一脸问号。

谢相思眼珠一转，问道："对了，你知不知道有种药……能让人和人心灵相通的药？那个在怀王手下讨生活太难了，我很想知道他的心理活动，这样方便我以后做事。"

"这我倒是没听说过，我可以回去帮你翻翻。"

"那先谢谢傅大夫。"

"不客气，相思妹妹。"

谢相思无奈。

——"这相思妹妹不知道为什么，每次听我都鸡皮疙瘩起一身。"

密室里，男声冷冷地响起："每次听他喊你相思妹妹，我都想打他一巴掌。"

桑明没听清，问："王爷说什么？"

裴缓揉了揉额角，随口道："我之前中毒的时候你们谁在旁边？"

"中毒？王爷什么时候中过毒？"

桑明看向白照，白照也摇摇头："属下从来不知道。"

裴缓心一沉，嘴角却翘起："中了爱情的毒。"

桑明和白照面部表情齐齐僵住。

裴缓摆摆手，说："你们先出去吧，我想静一静，回味一下爱情的苦与甜。"

桑明想，爱情最近让王爷变得很幽默。

"是，王爷。"

裴缓躺在摇椅上，垂眸看着自己被划开一次又一次的手臂。

方才谢相思想的他都听到了，可他的记忆里自己并没有中过什么毒，也没人给自己换过血。桑明和白照都是一直在裴府的，是最心腹的人，他们都不知道的话，裴府就没人知道了。

这么大的事，居然一丝痕迹也没留，就好像这事从来没发生在他身上过一样。

能知道这件事的，只有兄长和陛下。

陛下有意隐瞒此事，而兄长不在长安……如今看来这更像是有意避出去的。

在他沉睡不知道的时候，有一个人，为了他付出了自己的生命。

裴缓闭上眼，脑海里闪过一张又一张熟悉的脸——

总是板着脸教训他的父亲，总是温柔给他上药的母亲，年幼爬墙给他摘梨子的白照，书院护着他踩断同席桌子的桑明，总是藏一份梨花酥给他的小丫鬟锦芽，被他拐带着逃离王太傅的课奔跑在宫中小径上的孟云客……最后，是拿着一卷书，轻轻敲着他脑袋的兄长。

他的一颗心揪在一起，像是被人换走的噬鬼毒在这一刻终于发作，他疼痛难忍，浑身上下四肢百骸，没有一处不难受的。

他捂着胸口，翻滚着从躺椅上跌落。

身体却没有摔在地上的疼痛，他落入了一个温软的怀抱。

"王爷，王爷……"

"裴缓，你怎么了？"

裴缓。

裴缓。

随着一声声的"裴缓"，他的眼前又出现了那场冲天的大火。

那火光被风吹得张牙舞爪，化成吞人骨血的毒蛇。

那时也是有人这么一声一声地在喊。

他瞪大了眼看那个人的脸，那是一张他照镜子时就会看到的脸。

一股腥甜的气息上涌，裴缓呕了一口血，随即清醒过来。

映入眼帘的，是谢相思担心的脸。

四目相对，不用再说什么，两人早已心灵相通。

　　裴缓双臂紧紧地缠在她的腰间，脸贴在她的锁骨处，浑身战栗。

　　那一处有温热的液体润湿了衣襟，谢相思颤着唇，什么也说不出来，只僵硬地、不甚熟练地抬起手，拍着他的脊背。

　　"相思……谢相思……"

　　"王爷我在。"

　　"别叫我王爷，我不是什么王爷……"

　　"裴缓。"

　　"我第一次给皇上换血时，兄长在前一晚出发去了两江。"

　　谢相思刚才别过傅清明来找裴缓时，听到了裴缓的心声，她明白，裴府上下对裴缓中毒换血一事没任何人提及，能做到的，只有裴家的家主，裴昭。

　　裴阙和夫人亡故，这世上和裴缓有血缘关系的，她知道的只有裴昭。

　　裴昭离开的时间点这么巧，裴缓不可能不胡思乱想。

　　陛下想尽办法封锁消息，也一定有原因。

　　若是那样千金万金也难换的长安最明媚的月亮，就那么被大火吞噬掉早早陨落，别说爱兄长至深逾越自己性命的裴缓，就连她这个外人都心痛难当。

　　谢相思扣住裴缓的肩膀，将他轻轻地推开，裴缓的眼睑下垂着，脸上满是泪。

　　此刻的他，脆弱不堪。

　　脆弱的人，格外动人。

　　谢相思那压抑的、懵懂的情绪乱七八糟缠在一起，闷头四处撞着，终于撞出了一道裂痕，顺着从心底钻了出去。

　　"陛下明令不让傅清明找你，也不让傅清明说起噬鬼毒的事情，陛下一定知道一切。我今夜就进宫，无论想什么方法一定让陛下说实话。如果不是最好，如果……"谢相思顿了下，压住眼泪，瓮声瓮气地继续道，"我一定会和你一起将下毒的真凶找出来，把他绳之以法。"

裴缓的声音很轻："你这是去送死。"

谢相思眼眶热了热，就势盘腿坐在地上。

"不知道你有没有在听我心声时，听我提到长安。我从小就很向往长安的繁华，向往这里走马观花的少年郎。我在解忧帮长大，解忧帮教我武艺，教我习字念书，我学的最多的是怎么杀一个人，这还是我第一次想学一下怎么去救一个人。

"裴缓，我不会的有很多。我不是不知道你对我说话的意思，可是从小到大，没人教过我该怎么去想这些事。就算我看了话本子，可都是纸上谈兵，我不知道怎么落到实处。论怎么把人砍十八刀不死我很在行，可情情爱爱的……我不会。可我发现我不想看你难过，如果解决了这件事能让你不难过，我愿意豁出一切去做。"

裴缓抬眸，眼泪碎成散落的珍珠，泛着淡淡光晕。

他想笑，又想哭。

她白皙的手指拂走他的哀伤，随后有些不好意思地藏在身后。

谢相思抿抿唇，说："我会先去找傅清明商量个对策。陛下的病还要靠傅清明去治，有傅清明在，陛下会有所顾忌，我这么厉害，会安然无恙回来的。"

她语气又坚定了几分："我一定会的，我还要学很多东西呢！"

"我小时候不小心打翻了前桌的墨汁，前桌是一个哭声很大的女孩儿，好像是翰林院齐大人家的小姐……"裴缓声音沙哑，抹去眼角最后的泪花，"父亲知道之后，以为是我欺负她，狠狠地打了我一顿。他和我说，天底下只有最没出息的男人才会欺负女孩子。"

他说着扯开唇，像平时那样潇洒地一笑："我可是裴缓，我怎么能让你替我去送命，还是我去吧！为了兄长，我什么都会去做。"

谢相思的眼泪不受控制地落下来，脑海里昔年裴缓和桑明说的话和此刻的重合在一起。

这次拂去眼泪的，换成他。

裴缓将她抱在怀里，有些小心翼翼，有些战战兢兢。

"不管我做什么，有我父母在，陛下都不会杀了我。只要人活着，就会有希望。我去只是想套个话。他说最好，不说我就慢慢想办法买通他身边的梁公公，总有一天会知道真相到底是什么样的。"左胸口里被扑灭的火种重新跃动，春风吹又生。

半晌，谢相思轻声说："我和你一起去吧，有什么事我们也能商量商量。"

裴缓笑弯了眼，眸底星光璀璨，点点头，说："好。"

圣上的生辰在八月初一，从五月开始皇宫各处就已经开始筹备，到了七月，皇宫大略装点完，和上次来比，多了几分祥和喜庆。

陛下在御书房接见大臣，裴缓就和谢相思在乾元宫偏殿等着。

前日兵部尚书人选才定，正是兵马司司长黄现。眼下黄现正就兵部历年积弊做条陈汇总，奏报圣上。

黄现新官上任三把火，狠下了一番功夫，这一汇总就是两个时辰，谢相思吃糕点吃到饱了，梁瑞才亲自来请裴缓。

"我的护卫一直想四下逛逛，劳烦梁公公找个人带她走一走。"

梁瑞笑道："王爷放心。"

宫殿宽阔，谢相思跟不了裴缓进去，距离太远也听不到裴缓的心声知道里面内情，谢相思明白，这是裴缓怕她干坐着无聊。

谢相思感激地点点头。

——"这世上怎么会有我这么贴心的好男人啊！"

谢相思无语地翻了个白眼，裴缓笑得乐不可支。

本来很沉重的此行，突然轻松了下来。

梁瑞引裴缓去见圣上，踏出门前，他转回身，手指轻轻点了点自己的心口。

——"它说，它一会儿会想你的。"

谢相思怔了怔，裴缓转身出门。她还没来得及去分析自己的心路历程，就有一个眉清目秀的小黄门躬身进来："奴才德发，梁公公叫奴才领谢护卫到处走走。"

皇家的速度就是快。

"有劳德公公了。"

谢相思跟着德发公公走出了偏殿。虽然裴缓再三保证他会没事，可谢相思还是放心不下来，就只叫德发公公带自己在附近转一转，不要走远，免得坏了规矩。

一旦裴缓真的怎么样了，她也好来得及去救。

德发公公人很机灵，笑眯眯道："奴才知道，谢护卫这是心念着王爷呢，怕王爷一会儿出来谢护卫不知道。"

谢相思心里"咯噔"一声，她现在情绪上脸这么明显了吗，这可是做她这一行的大忌啊！

"师父教奴才，但凡忠仆就是这样，每时每刻想的都是自己的主子，先主子后自己，才能得长久。谢护卫走几步就想着去看一眼大殿方向，对王爷是忠心至极的呢！以后王爷也一定会对谢护卫极好。"

谢相思不免对这梁公公肃然起敬，不愧是圣上身边最得力的人，这见识远见，不像一般宫内只会钩心斗角只看短时利益的太监。

待听到最后一句，她顿时有点儿不自在。

对她极好……

嗯……

也不知道对她有所图谋是不是也算是好的一种。

乾元宫位于整个皇宫的最中央，往西是御花园，往东是御书房，御书房不是一般人能靠近的，德发公公就领谢相思往西走。圣上爱莲花，花匠用了各种方法，让宫里的莲花从春末一直开到秋初，大片大片的莲花白里透粉，灿烂无比，莲叶蓬蓬，一片挨着一片，有金色的鱼在荷叶间穿梭往来，很快见不到鱼身，只留一尾涟漪。

谢相思突然想吃鱼了。

湖边停着一艘乌船，德发公公请谢相思上船，带她到湖中间看看，近距离看莲花更好看。陛下批阅奏折累时，就喜欢坐着这一叶扁舟到湖中心赏莲。

谢相思看了一眼湖的距离，离乾元宫太远，便出言拒绝了。

德发公公笑着说："师父说，当局者迷旁观者清，谢护卫要是不入莲中，就不会知道莲的好坏。师父让奴才务必请谢护卫上去，谢护卫，请吧！"

谢相思一惊，梁瑞这是故意要把她支走？

就算不是裴缓交代，他也会找人带她出来。一旦船到了湖中央，裴缓出什么事她都赶不及回去了。谢相思脑中警铃大作，手摸向自己的刀，可进宫时她已经卸了身上的佩刀，并没有武器。

她眼睛直盯着德发，他眉清目秀的模样现下怎么看怎么一脸阴骘。

谢相思不再多留，转身便走，人刚行两步，一道蓝色身影就绕到她面前，挡住她的去路："谢护卫，不要让奴才为难。"

"宫内的内侍不许学武，你不是太监！"

德发笑着拱手："谢护卫好眼力。明白告诉谢护卫吧，若是谢护卫上船，今日发生的一切都与谢护卫无关，谢护卫可保平安。"

"如果我不呢？"

德发笑意更深："这片湖里有很多失足跌进去的人，不怕再多谢护卫一个。"

话音未落，谢相思陡然出手，直攻向德发面门。德发腰下一闪，人从她手下横着避开，脚下踹向她的脚踝处。

德发的身形诡谲，更胜陈大帅。

——"谢相思。"

谢相思堪堪躲开德发的又一拳，耳畔飘来裴缓的心声。

——"御花园有个莲花湖，跳下去顺着往东一路游，就是城外的护城河。"

——"如果我半个时辰内没有出去，你记得，一定要想办法离开。"

谢相思眼睛倏地睁大。

裴缓让梁瑞找人带她出去，不是真的想让她散心，而是为了方便她逃离皇宫。

在他护不了她的时候。

可裴缓不会这么明晃晃地告诉梁瑞自己的打算。

梁瑞是圣上的忠仆，裴缓不会不明白。

可德发却这么硬逼她离开……是梁瑞指使，还是另有他人？

谢相思手心全是汗。

——"谢相思。"

谢相思的眼颤动，德发的身形在眼中模糊成一片。

——"谢相思。"

——"你的名字起得真好，相思相思，你让我相思。"

——"我的字是怀之。"

——"我可以让你怀念我一辈子吗？"

——"我想，肯定可以的。"

——"我下单到解忧帮，原来找来的不是护卫，而是心上人。"

——"相思，我好喜欢你。"

第九章

命中注定

乾元宫内，雕花铜炉中龙涎汩汩而出，熏得满室生香。

越武帝披散着花白的头发，只着中衣，站在香炉边，往里面扔了几粒檀香，像是寻常人家的长辈一样，声音慈爱："你从小就不喜欢龙涎香的味道，非说里面有一股霉味，朕就找了很多香配进去，配别的什么香你都还是皱鼻子，就檀香放进去，你才舒展了眉头。你这猴崽子虽然从小调皮捣蛋，心里却很喜欢安静。"

那么久的事情裴缓记不清，他乖乖地说："圣上惦记，是裴家的福气。"

越武帝喉咙溢出一声笑："你用不着拿你爹你娘说事。"

裴缓叹了一口气，语气俏皮："不拿他们说事，万一陛下瞧我这猴崽子不顺眼，要一下结果了我可怎么办？我裴家，可就剩下我这个独苗了。"

话音一落，越武帝手中描得精致的香料匣子一斜，里面的檀香一股脑地倒进了香炉里，那香厚厚的一层又一层，呛得人不住地咳嗽。

梁瑞本在外间候着，听到越武帝的咳嗽躬身进来。越武帝摆摆手："出去吧！"

梁瑞看了越武帝一眼，垂手退出了门，将侍卫驱散至十步开外。

烟雾缭绕间，越武帝佝偻着背，人仿佛一瞬间苍老下去。

裴缓就隔着这香烟，静静地看着他。

看着这个曾经和父亲一样高大的叔叔，年轻时也曾壮志满怀，浴血奋战，驰骋沙场，和父亲在后院中推杯换盏笑唱着"岂曰无衣，与子同袍"。可后来他成了皇帝，住在这深宫之中，脊背一点点被这天下苍生压弯，裴缓再没听见过他那不加掩饰的爽朗笑声。

他的泪，静静地流了满脸。

"叔叔。"他不自觉地叫出昔年才会喊的称呼。

越武帝仿佛被他这一声震到，抬眸看他，眼眶通红。

"我今日是抱着必死的心来的，我已经长大了，自然不会信您瞒着这件事是不想让我伤心，您压着，无非是不想让我去找那个人报仇。不管是他暂时动不得，还是叔叔想偏袒他，对我而言，都没有什么区别。"裴缓咬着牙将眼泪抹掉，可那泪却不听他指挥再次滑落，层层叠叠，将他的面容掩盖。

"不管他是谁，我都一定要为兄长报仇！豁出我这条命也在所不惜！"

他和谢相思说的，只有一半是真的。

他为了兄长什么都会做，是真的。

可来宫里，只为套话和买通梁瑞，却是假的。

除了他，可能没有人知道，圣上对父亲的感情有多深，对裴家有多眷顾。圣上对那人既然有一时的偏袒，那么那人在他心中的位置，一定是在裴家之上。

这事梁瑞都不见得知晓，就算知晓，他又怎么肯说。

天下之大，没有谁能大得过帝王。

如果圣上执意压着，裴缓又执意报仇。那么两厢计较之下，圣上只能也必须牺牲裴缓。

也是他以前品行看起来欺软怕硬，很不着调，再加上谢相思能听到他的心声，自认桩桩件件都能了然于心，才能让她没有任何的怀疑。

天知道之前为了能在谢相思面前放空心态，不胡思乱想，他做了多少努力。

可那时不过是为骗她逗她，看她的反应。

想起谢相思，裴缓的眼神都柔和下去了。

越武帝虽病了，眼却依旧锐利，他看出了裴缓情绪的变化，这样的神情，他从没见过。

"你身边新来的那个护卫，帮了你很多吧！"

裴缓顿时警觉起来，说："这些都是我自己想出来的，和她无关。"

"手下为主上尽心尽力，这是应当的。"越武帝开了一扇窗，让殿内浓重的香味散一散。

他站在窗边，没有回头，声音缓而沉重："那日你兄长和你都在朕身边陪朕赏画，朕赐了他一碗莲叶羹，你兄长不喜欢吃甜食，并没有用，你却是一口气吃了整碗。噬鬼毒下得很少，日积月累之后毒发，朕当时便倒下，你兄长当时变了脸色，让鹿鸣给你号脉，你体内也有了噬鬼毒……再之后，你兄长为了你换血，救了你的性命。"

这过往和裴缓猜想得几乎分毫不差，他牙齿战栗，声音都走了调："那为何我一点儿也记不清？"

"当日朕昏迷后，乾元宫后殿失火，里外都是乱糟糟的。你兄长抱着你离开，手里拿着的是鹿鸣给他的药，吃了之后，能乱人记忆。他知道一旦你醒来，就会想起这些事，他不想让你为了他痛苦难过，也不想让你为他报仇，他要的只不过是你一世的平安。是朕连累了你们兄弟，朕已经连累怀之离开，不能再让你有事。"越武帝掩上窗，转回身，目光悲悯，"朕不是替人隐瞒，朕也在查那凶手是谁，只是一碗汤羹，经手的人竟全都一夜之间丧命，根本无迹可寻。朕瞒着你，一是不想让你苍蝇乱撞，撞得头破血流；二是为了完成怀之的心愿。他唯一挂心不下的，就是你。"

他的手撑在旁边的香案上，苍老的手只有一层皮覆盖，痛心至极："怀之啊怀之……你是阙兄的孩子，是他的骄傲，也是叔叔的骄傲，我怎么能不顺着你的心意去做……"

裴缓一下跌坐在地。

他想起那在脑海里总是出现的滔天大火，烧尽的不只是皇宫的琉璃瓦朱红墙，还有他此生最敬重的兄长。

他没想到今日进宫，听到的会是这么一个结果。

越武帝脚步踉跄来到他面前，蹲了下去，颤着手伸向他。

裴缓看着越武帝苍老的面容，一下扑到他怀里，抱着他已经不再高大的身躯哭得撕心裂肺。

少年一瞬长大。

帝王早已练就喜怒不形于色的功力，可面对眼前的这个孩子，他怎么也压不住，眼眶湿了又湿。

他的手顺着裴缓的脊背，一下一下拍着。

浓郁的檀香已然散尽，龙涎香的苦味溢了出来，淡淡轻轻，一丝一缕，钻进鼻子，让人窒息。

从乾元宫出来，日头已经西下，对裴缓而言，这一进一出间他的天地都颠覆了。

闷热的天，热风一吹，他竟然打了个寒战。

裴缓去前面的听雨台冷静了良久，平缓下来了心绪，才在心里跟谢相思说。

——"没什么事了，你若是已经走了就在城外等我，我去接你。"

——"若是没走，就回来找我，我只等你一刻钟。"

他不愿意再去想裴昭的事情，有些迫不及待地想见到谢相思。这时，梁瑞亲自过来，给裴缓送茶。

裴缓抿了一口，清冽温润的茶解了他的干渴，他舒畅地叹了口气，问道："带谢护卫出去逛的人回来了吗？"

"老奴让徒弟德发带谢护卫出去的，这会儿还没回来。"

裴缓点头，那谢相思就是还没离开。若是她跑了，德发肯定会回来复命。

"若是他们回来，让谢护卫来找我。"

——"不着急，你逛到不想逛了再回来，我在听雨台等你。"

——"……也别逛太久，我想见你。"

梁瑞笑："王爷放心，奴才明白。"

梁瑞带了越武帝自己用的软垫，垫在裴缓身后。裴缓道了句谢便靠在椅背上，半日的疲惫得以松下来半分。

听雨台不远处的花丛间，油绿的花叶上血珠一滴一滴往下掉落，有几滴滴到花蕊中心，蔓延到白色的花瓣上，层层晕染，娇艳欲滴。

一只嫩白无瑕的手一把将花枝攥在手里，那开得盛极的花瞬间毁在她的手掌中间。

谢相思借着花枝的力艰难站起来，吐了一口血，呼吸急促地看着眼前的这个怪物。

他身上也是伤痕累累，却像永远不知道累一样，如果不是天赋异禀，就是服用了什么药。

最可怕的是，她一直在努力往乾元宫的方向走，按照她的心算走了应该有一半，可这一半的路程她居然一个人也没有看到。

明显是被人提前支开。

她若是出了绝招用光力气，能把他打死最好，若是打不死，那他恢复过后她浑身无力，她就只有死路一条了。

这是下下策，不能用。

面前德发眼神带着兴奋，手握成拳："再来！"

——"没什么事了，你若是已经走了就在城外等我，我去接你。"

——"若是没走，就回来找我，我只等你一刻钟。"

——"不着急，你逛到不想逛了再回来，我在听雨台等你。"

——"……也别逛太久，我想见你。"

谢相思听到裴缓的心声松了一口气，裴缓没事。

没事就好。

听雨台……

谢相思掌心一点一点地收紧，德发的拳头带着风照着她的太阳穴就攻了过来，她完全没有躲的迹象，而是闭上了眼，像是就这么认输等死。

德发急忙想撤回手，可拳风一出很难收，不死也会伤。

死了也好，一了百了。

可就在他马上得手的前一秒，她突然伸出手，轻巧地接住了他的拳头。

谢相思眼一眯，手毫不留情地一扭，"咔嚓"一声，德发的手腕骨顿时裂开，他嗓子溢出痛苦的呻吟，紧跟着谢相思照着他的右腿猛地一踹，之后头也不回地往前狂奔。

时间有限，她一定要在力气用尽之前到听雨台。

脚下的地在急速的奔跑中歪歪扭扭，她眯着眼，运尽周身能用的最后的力气，踏着轻功往前一蹿。

眼下离听雨台，只隔着一条石子路。

若是能跃过去，就能看到裴缓了。

她的力气飞速用尽，呼吸间喉咙已经有血腥味。

"裴缓……"谢相思轻声念着这个名字，掰下一截松木树枝拿在手，强撑着快步向前。

可脚下却在这一刻被猛地绊住，她转头一看，正对上德发狰狞的脸，他拖着残腿忍着剧痛一路跟过来，这心志非常人能及。

谢相思胡乱挥着手里的树枝，德发像是完全不知道痛一样，一下也不避开。

她的体能在飞速地流逝，眼前的这个德发是绝顶高手，已经猜到她的大招路数。

他的眼就像是对准猎物的豹子，就等着她自己耗费精力之后，一口咬上她的脖子。

谢相思的手扶着树干，微微喘息道："我不跑了，我跑不动了。"

德发被骗过一次，不再上当，只盯着她，手上一刻也没有松动。

谢相思就干脆放松神经，整个脊背都靠在树上，顺着往下滑，看起来筋疲力尽。

"我行走江湖，早知道会有这么一天，不过我们江湖人，死也想死个明白，你不是德发，你到底是谁？"

德发说："我混的江湖，没有非要死得明白的说法。"

谢相思面色不改道："哦，那是你混的江湖没我混的大，你就在长安附近混吧，我可是走南闯北，哪儿都去过的。"

德发也不反驳，他一只手还扣着谢相思的脚踝，另一只刚受伤的手撑着身体坐起来。

他额上冷汗直流，面色已经发青，谢相思看着都替他疼。

长安城里金尊玉贵的人有很多，这些人的共同点，那就是命比什么都珍贵，不轻易冒险，循规蹈矩。和德发一个路子的狠人，她至今只见过一个。

谢相思缓慢地眨了一下眼，说："你是晋王的人吧？"

德发瞬间一惊，谢相思本就是随口问问，可看德发这个反应，竟是八九不离十。

"听你对梁公公那句忠仆论那么推崇，想必你也学了主上的行事作风，和你一个路子的，只有晋王。"谢相思说话的力气都快没了，只能说几个字就顿住，喘一口气再继续，"晋王的母妃嘉贵妃甚得陛下圣心，陆贤妃死后她的地位只在皇后之下，皇后多年身子不好，一直在自己宫中很少出来，多年来都是嘉贵妃统御管辖后宫，在皇上身边插个眼线什么的也是小事一件。

"我陪着怀王前脚进宫，后脚晋王就把你替换德发顶了上来，带我到莲花湖，他人应该就在附近吧？他也不是真的想要我的性命，是不是？如果想要我的命，以你的身手大概我早就沉尸湖底了。他的原话大意是，要你把我骗上船，如果我不听，打断我的腿也要把我扔上去。"

"德发"皱着眉，问："你和王爷究竟是什么关系，怎么对他这么了解？"

谢相思只见过孟钦一面，她也只在解忧帮的记档中知道这个人。

谢相思从小学怎么杀人，有关于血腥事和人性的恶面她见得太多了，孟钦那个人如果不是皇子，那就是个屠夫。

她在他眼里是不听话的马，要驯服的鹰。

但凡是拿人当猎物的，大多不想猎物早早就死了。

谢相思张了张嘴，声音已经轻若浮尘："你叫什么名字？"

"德发"嘴依旧很严，谢相思叹气："你不说，那日后给你立碑我也不知道写什么字。"

"德发"蒙了："……你什么意思？"

谢相思说不出来话，就给他个眼神，示意他往天上看。

"德发"梗着脖子往上看，只见"嗖嗖嗖"几下，抓钩暗器抓住树干的位置，用力一抻，几道黑影霎时就冲了过来。

这是宫中暗影营的侍卫！

"德发"知道这是又上了眼前这女人的当了，如果不是王爷要活口，不然他真想拉着她一起死。

他鼻尖吐着浓重的气息，牙根狠咬，藏在牙里的毒汁瞬间灌入口腔。

他钳制着谢相思的手松开，血顺着口腔喷涌而出。

"我叫……我叫淮安。"话说完，他倒在血泊里，毒发身亡。

如果谢相思能动，她会替这个人合上双眼，让他死得瞑目。不管他叫德发，还是叫淮安，不管他是谁的人。

可她动不了，就只能靠在这里，看他咽下最后一口气。

耳畔传来焦急匆忙的脚步声，听着是飞跑着过来的。

谢相思想笑，可又实在没什么力气，就只能撑着眼皮，看那个人从远处一路飞奔，飞到她面前。

"相思！谢相思！"

他眼睛血红一片，头发都跑乱了，仿佛是来时跌了一跤，衣摆上全是泥点子，一点儿也不漂亮了。

可谢相思却觉得，即使是这样的裴缓也是好看的。

她浑身脱力，手垂在身体两侧，只勉力睁着眼看他。

裴缓吓坏了，手上上下下地拍她的脸，长指扣在她的脖颈儿探着她的脉搏，触碰她右臂时，她瞳仁微缩了下，裴缓吓得不敢再动。

"弄疼你了是不是？"他的心七上八下起伏不定，在看到她没事后短暂平复，之后怒气蓬勃上涌，叫嚣着想找一个宣泄口。

裴缓站起来，一脚踹在地上那个已经挺尸的罪魁祸首身上。

"我的人也敢碰！"

踹了一脚犹不解气，裴缓道："把他爪子给我剁了！尸体扔外头乱葬岗去。"

暗影营的人下手都快，在血腥气传过来前裴缓弯腰，将谢相思抱在怀里。

谢相思闭上眼，靠在他怀里。

"相思，我们回家。"

夜色已至，谢相思躺在裴缓那个骄奢淫逸至极，也舒服至极的软榻上，睡得恬静。

裴缓就坐在她旁边看着她，坐了一会儿鞋子也没脱，和衣躺在她旁边，侧过身，手摊开，将她抱紧。

若不是他能听见她的心声，若不是其他人不知道他们的心灵互通，他就没办法听她指挥，去调暗影营的人。

就差一点点，他今日就可能永远地失去她了。

"我已经什么都没有了，我不能再没有你。"

她身上的伤口很多，都是为了赶回来找他的证明。他明明已经让她先走了，为什么她不听话呢？

裴缓将脸埋进她的肩窝，想用力，又怕碰疼她。

他突然间明白了兄长不告诉他的本意，这种差点儿失去挚爱的感觉痛到连呼吸都难以维系。

各种碎片在脑海里交杂着，碰撞着。

有那日的火和慨然赴死的兄长。

有今日的花和为了来见他千疮百孔的相思。

一个个碎片碰撞出来的火花四溅，化成火球，在他体内灼烧，东撞西撞，他的整个人被左右拉扯着，撕裂着。

"王爷，人来了。"外面传来桑明的声音。

裴缓深深地呼吸了几次，攥了攥谢相思的手，翻身下了床。

他的眼中已经不见方才的悲怆，神情如常，平静得让人心惊。

这是傅清明第二次进怀王府的这个地下室，密室四通八达，机关重重，得是当世顶级的机扩大家才能做得出来。他精通毒术，也善于布置密道，每次看到这个地下室都心痒痒，恨不得就住在这儿，一寸一寸地研究。

"你帮了本王这个忙，本王就让你住十天，吃喝全免。"

傅清明兴奋得眼睛都冒光："王爷要我做什么，尽管说。"

地下室的灯光蜿蜒向前，桑明敲开机关，地下二层的楼梯出现。

傅清明顺着往下走，一股寒气顺着他的脚踝爬了上来，他打了个寒战，顺着楼梯往下走了几步，只扫了一眼又飞速地爬了上来。

"王爷，这……"

"把他的死因查出来，本王不仅让你住，还给你机扩的制作图纸。"

傅清明眼睛亮了又亮，二话不说又冲了下去。

桑明搬了把椅子，裴缓就在楼梯边上等。

白照耷拉着脑袋，面对着墙立正站好，一言不发，只给他个后脑勺看。

"他怎么了？"

"王爷把尸体搬冰窖里，这里的冰脏了，白照没冰盏吃，不高兴呢！"

"皇宫里有的是藏冰，我去宫里要一窖冰，之后再在府里挖个冰窖，你就守在边上，想吃多少吃多少。"

白照听裴缓的许诺，这才慢腾腾地转过来。

裴缓等了一会儿，下人禀报有人求见，桑明亲自出去，带人来见裴缓。

那人一身黑衣劲装，贲张的肌肉线条鼓鼓，一脸的凶神恶煞，一条长长的疤从左眼一直蔓延到下巴。

"见过二公子！"

"起来说话。"裴缓上下打量了他一眼，笑了笑，"最近日子过得不错嘛，比上次见又胖了些。"

"嘿嘿，多亏了二公子，小的才有如今的好日子。二公子许久不找小的了，这个时候找小的来，是有要事要小的办吧！"

来人名叫赵猛，从前也是裴家军的后代，其父赵夺曾是专门刺探军情的斥侯，后来死在战场上。赵猛性格桀骜，在军中经常喝酒打架闹事，裴家军军纪严明，裴阙下令把他逐出去。赵猛走投无路时，是裴缓给了他一碗饭吃，让他在京中纠集一众兄弟，做他的老本行——打探消息。

赵猛在军中混过，又多年在市井中厮混，这长安内外没有比他还熟的。

裴缓做这么多，也只是为了帮兄长在朝堂上立足不吃亏。自从兄长离开长安，他做怀王之后，就一直招猫逗狗，凡事不管，做尊贵潇洒的咸鱼。现在，兄长不在了，他要撑起裴家的家门。

"前些日子兵部尚书左炎死，凶手是凤阳山的罗利。凤阳山山匪被剿灭时，罗利跟着几个手下一起出逃，他如今死了，他那几个手下可能还有人在人间。罗利在长安出没，他们也一定有迹可循，我想让你尽快找到这些人。"

赵猛抱拳，应声道："二公子放心，小的一定尽力给二公子办成。"

"去吧，等找到了，我把府里藏着的酒都赏给你。"

赵猛嘿嘿笑道："二公子等着好消息吧！"

裴缓扬扬手："去吧！"

桑明送赵猛出去，赵猛回头偷偷摸摸地看了一眼裴缓，勾着桑明的肩膀，之前二人一起被二公子送去学了一段时间审讯和追踪的手段，那之后二人结下交情，成了兄弟。

赵猛压低声音喜滋滋地说："我这两日听说，青萤郡主好像看上王爷了，她爹穆老王爷正寻摸着要见皇上求赐婚呢！圣上之前的兄弟谋反的谋反死的死，只剩下穆王爷一个亲哥哥，穆王爷求亲，圣上一定会准奏的，咱们府里要办喜事了。"

"什么？你……你怎么不告诉王爷？"

赵猛道："二公子名声在外……一直没有正经的姑娘想结亲，我寻思我提前说这不是破坏惊喜嘛！而且二公子这些日子什么也不管，也不叫我上门，这事也不算什么急事，我也就没特意禀报，免得被人发现我和府里的关系。"

桑明叹了一口气，望了望天："不，这不是惊喜，是惊吓。"

过了半个时辰，傅清明上来，他去净了手之后，才去回裴缓。

"在下先问一句，这人是谁？"

裴缓道："叫淮安，算是宫中的人吧！"

傅清明想了想，面色有些奇怪，说："这人死于毒发，但又不算是毒发身亡。他早在毒发之前就已经筋脉尽断，精疲力竭。简单来说，就算他不服毒自尽，也会在半炷香之内死亡。"

裴缓想起在听雨台时，听到的谢相思的心声。

谢相思是从小吃药练出来的超强体质，可还是比不过淮安。淮安像是个体能怪物，一直不知道累，被谢相思用尽全力打过之后，居然也能在短时间内追上谢相思，这世上怎么可能有这样的人？

他当时就起疑，特意让人砍了淮安一只手做记号，之后在乱葬岗也好找回来。

裴缓脑中破碎的点，慢慢连在一起，他有了一个大胆的猜想。

"若是从小用药，将其骨骼更改，能不能使人力气变大，精力超群？"

傅清明说："多年前苗疆周边有'药人'，所谓药人，就是以小孩子的肉身做药罐，将各种药灌下去，观察其身体的反应。大部分的药人都不堪药性痛苦，活不过三年。一旦药人能成年，就会有异于常人的能力。究竟会变成什么样，那要看用药的量，以及自身对药的抗性。

"我曾经在古籍中看到，有的药人血可解毒，有的药人力大无穷，有的药人疯癫无状。只不过自高祖皇帝起，就不许再制药人，制药人的方法自那之后便失传，久而久之，就再也没见过了。后来苗疆被镇国大将军收服，当地最后的药人都不知所终。苗疆没有药人，那天下其他地方就再也不会有了。可是……如王爷猜想的那样，淮安骨骼已改，确实是药人。应该是苗疆人的后裔吧！"

裴缓喃喃："没错，这就对上了。"

谢相思从小服药，骨骼更改，能在短时间内聚力，但是过后会脱力。

淮安也应该是从小服药，不过药性比谢相思大，效果也比她更明显，但因为用力过于巨大，最终骨骼尽碎筋脉尽断而死。

淮安是晋王孟钦的人。

晋王是下单到解忧帮找人刺杀自己的人。

淮安，很可能也是解忧帮的人。那相思，也极有可能和淮安一样，也都是苗疆的后裔？

"王爷之前答应我的事……"

裴缓回过神，迎上傅清明满含希冀的眼，道："再帮本王一个忙，本王让你住一个月。"

"其实十日足够了……"

"哦，那你别来了。"

傅清明愣住，世上居然有这么翻脸无情的人？

裴缓似是看穿他的心思，温柔一笑："没错，本王就是这种人。"

傅清明自诩自己是神医后人，以悬壶济世为己任，他要做的就是行医广济天下。可在今夜，他却从一个给活人看病的大夫变成了兼职的仵作师傅。

怀王府的那具尸体，死了没多久，又有冰棺盛放，没怎么腐烂，他还能忍。

可等会儿要验的，居然是已经下葬埋了好些天的尸体！

马车疾驰向郊外，傅清明紧靠在马车车壁上，脸色煞白，随时准备找时机跳车。

裴缓看穿他的心思，就专让桑明把车往破烂的路上赶，附近不是石头，就是荆棘，保证傅清明一跳，要么脑袋开花，要么毁容。傅清明没办法，只好认了命。

他知道裴缓不是什么好东西，可没想到居然这么狠。

他心里，苦啊！

"王爷，前面墓地有人。"头顶突然飘来男声，傅清明差点儿吓得蹦起来。

鹰眼，就是暗影营的那个首领。他本来不叫这个名字，是裴缓后来听谢相思说起他一口一个鹰眼，就也这么叫了。

裴缓管这个叫妇唱夫随。

鹰眼落在车棚上，悄无声息，车内的人都没听到。

裴缓没有睁眼，随口吩咐道："回去将那人看住，别让他跑了。"

"是。"鹰眼飘然而走，和来时一样的无声无息。

见傅清明不想跳车了，马车这次挑好路走，一路飞快前行，最终到了一处墓地。而裴缓此行的目的地被人抢先一步下了手，墓地挖开，棺材也被撬开，腐烂的气息令人作呕，裴缓拿条熏好的汗巾围住半张脸。

只见此处验尸的凿子等工具散落在一旁，鹰眼屈腿压在一人的脊背上，将他结结实实地按住。

"鹰眼，放开他。"

鹰眼的腿一松，那人的嘴巴得以呼吸，狂咳了几声，才抬起头。

裴缓有些惊讶："是你？"

李之昂站了起来，捋了捋鬓发，给裴缓行了一礼："下官见过怀王殿下。"

"左炎一案刑部衙门已经结案，李大人怎么会在这儿？"

李之昂道："王爷为什么来，下官就为什么来。"

裴缓还记得在刑部衙门时这位李之昂是个多么圆滑的人，左炎一案在刑部早就已经了了，他居然会在深更半夜一个人来这儿挖人验尸……裴缓着实没有想到。

"人证物证俱在，按照我朝法律是应该结案。且左炎一案牵扯甚广，他家的二夫人又在衙门闹了那么一出，影响极坏，早一日结案，就能早一日堵住悠悠众口。不过左炎死得蹊跷，罗利又死得太过凑巧，下官是不信什么天理报应的，事有蹊跷就应该查到底。"说到这儿，李之昂敛了敛笑，眸子幽深，"可尚书大人却说，案子已经水落石出，不必再查。我当年因仰慕李大人为人正直，办天下奇案才立志要进刑部拜在他门下，可没想到多年朝上沉浮，他也和之前那些人一样，成了不愿意追根究底，只顾着政绩名声的刑部尚书了。"

裴缓眼神暗了暗，说："你与李大人都姓李，你是他……"

"李大人是下官的叔父，在朝无父子，何况是叔叔和侄子。"李之昂吐了口气，眼珠一转道，"王爷是为了那个谢护卫才查这个案子的吧？"

裴缓高深莫测地看了他一眼，没有说话。

李之昂越想越觉得是这样，又说："王爷那日英雄救美，衙门知道内情的人没有不羡慕谢护卫的，后来有人传了出去，王爷曾经被那些人诬陷的不好的名声一扫而空。王爷不仅救谢护卫，如今还要为了她深夜来这种地方，下官……下官都不免动容啊！"

他说着声音带了一些哽咽，倒像是真情流露。后面的傅清明嗤笑一声，翻了个白眼。

李之昂听到，抬手抹了抹眼泪，转向他的方向："这位小公子看起来应该是来验尸的，我不才，有许多地方一知半解，想请小公子指教呢！"

李之昂的目光一向锐利，裴缓的人他都见过，除了这位小公子。

那对方一定是怀王为了来这儿特意请来的。

李之昂说得很谦卑，明着像是请教，可实际就是要傅清明和他斗上一斗，比个高低。

傅清明看穿了李之昂的心思，可在专业上面的骄傲又不许他低头，他轻哼一声，忘了之前在马车上的嫌恶，一脸正义凛然，自己就站了出去验尸了。

李之昂又笑了笑，跟着傅清明过去了。

桑明小声说道："这位李大人可不简单啊！"

"他想查案，但李维不想再查，他在刑部孤立无援，就想拉本王一起。就算我今晚不来，他也应该会想办法找上我。这样也没什么不好，反正本王要的，也是查明真相。"

傅清明一靠近尸体，那股臭味冲得他差点儿厥过去，他很想转身就跑，但身前有笑眯眯的"后辈"，后面有有权有势的怀王，他只能撑着腿软动手。

强撑了一会儿，他有些扛不住了，眼见着李之昂一直笑眯眯的，他挣扎了一会儿，还是咬着牙开口问道："……你闻不到这么大的味儿吗？"

"我有这个。"李之昂掏出荷包，几粒白花花的东西滚到他的掌心，是浸了香又晒干的棉花球，用来塞鼻子里的，"要吗？"

"不用。"傅清明坚定地拒绝，取出工具匣子，弯腰打开。

一动尸体那股臭味更甚，傅清明胃部翻滚，捂着胸口跑到一旁干呕。

一个水囊送到他面前，傅清明抢过来几口灌在嘴里，压住那股难受。

那棉花球再一次递到他面前，傅清明抬头，李之昂的笑脸怎么看怎么碍眼，他想拒绝，可手却不听使唤一般向李之昂掌心白绒绒的棉花球投降。

"……下次还给你。"

李之昂笑着点头。

有了这次短暂的小插曲，后面验尸的进程加快了很多，当然这也有李之昂已经验完一部分的帮助，但傅清明拒绝承认。

死亡时间、死亡地点、死亡原因，这些复验和刑部衙门的仵作师傅的第一次验尸结果一致，并没有什么特别的。

唯一奇怪的点，是左炎手臂上的筋脉鼓胀扭曲，像是歪歪扭扭爬行的蛇，有几处已经破裂。还有，目击者看到左炎在死之前大笑，几近疯狂。

这两样是李之昂额外提供的帮助。

他在左炎死之后几次来验尸，记录下了尸体在腐烂之前的筋脉情况，他不用记录的册子也能默背如流，傅清明一边听着一边翻查，用银针照着左炎几处穴位刺下去。

"我私下走访过长安城内外有名的仵作师傅，他们皆不知道左炎筋脉变成如此的原因。后来我找到了一个昔年做过仵作，也做过大夫的老师傅，他说看起来有些像用了药所致。他曾在做药童的时候去过苗疆，见过有人的皮肉变成这样，但具体是用了什么药他就不得而知了。"

这消息很关键，傅清明刚要道句谢，李之昂先一步开口道："不用谢我，这都是我应该做的。"

傅清明抿紧嘴巴，干脆一个字也不说，只埋头干活。

李之昂就笑眯眯揣着手站在一旁，两个人一静一动，倒也和谐。

裴缓等得有些犯困，热风夹杂着尸体的味道，就算有帕子遮挡，那味道还是无孔不入，他干脆回马车上去等着了。

离开谢相思已经有一个时辰了，他还真有些想她。

想问问她，那些年的痛苦都是怎么熬过来的。

想抱抱她，想亲亲她，想……

裴缓猛烈地摇着头，将莫名其妙钻进脑子里的想法甩掉。

他靠在马车壁上，撩开车帘，看着左家一个个耸立的墓碑，强压下去的悲怆，忍不住又翻涌上来。

自从陛下中毒之后，发生了很多事，这些事隐隐约约都被一条线串起来。左炎的死，像是给这条线打了个结，打了个死结。

要想知道事情原委，就要把打死的结再重新打开。

他要查清这一切，兄长的血不能白流。

绝不能！

"砰"的一声，他一拳捶到车壁上，骨节处顿时破皮见血，先是一滴一滴地落，之后流的速度明显加快。

他静静地看了片刻，撑着车壁起身去叫桑明。自从上次在吉祥坊受伤昏厥之后，桑明都会随身携带凝血的药物。

他站起来，身形晃了晃，眼前有些模糊。

他眯着眼看着前面，黑黢黢的一片，被一团火照亮。

"成之，你要活下去，你一定要活下去！你不能丢下哥一个人！"

那人的喊声就在耳边，声嘶力竭的模样。

是兄长。

是兄长在救他。

那声音一遍一遍重复着，却一遍比一遍声音低，模糊成呓语，模糊成念诵的咒语，慢慢地听不见。

他浑身战栗，手上的血汩汩涌出，血迹染红了他的衣襟，他浑然不知。

一阵暖风吹来，将他的脑袋越吹越清晰。

一声呢喃，从心底溢出来。

"哥，好好活下去，你可是无所不能的裴昭啊，阎王爷也休想将你带走。"

那声音如锤，敲到鼓面上，一声比一声高，一声比一声重，震得他心尖一下一下颤着，耳畔嗡嗡作响。

不远处，傅清明高喊一声："我知道了！"

桑明和白照几人团团围上去，白照跑了一半又朝相反的方向跑，一溜声地朝着马车喊道："王爷！王爷！查到了，查到了！"

他兴冲冲地过去，撩开车帘，却见躺在里面的裴缓，和流了一地的血。

"王爷，王爷……"白照暴呵出声，"桑明！桑明你过来啊！"

白照急得要哭，桑明闻声赶过来，也是吓了一跳，连忙拿凝血药出来给裴缓止住血。

裴缓嘴唇煞白，脸色丁点儿血色也没有，可眼睛却亮得灼人。他的唇抖着，像是在呢喃什么，桑明凑近仔细听，是一声"裴昭"。

"王爷想大公子了……"难受的时候想哥，也是正常。

桑明让白照把傅清明喊过来，给裴缓号个脉。傅清明见裴缓这样，只能先把别的放一旁，伸手探上裴缓的脉搏。

"有些失血过多身体有点儿虚，不碍事，回去吃两服药，再补一补就好了。"

"可王爷为何一直呆愣愣的，眼睛都不怎么动？"

傅清明摇摇头："这不是身体的问题，是心理的，像吓到了……"

"我们王爷天不怕地不怕，怎么会害怕尸体！"

"我们王爷就是最厉害的！"

桑明和白照你一言我一语，傅清明撇撇嘴。

过了片刻，桑明怀里的人缓缓地眨眨眼，坐了起来，眉头皱了一皱，似是头疼："你们怎么这么吵。"

白照喜滋滋道："王爷你没事啦？"

"我能有什么事。"裴缓揉了揉额角，挥挥手让他们走远点儿，"味儿太大了。"

傅清明冷呵一声，方才求他过来的时候可不是这样的。

傅清明还没等说什么，就迅速被白照、桑明架走。

裴缓的耳畔终于消停下来，可以很清晰地去听他想听的声音了。

方才他的灵魂像是陷入沼泽深处，是那一声呢喃将他唤醒。

呢喃声声，驱走茫茫白雾，引月光重新照耀。

——"怀之，你在哪儿呀？"

第十章

成之怀之

夏日的雨敲打窗，窗外的黑云压树梢，树梢上的鸟雀扑扇着翅膀，叽叽喳喳地叫着，去寻屋檐避雨。

御书房的门开了，梁瑞压低声音呵斥着门口的侍卫："鸟儿这么叫着，还不快赶走，吵了陛下和两位殿下，小心你的脑袋！"

侍卫忙点头哈腰，找着长杆子赶紧将躲进檐下的鸟儿赶走。

梁瑞叫人换了几盏茶，再进去，将越武帝和晋王、临安王已经半凉的茶换走，躬身退了出去。

孟钦将茶饮了大半杯，咂咂嘴说："父皇的茶煮得真香，儿臣就算照着一样的方子也煮不出这样的味道。"

越武帝笑了笑，道："梁瑞在伺候朕之前在尚茶局做事，当初啊，也是朕看他煮茶实在是好吃，才叫父皇将他赐给朕的，不然你们现在哪有这样好的口福。"

孟钦笑吟吟道："那该多谢皇祖父了。"

孟云客低头吹了吹茶的浮沫，只喝了一口就放下。孟钦看着他，随口道："四弟仿佛不怎么喜欢这茶。"

孟云客的脸僵了僵，叹气道："臣弟少时身体虚弱，不适宜饮茶，年岁渐长这习惯就一直没养成，总觉得苦涩。"

"四弟还像个孩子似的。"

"云客比你年纪小，在你面前自然还是孩子。"越武帝放下茶盏，沉吟道，"去年朕让云客到外面历练，回来之后成熟多了。如今夏日雨水大，两江之地的堤坝最是要紧。"

两江之地一旦决堤，百姓流离失所，颗粒无收。

每年这个时节，朝廷都要派大臣到两江之地巡视，加固堤坝，防洪抗灾。

而这派去的人，就是陛下的心腹之臣，这些年数位从两江回来的臣子入主中枢，平步青云，去两江赈灾的差事也慢慢地被当成是晋升的最大跳板。眼下黄现刚入兵部方一个月，便里里外外地查，上上下下地改革，孟钦之前苦心孤诣安插进兵部的人手就这么被黄现给剪除殆尽。

朝上的人大多见风使舵，已经有人蠢蠢欲动。如果这次去两江的人是孟云客，他立功回来，风头更盛，朝上又是另一番景象。

孟钦听这话的前后，先一步起身，道："儿臣领兵时曾在两江周边待过数年，对那儿极熟，儿臣愿意替父皇分忧，定会办好此事。"

越武帝沉默不语，孟钦的手指抠进掌心，有些忐忑。

良久后，越武帝再端起茶杯，含了一口，摇头道："有些凉了。"

再抬头，他看向孟钦，道："你有此心，父皇很是欣慰。你去两江要多看多思，裴昭也在两江，你若是有什么事，可去找他商议。"

孟钦长声道："儿臣领旨。"

孟钦和孟云客没有多留。出了御书房，孟云客恭敬道："三皇兄还要去见嘉贵妃吧，臣弟这便出宫了，三皇兄去两江前，臣弟带窖里的好酒给皇兄送行。"

"那就先谢过四弟了。"

孟云客笑了笑，也没用梁瑞找人送，自己撑着一把伞，转身走入雨中。

莫嘉宫在御花园西角，是整个皇宫离乾元宫最近的一处宫宇，足见嘉贵妃在越武帝心中的地位。

嘉贵妃是卫国公老来女，从小就极受宠，卫国公一门鼎盛，嘉贵妃的长兄卫启正是如今的当朝丞相。

嘉贵妃保养得宜，雍容华贵，只眼角处有细细的纹路泄露出她的年纪。

听孟钦说起要去两江一事，嘉贵妃眼角的纹路又深了些许，眸带担忧："要出去？这个时候出去，长安万一生变……"

"父皇圣心难测，我不去就是四弟去。"孟钦眯着眼，笑里透出几分阴冷，"他那么卑微的出身，若非命大，早就和他娘一起去见阎王了。这么多年他谨小慎微，处处恭敬，没想到他竟然存了这个心思！裴家亦是装模作样，如果不是吉祥坊的事情没得手，我竟不知道他们裴家私下竟然有如此家底。想来，是为四弟登基做准备呢！"

孟钦在殿中踱步，越想越气恼，伸手拂掉一个白瓷花瓶，有宫女要上来收拾，被他一个瞪眼吓得连连后退。

"滚出去！"

"是，是。"小宫女大汗淋漓，跪在地上飞快捡着碎瓷片又退出去，割破了手也浑然不知。

闻到那股血腥味，孟钦眼睛都红了，神思越发激动，道："他悄无声息地爬到和我平起平坐的位置，在朝中也有了自己的势力，若是再得了两江的功劳……再者舅父年事已高，病在家中，裴昭马上就要从两江回来，他那个傻弟弟一贯和四弟交好，裴昭做丞相，到那个时候，我们才是真的要看四弟的脸色讨生活了。"

嘉贵妃美目一转，扶了扶鬓边摇摇欲坠的九凤金钗，温声道："你去两江，不只是为了赈灾的功劳吧？"

"母妃想得没错。"孟钦哼笑，眼露锋芒，"这半年四弟的风头如此之高，裴家可是功不可没。裴缓封王，靠的不过也是父皇对裴昭的器重。裴缓人在长安，这些日子儿臣杀他只能找刺客杀手，几次没得手，便不好再下手了。可裴昭在两江，儿臣在两江手下众多，只要我去稍做谋划，想要除一个裴昭，那还是可行的。之前不动手，是怕太显眼，让父皇起疑心，可如今父皇心思难测，儿臣不能不兵行险着。只要裴昭一死，裴缓就是酒囊饭袋不足为虑，四弟便失去了最大的助力。

"到时候我大功回朝，朝堂声望正盛，内有母妃把持宫禁，外有两江众将，而四弟靠山倒下，就算兵部在手，可他在军中无声望无功绩，想做什么也没人会听他的。那时父皇再不想传位给我，怕是连安享晚年都难。父皇是一代明君，自然会懂这个道理。"

嘉贵妃细细地听着，笑意盈盈道："我儿想得很是周全。如今陛下年事已高，不怎么往后宫里来，皇后那个病秧子一直吊着一口气，连起床都费劲儿，这宫里实实在在是在我手里。你走之后，我会盯着乾元宫的一举一动，若是有什么不好第一时间告知于你。"

说罢，她叹了一口气，无不惋惜地道："若不是你舅父病倒，哪里轮得到那个贱人的儿子和咱们叫嚣！如今这时候，你应该是稳稳当当的太子殿下了。"

"左炎也是，因分财不均被罗利给杀了，若是他还在，我如今也不会这么被动……"孟钦摇摇头，坐在嘉贵妃身侧，低声道，"母妃放心，儿臣都已安排好。儿臣会留下几个解忧帮带回来的人，母妃留在身边，不到最后不要用，免得被人发现什么。"

"解忧帮能安然存世这么久，多亏你我母子全力资助，上下打点，如今也是他们回报的时候了。"

"母妃，若是宫内有变，记得留谢相思个活口，把她交给我。"一想起谢相思倔强不服输的模样，他的眼便更热，上一次在御花园没能把她带回来，还折损了淮安，是他小瞧了她。

孟钦蓦然想起那一年他亲自去解忧帮的地界挑人，绿树红花间，她清清冷冷，孑然立在那儿，日光将她的脖颈儿照亮，似雪花，似珍珠，似世上所有的求而不得。

他手指着她，南长老却说，她刚及笄，已经领了别的任务马上就要下山。

这世上从来没有他求而不得的东西，那一瞥像一根刺一样扎在他心底，时间长了他倒也忘了。

直到那一日刑部大牢再遇，她仍旧雪白修长的脖颈儿伸长，扬着下巴冷冷直视着他，他心里那根刺突然就被剜了出来。

他想把她锁在深牢里，让她日日夜夜谁也看不到，让她在他手下哭，在他膝下笑。

让她的眼不敢再那么直直地盯着他。

他会是这天下的主人，也会是她的主人。

孟钦又坐了一会儿便离开，嘉贵妃倚在榻间，素手拨着用颗颗圆润的珍珠做成的帘子，珍珠碰撞在一起，又被她伸手拉开。

外面雨声如注，这一场透亮的大雨之后，会有一个崭新的明天。

嘉贵妃笑了笑，眸中温柔的光消亡殆尽。

"裴家的人怎么会是酒囊饭袋，若不是裴家那小子，孟云客也活不到今日。那小子也是命大，左炎拼了一条命都没能除掉他……不过他死或不死都不要紧了。

"算算日子，钦儿去两江之后，陛下就该病倒了……本宫受陛下恩宠多年，自然要为陛下着想，让他免受痛苦，早登极乐。"

一场雨直下到黄昏时，之后变成淅淅沥沥的细雨，天都被洗得透亮，这些日子的闷热一扫而空。

怀王府后院也有个凉亭，裴缓邀请谢相思来赏雨。

"王爷可真有兴致，这么多事在前，还能有心思赏雨。"

裴缓摇着一把羽扇，闻言遮住半张脸，只露一双笑眼，瞧着她："偷得浮生半日闲嘛，过了今日，就算是有心思，也没有时间赏雨了。"

裴缓今日只着一件月白色的锦袍，右肩和左衣袂绣着墨绿的翠竹，穿得很素净……

谢相思默默地又在心里补了一句：和平日里比。

素净打扮的裴缓拿着羽扇，很像江左的文人，连坐下时的脊背都比平日里更加挺拔。

真是人靠衣装。

"你骂我呢？"

谢相思："我……我没有。"

这人怎么坐在她面前，都像是远在一个院之外能听到她心声一样。

裴缓翘着嘴角，给自己倒了一杯茶，说："你这么盯着我一言不发的时候，不是心里在骂我，就是沉溺在我的魅力中无法自拔……既然你说你没骂我，好吧，你在沉迷我。"

谢相思愣了片刻，很坦诚地一点头，道："算是吧！"

裴缓没料到谢相思的反应，怔了怔，两人四目相对都在发愣。

裴缓先一步缓过神来，笑意更深，眼睛明明亮亮。谢相思也被这笑感染，一晃神，他的手来到她面前，长指轻轻戳着她颊边的小酒窝。

谢相思的眼神呆滞下来，随后鼓着嘴，将他那根手指一下弹出去。

裴缓顺势欺过来，双手点着她酒窝的位置，声音凉凉地威胁道："你把我的小酒窝藏哪里了，还不快交出来？不然我就断了你的夜宵，和你晚饭的油焖蹄髈。"

王府的油焖蹄髈那可是一绝，浓油赤酱，是白照倾情推荐的，谢相思第一次吃的时候惊为天人，一口气干了两个，肚皮差点儿撑破。

这威胁可是非常到位，谢相思乖乖地扬起嘴角，将自己的小酒窝"拱手让人"。

裴缓戳了几下，动作一下比一下温柔。

雨停风住，夕阳糊成一片，不成个形状，颜色格外橙红，像是一团火色。

人住在火里，笑意都热烈。

不远处的廊下，桑明看着这一对璧人，笑得一脸欣慰，外加慈爱。

"慈爱"这是白照说的，他说桑明的表情，很像东街卖樱桃煎的邓老翁在看他小孙子。

桑明转头看着白照，表情更加慈爱，摸摸他的头，看得白照差点儿脱口而出一声"桑爷爷"。

昨晚，王爷从左炎坟上回来，在地下室静坐了一夜。

他坐了一夜，谢护卫就在旁边陪了一夜。两个人一句话也没说，却像是什么都说了。

那种气氛，桑明形容不出来，只是觉得他们之间，有别人不知道的一种东西存在。这种东西，会让他们的联系紧密，永永远远也分不开。

今日一早，天光大亮。王爷和谢护卫一起从地下室走出去，两个人说说笑笑，像是什么都没有发生过。

"真希望时光永远地留在这一刻……"桑明喃喃自语，余光里见小郑侍卫从外面小跑进来："桑大哥，外面有人要见王爷，有两个，领头的是一个嬉皮笑脸的小白脸，说自己姓李。后面那个脸色阴沉沉的，不过长得比小白脸还白。"

桑明哀叹了一声："希望就是被用来打破的。"

时间在无情地向前，谁都不能把它暂停。

李之昂和傅清明来地下室，看到的是面无表情的谢相思，和更加面无表情的裴缓。

裴缓的眼神凉丝丝的，从上到下轻轻一扫，傅清明脚底都开始生凉。

李之昂像是根本看不到，笑眼眯起来："下官担心王爷身体，特来府上拜望。正巧在门口碰上傅大夫，很是有缘。"

"来看本王，空手来？"

李之昂道："下官带着一颗希望王爷安然无恙的诚心而来，王爷面色红润，想来是下官的诚心感动了上苍。"

傅清明嘴巴微张，目瞪口呆，这天下怎么会有李之昂这种没皮没脸的人啊？

裴缓点点头："既然李大人的诚心这么灵，那本王伤口没有愈合，你现在就开始用你的诚心祈祷，什么时候好了你什么时候离开王府。”

傅清明：“哈哈哈！”

李之昂的笑脸破碎。

裴缓挽起衣袖，手臂光洁，一丝伤口也没有，他故作讶异地道：“这么快就好了，李大人果然是有好好地在祈祷，本王真是要谢谢你。”

傅清明：“哈哈哈哈哈！”

李之昂呵呵地笑：“王爷没事就好，没事就好。”

谢相思只是轻轻莞尔，面对这种好笑的场面，她已经能很好地控制住自己的情绪了。

经过裴缓这一通操作，李之昂不敢再卖弄自己的三寸不烂之舌，很快将来意表明。

那日裴缓回府，李之昂拉着不甘不愿的傅清明埋首在刑部卷宗里一泡三天，在第三日的晚上，赵猛扭送了个人上门。

是从前凤阳山山匪的二当家，叫崔十。

崔十和几个兄弟从凤阳山离开之后，本来想按原定计划投奔到左炎门下，却不想一下山就遭到截杀，几个兄弟陆续都死了，崔十只能乔装成乞丐，整日乞讨，想找时机去找左炎，却不想这时左炎被杀，他无处可去，打算离开长安城地界。

赵猛是托了几个丐帮兄弟，才辗转找到了崔十，在他离开长安前夕将他扣住。

崔十听说大哥罗利已死，自觉没有什么出路，就将事情和盘托出了。

李之昂对照着卷宗，和傅清明查出来的左炎尸体的异样，推断出了事情的大概经过。

“凤阳山的山匪作恶多端，在城内城外四处打劫，搜刮财产。左炎身为兵部尚书，每次调兵平叛之前都会给罗利他们风声让他们先撤离，是以才会次次剿匪都找不到人，最终无功而返。凤阳山劫来的那些银子进了左炎的腰包，罗利和崔十等头目也都分了一些。

"去年年底，左炎下令再次剿匪，并给罗利传信，说这次必须得剿灭凤阳山山匪，否则他的官位不保。罗利和崔十出卖其余的兄弟，自己带着家眷亲信顺着地道离开，一开始二人是在一起的，后来罗利说接到左炎的消息，让他在主题盛会那夜去吉祥坊，之后左炎会给他们一笔钱安排他们出城，罗利就一个人去见了左炎，之后就再也没回去过。"

李之昂的手搭在傅清明肩膀上，傅清明很自然地接口说："罗利尸身已经腐坏，不过还是可以根据他的骨骼判断出他是个左撇子，而左炎肩膀上剑的位置，和正常右手刺入的相反，也就是说罗利确实去过吉祥坊，刺过那一剑，且距离之精准、出手之迅疾，罗利并不是高手，很难那么准。所以，最有可能的，是左炎授意他做的。他们的位置方向都提前算好了。左炎在那一剑刺出之前，就已经筋脉扭曲，濒临死亡，那众目睽睽的一剑，为的不是要他的性命，那是为了什么呢？"

此言一出，一室沉寂。

谢相思陡然间想到什么，倏地转头，看向裴缓。

其他人也都看向裴缓。

裴缓弯唇，漫不经心道："左炎知道自己一定会死，既然一定会死，那用自己的死去完成主上的心愿，他也死得其所。本王那夜受伤昏迷，早早回府，他们只能把心思放在被刑部衙门抓到并带走的，我的护卫身上。后来这个碰瓷也没能成行，那等着罗利的就只有杀人灭口了。"

谢相思一颗心跳得又快又沉，她默默站到裴缓后面，站到角落里，左手不自觉地摸着自己的右臂胳膊。

左炎的筋脉扭曲，淮安的也是。

而她的……也是。

左炎和淮安，竟然都是解忧帮的人。

刺杀裴缓这件事，陈大帅和慕云不过是幌子。最后真正下手的是左炎。

淮安，她不知道，可左炎在朝堂做官已有二十年。那时的晋王，也就只有五六岁，哪里能谋划出这样的事情？

这步棋是从嘉贵妃、卫丞相开始，便逐步在下了。

那她呢？同样是解忧帮出来的她，究竟在这场局里扮演了一个什么样的角色？也是对裴缓有害的吗？

还是说像陈大帅与慕云一样，只是幌子，只是棋子。

那解忧帮呢？解忧帮在黑与白之间游走，到底是站在哪一方？

谢相思越想越心惊，汗毛倒竖，连呼吸都粗重了许多。此时一只有力的手，精准地覆在她的手背上，轻轻握了握，试图驱走她内心的不安。

——"我不管解忧帮什么乱七八糟的，你既来了我身边，就是我的人。"

——"我既能护你这么久，自然也能护你一辈子。"

"怀之……"她的声音轻轻的。他的手顺着向上，将她的口掩了掩。

——"你这么叫我，我很想转头去亲你。"

——"这么多人在，要不还是留着等回家吧？"

谢相思唇抿紧，往旁边撤一步，她温润的唇摩挲着他的掌心，似触非触，像只蝴蝶在亲吻他，然后毫不犹豫地展翅离开。

真的好想把她抓回来……

"咳咳，王爷真是英明神武。"谢相思脚步一拐，又绕回来，将裴缓那心声打断。

裴缓盯着她，笑而不语。

谢相思面皮发热，在他了然的目光中硬着头皮说话："事情已然明了，那接下来的事情，该怎么办？"

"唉……"李之昂叹了口气，一副挫败苦恼的样子，身体往前一栽，栽到傅清明身上，差点儿把傅清明撞倒。

李之昂声音闷闷道："虽然我们接近了真相，可罗利已经死了，崔十的证词顶多能说左炎为非作歹，敛财贪污。可左炎死后，左炎府上，他最亲近的二夫人自尽，之后府内起了一把火，将能烧的都烧光了。如今所有的证据到左炎这儿就掐断了，没有办法再继续下去。就算我们每个人都心知肚明，在大越律法层面这事也只能到此为止。"

叔父极力反对他再查下去，那时李之昂就能感觉到后面道路艰难。

走到如今，真相天知地知，他知道，眼前的每一个人都知道，但，没有用。

裴缓坐在圈椅中，羽扇的扇坠在指尖绕了一圈："陛下每年这个时节都会派大臣到两江去做赈灾使，为了这个职位，朝上风起云涌，暗斗不断，最终陛下选了晋王。这两日，晋王就要赴任了。"

李之昂抬起头，眉心褶皱挤出个深深的"川"字："他一走，这事就更难办了。"

"不。"裴缓扔下一个字，掷地有声，"既然国法层面办不了，那总能有别的办法办。长安是天子脚下，晋王行事还能有所收敛。等到离开长安，去了他心腹众多的两江，他就顾不上遮掩了。只要能抓住他的错处，拔出萝卜带出泥，这些事情就都藏不住了。"

谢相思投去欣赏的目光。

裴缓的进步用一日千里形容都不够，以前她觉得他没脑子真是瞎得可以。

李之昂思忖片刻，问："王爷可是已经有什么打算了？若是用得上下官的地方，王爷尽管说。"

"启禀王爷。"此时，桑明进来，手上拿着一封帖子，呈给裴缓，"临安王的亲随送来一封拜帖，临安王邀王爷到府上一叙。"

裴缓接过帖子摩挲良久，手指一扣，轻轻合上。

"我也好久没和临安王一起喝过酒了，桑明，把窖里埋着的梨花酒起出来两坛，本王今夜要和临安王不醉不归。"

裴缓去临安王府没有带谢相思一起去。

　　傅清明要留在地下室研究机扩，李之昂要等裴缓回来商量对策也执意留下。裴缓便让谢相思也留下，招呼这两个人。

　　"男主人不在，女主人总要在，这才是待客之道嘛！"裴缓说得自然，走时不带走一片清风，只留下谢相思闹了个脸红心跳。

　　"王爷把谢护卫留下，不怕谢护卫和那个姓傅的看对眼？"马车徐徐，行在长安下过雨后的街上。

　　裴缓的声音从马车里传出来，不疾不徐，带着一丝笑意："相思心里只有我，从前我不知道所以在意，现在我知道了，自然是不用分眼神给不相干的人。"

　　桑明很欣慰，二公子真是成长了，已经是情绪稳定的成年人了。

　　马车在临安王府停下，临安王府和晋王府都曾经是当今陛下登基之前住过的地方，陛下行武，府内只是简单装点，临安王住进来之后，也只是修了几处庭院，添置了些东西，并没有大动。不像晋王府富丽堂皇，尊贵逼人。

　　裴缓不用别人带，一路从廊下穿过，这里他来过许多遍，曾经陛下住时他经常被父亲抱着来，后来孟云客封王住了进来，他亦是来过。

　　孟云客在君子阁等他，屋内已经置办了一桌席面，都是素日他爱吃的。

　　"我只带了两坛酒来，不够喝就把你藏着的酒都拿出来。"裴缓坐在孟云客对面，毫不客气地说。

　　桑明将酒坛放下，孟云客身边的心腹护卫冲他点了点头，两人退了出去，好好守在门口，不让任何人接近。

　　孟云客启开酒盖，浓重的梨香扑面而来，裴缓道："我让人试了好多个方子做梨酒，不是太酸就是太涩，最后才找到这个方子，酸甜清凉，虽然才埋了不久，酒味不重，但味道却很好，算起来你还是第一个喝到我这梨花酒的。"

"梨花酒配梨花杯才好。"君子阁内室里有一侧架子，上面整整齐齐摆放着几十个形状各异的杯子，孟云客挑了两只通体雪白的琉璃杯，杯沿处各雕着一朵小小的梨花，栩栩如生，像是人在梨树下坐，梨花飘着落下来，正落在酒杯上。

酒入杯中，溅起一点涟漪。

两只杯子碰到一起，随后一饮而尽。

酒入吼中，先是一点点酸，再是甜，甜味厚重，回味时，那股还没酿好的涩意涌上来，酸甜苦三味混杂，最后舌尖残留的，只有淡淡的，梨花的香。

"果然是好酒。"孟云客又倒了一杯，轻轻地嘬饮，"从小你就喜欢梨花，想在府里都种满梨树，可裴伯母却不让。沙场上拼命的将军家眷，都格外虔诚，梨与'离'同音，不吉利，伯母关切伯父，不许你在府里种梨树。后来你长大了，裴昭大哥给你在外面买了偌大的院子，种满了梨树。你封怀王也不愿意走，那儿就成了怀王府。"

那酒不烈，却很让人醉，孟云客一双眼雾茫茫的，笑得失了神："我记得……怀王府的梨树都是你亲手种的，你说等花好了，你要酿梨花酒，第一个就送给我，裴昭大哥只能做第二个。裴昭大哥听到，三天没有理你，你急得上蹿下跳，来找我想办法，在他生辰那日亲手做一顿饭，给他赔罪，后来……"

裴缓失笑，接着道："后来厨房整个被烧了，你的裴昭大哥被气得够呛，可看到自家弟弟一脸灰，突然又生不起来气。"

"你看裴昭大哥面色松动，急忙说，到时候酒好了我们一起喝。"孟云客眼泛泪光，举起酒杯，"我敬你，裴昭大哥。"

孟云客定定地看着眼前人，他那惯来挑起的眼尾慢慢地放下来，嘴角轻抿，清冷无极。

他的眸中有什么东西在碎裂开，可他控制力极强能将其好好地压住，只泄露一星半点。

"你是什么时候知道的？"

"赵猛……曾给过我一封信，是成之留给我的，那时我便知道成之已经不在了。我进宫去见父皇，父皇告诉我，裴成之中毒身亡，而父皇自己也中了毒。为了不引起朝堂纷争，他只能压下消息。"

孟云客看他，道："成之被人害死，我是无论如何都要给他一个交代，才不辜负我与他相交一场。父皇不让我大肆调查，我便只能暗地里行事。也是我无用，至今也没有找到有力的证据。"

"裴缓"举高酒杯，琉璃透明，映出一双眼。

那双眼形状和他的一样，却总是弯弯带着笑，像是讨好他的可怜小狗。

那个人总说，他就是兄长的小狗，一辈子跟在兄长身后，什么也不怕，兄长会庇护他一生。

可就是这样的小狗，怕疼怕伤又娇气的小狗，割开自己的手臂，将全身的血换给了兄长。

那该有多疼。

赴死的他该有多怕。

"裴昭大哥……你为何会以为自己是成之？"起先孟云客还觉得裴昭像是故意为之，后来旁观他种种行为，确信他不是装的，裴昭是真的以为自己就是裴缓，就是成之。

裴昭摇头："我也不清楚，我也是最近几日才清醒过来，想起来自己究竟是谁。"

吉祥坊里，左炎坟边，他的血流了那么多，一次一次地勾起他内心深处关于失血的记忆。他被掩盖、被模糊的过去，也逐渐清晰。

他是裴昭，字怀之。

是青云直上的状元郎，是裴家引以为傲的长子，是长安最明媚的月亮。

是裴缓，裴成之的兄长。

所有人都说他是裴缓，一层一层的迷雾在他身上遮挡，连他自己都以为自己是裴缓。

可偏偏有人穿过层层的迷雾，看清了他的心是谁。

——"怀之，你在哪儿？"

那轻柔的声音在耳边盘桓，裴昭笑了笑，将杯倒满酒，举起来敬眼前人："子毅，我替成之谢谢你。"

孟云客被这一句话震得落下泪来，他咬咬牙，反手抹去眼泪，知道现在不是伤心的时候。

"三皇兄马上就要启程去两江，机会只有这一次。"

若是让孟钦就这么去了两江，裴昭、裴缓的事情就兜不住了。一切一触即发，孟云客也是没法，才在这个关键时刻找上裴昭。

裴昭却问了个风马牛不相及的问题："你来找我之前，见过陛下是吧？"

孟云客身上有龙涎香的味道，是裴缓不喜欢的，却是裴昭喜欢的。

陛下给他赐香时，赐了一味龙涎香在里面。

裴昭陡然想起在乾元宫时陛下说起裴缓不喜欢龙涎香的过往，那时陛下其实就在点着他的身份，也在引导他想起自己。

陛下需要裴昭归来，却又不敢说得太直白刺激他，想来那些有关于裴昭、裴缓中毒的事情，都是陛下编来安抚他的。

孟云客愣了一下，点头："是。昨日父皇让三皇兄去两江，离开宫后，我一个人来了怀王府，站在后院的墙角，看了很久的梨树。三皇兄若从两江回来，等着他的就是太子之位，那时我再想给成之讨回公道，也很难逆天而行。唯一的机会就是让他在两江犯错，罪无可赦的那种错。我心里有了几个计划，正想来找你，不过还是有些犹豫。这时父皇身边的梁公公亲自来了我府上，带我去城郊的一处极隐秘的庄子，在那儿，我见到了父皇。

"父皇没有和我多说，只让我有什么想做的，都来找你商量，不用再回他，父皇还让我把这个交给你。"

孟云客拿出一枚白玉龙佩，赤色龙佩调动暗影营，白玉龙佩则是用来调动长安城外各州府的府兵。

陛下对世事洞若观火，只是外有卫相，内有嘉贵妃，晋王又军功赫赫，无人能及。他的棋不能走错一步，撑到今天，怕也是在等这一日吧！

裴昭握住龙佩，小心地收好。

梨花酒又倒一杯，孟云客手一倾，酒洋洋洒洒，倒在地上。

"成之，等明年梨花开，我和裴昭大哥一起接你回家。"

夜深到浓时，蝉鸣声一声连着一声。

谢相思第一百零三次飞身上房顶，踮着脚眺望回怀王府必经的那一条路。

屋檐上悬着灯，路上只有三三两两行色匆匆的赶路人，并没有要回来的他。

眼看着快到子时，谢相思没再回去，屈腿坐在房顶上。穹顶之下，星光璀璨。

她四下乱看着，看到旁边那条幽静的小巷，就是在那儿，她第一次看到裴缓。

"那天皇历上说，诸事不宜。"谢相思闭上眼，摇了摇头道，"根本就不准，看来连鬼神都害怕裴缓。"

这几日谢相思把之前裴缓珍藏着的话本子都翻了出来，恶补了一下关于男女情爱的知识。话本子的种类太多且杂，她学得有点儿乱。

不过不管是什么类型的话本子，当女主在深夜里等待男主，苦苦地熬着每一刻时，都证明了一件事。

女主心里有了男主。

这种等待是担心，是惦记，是牵挂，是想念。

就好像……裴缓不知从哪一刻开始，就无时无刻不在说，他好想她。

她一直在想着裴缓，探着自己的脉搏，数着数，比平时的快了许多。

再睁开眼，前面大路熟悉的马车赫然出现。桑明扶着裴缓下车，看样子裴缓像是喝了不少的酒，他嘴里嘟囔了一句什么，桑明喊来守门的几个侍卫，那几个侍卫匆匆跑回来，往谢相思住的院子里去，又匆匆地跑出去，扯着嗓子喊人。

"谢护卫呢，怎么不见了？谁看到谢护卫了，王爷在找她！"

"刚才我还看见了，这么一眨眼怎么不见了。"

谢相思模仿着看到的裴缓的口型，一张一合。

——相思呢？

相思在房顶呢！

要是让他知道自己苦巴巴地在房顶上守着他回来，那多丢人呀！

谢相思捂着脸要从房顶上飞下去，外面刚才还迷迷糊糊的裴缓一下抬起头，将她要逃未逃的身影逮了个正着。

谢相思的腿尴尬地顿在半空中，有时候心有灵犀，真的不是一件什么好事。

裴缓伸手，打了个响指，这时几道黑影从墙内墙外蹿出去，落到裴缓身边。裴缓说了句什么，几人架着裴缓，飞上房顶。谢相思眼一花，身边就多了个笑吟吟看着她的裴缓。

谢相思："如今这时候，你在这上面坐着不就和活靶子一样？还是赶紧下去吧！"

裴缓喝了酒，呼吸间都是梨花的香气："怀王的命如今可不值钱。你那帮师兄弟，都有更重要的事情要做，今晚，可能是属于裴缓的最安全的一夜。"

他说得虽然有理，可谢相思还是没全放下心，左手按在刀把上，耳朵抻长，不放过任何细微的动静。

裴缓在她耳畔嘟囔道："要是有酒就好了。"

谢相思立时冷声道："都喝了这么多了还喝什么！"

裴缓失笑，故意地叹了一口气："不过是想喝些酒罢了，夫人是不是家风太严了些？"

谢相思的脸被雨后的风吹得红了又红，却没像寻常害羞的姑娘家啐一声"什么夫人不夫人的，谁是你夫人"，而是低下头，看了一会儿瓦片上的纹路，又抬起头看他，认真地道："解忧帮的人做的都是见不得光的事情，就算我赚够了钱从解忧帮赎身离开，也没有户籍，没有户籍就不能像寻常百姓一样能和你成婚。"

裴缓的表情先是有些愣，随即眼底的裂痕逐渐扩大，冰封的河解冻化开，水潺潺流过暖春和烈夏。

"若是不能成婚，那你怎么办？"

谢相思想了想，说："解忧帮没教过这个，不过我在话本子里都看过，若是喜欢，但是不能在一起共度白首，要么就放手，成全对方，这个是伤痛类的话本。要么就不择手段，把对方抢到自己身边，自己得不到的别人也别想，这个是霸道王爷类的话本子……"

谢相思上下扫了一眼裴缓，分析道："王爷自然是比较符合后者，不过和王爷比我没钱没势，估计也抢不来。那，我应该会天天守在王爷的房梁上，装鬼吓人，保证别的女人谁也不敢靠近王爷。"

"哈哈哈！"裴缓朗声大笑，笑得畅快无比，这些日子里心中的隐痛压抑，似是都在这一刻被一扫而空。

谢相思不满地嘟囔："我又没有说笑话……"

她的尾音被碾碎在梨花酒的醇香气味间。

他勾着那细腰，将她拥抱，两颗心，第一次靠得这么近。

谢相思的睫毛颤了颤，眼睛睁得圆圆的。

裴缓微微离开，微凉的手捻着她湿润的唇，气息不稳道："我教你，亲你的时候，要闭上眼睛。"

梨花酒，醉人魂。

谢相思闭上眼，眼前一片漆黑，可心里，却有一弯明月高悬。

他的吻不像他的人，格外细致温柔，一点一点夺走她的空气，待她有些气闷时又缓缓后退，引她依依不舍，自己凑上去。

他在引诱她。

谢相思在解忧帮学的第一课，就是拒绝一切诱惑，培养定力，人会渐渐变得冷漠而麻木。

可在裴缓身边，她做不到无动于衷。

这个吻绵长，他离开时，她的眼睛里一片水茫茫的雾气。

"你知道我是谁吗？"

她没有犹豫道："你是怀之。"

他目光幽暗，在她面上睃视："你不记得临安王叫我什么吗？他叫我'成之'。"

谢相思耳边嗡嗡地响，脑中眼前都混沌一片，她用力地睁开眼，可不知道怎么思考，只轻声说："可你说你叫怀之。"

他说他是谁，她就认定他是谁，不管之前别人怎么叫他，怎么说他。

她和他一样，都遵从自己的心。

裴昭抚着她的脸，将她按在自己的怀里，不一会儿，她气息均匀绵长，昏睡过去。

刚才从门口进府中的几个侍卫里有一个侍卫，去的不是谢相思的院子，而是地下室，问傅清明要一味药。

一味不伤害人身体，化开之后会致人昏迷的药。

在梨花酒气味的掩盖下，那药进入谢相思的身体。她会睡上长长的一觉，等她醒来，他已经离开长安城。

没有人会告诉她，他去了哪儿，她不用再跟着他一起犯险。

"我入仕那一年，便立誓要肃清朝堂积弊，做顶天立地之臣，哪怕粉身碎骨也在所不辞。

"如今我初心未改，不过我不想粉身碎骨了。为了你，我会让自己安然无恙。"

安然无恙，这是她曾想为他豁出性命找陛下时的承诺。

亦是他此刻的承诺。

有了心上人，谁也不甘等不到白首共度时便早早离开。

第十一章

长
安
缭
乱

翌日一早天大亮，晋王一行从长安城门而出，沿官道往两江出发。

临安王在长安城外五里的折柳亭相送，将自己珍藏的两坛竹叶青送给晋王。

"愿皇兄一路平安。"

"我自然会平安。"孟钦将杯中酒一饮而尽，讥讽一笑，"我与四弟早就已经势如水火，如今父皇也不在这儿，四弟不用再装模作样地扮卑微，装乖巧了。四弟，这么多年，我唯一看错的就是你。不，不只是你，就连裴缓那个纨绔子弟，我也是看走了眼。"

孟云客温和一笑，道："三皇兄有贵妃疼爱，又有卫相保驾护航，在外军功累累，在内是父皇最疼爱的儿子。皇兄光芒如此之盛，臣弟自然而然卑微，只有靠近皇兄，才能看见前方的路。臣弟生母早逝，又不得父皇喜爱，这么多年做的许多，也不过是为了活命而已。"

有权有势的妃嫔都没有子嗣，有儿子的妃嫔一个接一个地郁而早终。孟钦的道路一早就被铺平，等越武帝百年，他会是无可争议的太子人选，下一任皇帝。

那个瘦弱得像只小猫一样的孟云客，生母陈妃不过是一个卑贱至极的宫女，她很懂事，眼见着自己注定是活不成的，服了药自尽，在死之前把儿子送到宫外封地临安。

从小去封地的孩子，和皇帝哪有什么情分，孟云客在朝中没有任何依仗，嘉贵妃也从来没看得起陈妃母子，便也不再费心思去对付他。一晃数年，孟云客回京，对孟钦恭敬谦和，朝上朝下事事不管，再加上他已经成年再下手实在是显眼，看他依旧没用，嘉贵妃和晋王就也没有再多看他，只一门心思对付皇上特别偏爱的陆贤妃和其子瑞王。

在他们费尽心力一个一个将那些碍眼的人铲除的过程中，那个他们从没放在眼里的孟云客却不知不觉中羽翼渐丰，在朝堂站稳了脚跟——他从不结党营私，朝上却尽是支持他的文官清流；他办事勤勤勉勉，陛下把手中烦琐事交给他，他也办得漂亮。

渐渐地，他站到了自己的对立面，成了最大的一个敌手。

灯下黑。

光芒万丈的灯，也有看不到的地方，就是自己的身边。

孟云客不是弱不禁风的病猫，他是个野心勃勃的狼崽子。

不过就算都是狼，在狼群中地位也有高有低。狼选头领，靠的是血的搏杀。在绝对的武力面前，什么阴谋什么阳谋，都没有任何作用。

孟钦摔下酒杯，将披风甩到肩上，衣摆刮到孟云客身上，脸颊留了一道血痕。

"四弟的手再长，也只在长安。两江一行，为兄会好好教教四弟用兵之道。这天下，终究是血肉白骨堆积起来的。"

孟钦并没有带走孟云客的酒，甚至方才喝的，也是自己带的。孟云客拿帕子擦去脸上的血迹，坐在亭子间，将那两坛子酒一杯一杯地喝尽。

折柳寄情，折柳亭是用来送别的。

成之曾经在这座亭子里，送他去封地临安，那一日蒙蒙细雨，是清明时节。

今日他也来送别。

送别曾年少无畏的自己。

酒喝干，他起身，走向繁华最深处的长安。

连着几天晴朗天，日头一天比一天热烈。孟钦惧热，队伍在正午时总会歇上两三个时辰，等到黄昏时分才启程。为了补上这个时间缺口，在计划之内到达两江，队伍在晚上赶路，马不停蹄，这样三五日下来，人受得了马却受不了。

又一匹马在狂奔中轰然倒地，马上的百夫长摔在地上，打了几个滚，没顾得上自己，跟跄着扑到马身上，这是从他入伍伊始就跟着他的马，走过黄沙冷箭，却死在了这里。

副将李然看不下去，掉转马头到车边，祈求道："王爷，歇一歇脚吧，人能禁得住，马不行，咱们的马可都是跟着我们出生入死的兄弟啊！"

此处距离两江约莫还有两百里，过了今夜，烈马奔袭，一日多就可到达，确实也不用急了。

"在前面找个地方歇一晚。"孟钦说着顿了下，又道，"给他一笔银子，把马火化了吧！"

"多谢王爷。"

出生入死多次的人，总会有一些迷信。他们军中的马死，多会火化，骨灰带在身边，再入沙场时，人和马依旧是并肩作战，自然会无坚不摧。

这里荒山野岭，前后只有一个有百十户人家的村落。

孟钦一行到之前给了消息，村民里正带着村民们忙不迭地出来跪迎，里正将自家打扫打扫，让这位尊贵的晋王殿下住下。

虽然破，但也没有更好的地方，只能将就。

孟钦吃着里正家里准备的饭菜，味道寡淡，只有丁点儿肉末，他皱了皱眉，把勺子放下。

里正脖子一凉，打了个哆嗦，生怕晋王殿下一个不高兴让他的脑袋搬家。

孟钦嫌恶道："行了，退下吧！"

"是是是，小的告退。"里正猫着腰退出去，等走到门口才长长地舒了口气，后背湿了一大片。他把自家腾了出来，婆娘带着孩子住到娘家去了，他晚上也只能去别家挤一挤。

里正驼着背，慢腾腾地往村口走，听到远处传来一阵"嗒嗒"的马蹄声。

里正抬起头，开阔的平地上一行人驾着马飞奔而来，瞧着有十来个人，那马跑得飞快，一晃神的工夫，几个人就跑到了近处，看见里正翻身下马。走在前面的人一袭白衣，长得格外好看，里正没念过多少书，说不出来什么，只觉得仙人下凡也就是这样吧！

"老伯，我们几个路过此地，想歇息一晚，讨口水喝，不知道方不方便。"仙人开口，声音也好听。

里正刚被晋王吓了一跳，再听这仙人说话可真是舒服极了。

"方便，方便……"里正点着头，想到什么又摇着头，"不过……今儿来了贵人，可能不太方便。"

"贵人？"仙人笑意盈盈，浅浅淡淡，"是什么样的贵人，我倒是也想见见贵人，好沾沾福气。"

"是……"里正不知道该不该说，面露迟疑。

此时，后面来了两个带刀的士兵，呵斥道："你们是什么人？"

里正缩着脖子，劝道："几位爷还是去前面找地方休息吧！"

仙人没动，等着那几个士兵不耐烦地走过来："这儿今天不留客，还不快走！"

"为何不留？"

"不该你问的不要问，再不走，就别怪我们不客气了！"话音落下，士兵们的刀出鞘，锋利的刀锋泛着一道寒光，晃在那仙人脸上。

仙人眼睛都不眨一下，那光就落在他眼底，格外灼人。

士兵们被他身上的气势震了一下，瞧着他不像是一般人，可在晋王面前，没有谁比他更尊贵。士兵们鼓起胸膛道："敢得罪我们主子的，只有死路一条。"

那人轻轻开口："你们主子可是晋王？"

士兵面面相觑，仙人抬起一指，按住其中一个士兵的手背，往下一压，刀重新回鞘。

"告诉晋王，中书令裴昭，想找他讨一碗水喝。"

"裴裴裴……裴昭？！"

裴昭轻笑，笑得两人心惊胆战。

"快去吧，不然死路一条的，就是你们了。"

朝上朝下人人皆知，裴昭将在卫相退后，从两江回来，再入中枢。而他从两江回来的时机，就是在今年两江水患平息之后。

而裴昭现在居然要回长安，这个消息之前从来没有人提起过。

孟钦心头疑云重重，不知道裴昭此刻回京，到底是他自己的主意，还是父皇暗中授意。

如果是他自己的主意，他在这个节骨眼上不告君上私自回长安，是想谋划些什么？

如果是父皇授意……那父皇让自己来两江，肯定别有后手。

可能有千百种，不管是哪一种，都很棘手。

孟钦就在这种烦躁的情绪下叫副将迎了裴昭一行人进了村子。裴昭离开长安时，将手下器重的人都留给了他那个傻弟弟裴缓，他带来的人都是生面孔。

裴昭像是真的没什么危机意识，将那些随行都留在了院子里，自己一个人进了屋。

孟钦明白，裴昭这是在和自己表明，他并没有别的打算，只是在这个两江去往长安的必经之路上，碰上从长安出来要去两江的自己。

"裴大人一去两江这些日子，风采不改分毫，不愧是我长安第一公子。"孟钦很是亲热，站起来相迎。

裴昭解了披风，抚了抚衣襟上的浮灰，拱手道："下官见过晋王殿下。"

"裴大人不必客气，来来来，坐。本王奉父皇之命到两江治理水患，不想会在这儿碰到裴大人，真是意外。"

"既是意外，也是注定。"裴昭坐下。

里正又颤颤巍巍地进来，给他也添了一碗肉汤，裴昭端起来，倒是没客气几下就喝完，抬手放下碗，意犹未尽地道："还有吗？"

"有，有有，小老儿这就给大人盛。"

裴昭舒缓一口气，道："下官接到圣上密旨之后，就日夜兼程赶路，今日连饭都还没吃。如此这般，让王爷看笑话了。"

"裴大人为父皇分忧竭尽所能，本王十分感佩。就是不知道，父皇让裴大人回去是有什么急事？本来两江的事情，父皇还让我多和裴大人商议，这下裴大人要回京了，本王在两江孤立无援，实在是怕办不好父皇交给我的差事。"

又一碗肉汤上来，这一次裴昭喝得没那么急了，慢慢地品着肉汤的滋味。

他打眼扫了一下孟钦身后的副将李然，孟钦了然，挥挥手："本王和裴大人有要事谈，尔等退后。"

"是，王爷。"

孟钦的人也退出，一室之间，只余肉香。

裴昭慢条斯理地喝完一碗，擦擦嘴，净过手，才坐下，从怀里拿出一个锦袋，里面赫然是一枚白玉龙佩。

孟钦眼睛发直，气息陡然不稳。裴昭摩挲着龙佩，开口道："本官奉陛下之命到两江，名为巡视外放镀金，实际上，是暗中调查晋王殿下在两江豢养私兵，意图谋反一事。"

他说得云淡风轻，却是一块巨石砸向冰面，砸碎冰封外表，溅起巨大浪花。

孟钦目光阴沉，却不为所动："裴大人说的话本王怎么听不懂。"

"既然王爷不懂，本官可以为王爷解惑。"逼仄的屋子里，只有一盏油灯，裴昭寻了根筷子，将灯芯挑了挑，光比方才亮了些许。

"王爷在解忧帮花钱买过几个人，有的在王爷身边做护卫，保护王爷的安全，有的被安插进了朝堂。解忧帮的人，身体大多异于常人，有的命数不长，有的打架可以脑子不行，混出名堂来的，就只有一个左炎。

"左炎和凤阳山山匪明着剿匪，私下勾结，敛来的钱财山匪老大罗利留下一部分，剩下的就在王爷的默许下送到了两江。如今驻守两江的将领，大多数都曾跟着王爷东征西战，掌天下兵马的左炎又在王爷手下，那些将领自然更是以王爷的话马首是瞻，听王爷的吩咐扩军，在两江密林深山处练兵。因为有兵部的压制，这些事情从来没有报到皇上的耳朵里。之后，左炎在吉祥坊身亡。他临死前自觉撑不住，所以特意把罗利找到吉祥坊，设计了被刺杀而亡的一局，想以此嫁祸给我那个纨绔的弟弟，之后顺势将我也拖下水，断了裴府对临安王的助力，左炎这个人，王爷可以说是买得极好。解忧帮的人，果然能解人烦忧。"

"本王没有做这些！"有火光在孟钦眼里跳跃，他皱紧的眉头松开，声音喑哑下来，"左炎已经年过四十，本王才二十有余，怎么可能买他还安排他入朝？如今左炎死了，罗利也死了，刑部已经结案，你说的这些都没有证据，只是你自己的猜测。光凭你的猜测，就想陷害本王于死地，真是做梦！"

"王爷没做，那嘉贵妃呢？"

孟钦薄唇紧抿，没有应声。

"这枚龙佩，王爷不会不认识。白玉龙佩，可纠集各州各府兵马。在王爷从长安出发飞奔往两江的同时，暗影营里轻功最好的鹰眼骑着黄风驹日夜兼程赶过来，将龙佩送到我手里。我在两江也待了有半年多了，上上下下的关系也算掌握，制造个山匪叛乱的案子，用白玉龙佩纠集当地所有兵将前往平叛也不是什么难事。"

孟钦霍地站起来，眼睛里淬了毒一般，恨不得一刀劈碎面前人的脸。

只是他到底是见过那么多人、那么多事的晋王殿下，很快将怒意压下，冷哼一声："裴大人当年入仕为官，在朝上凭借一己之力说得前镇国公当场喷血，裴大人这张嘴，能颠倒乾坤黑白，本王才不会上你的当。父皇若是疑心我，就不会放我回两江，你若是真的做得多，怎么还会站在本王面前，早就该绕开村子直奔长安，将你所说的'真相'告知父皇才是。"

"王爷果然机智。"裴昭长指点在桌子上，敲了一下，又一下。

孟钦内心不像表面那么镇定，被他这么素手一敲，烦躁得想杀人。

又敲了几下，裴昭手指放平，兀自开口："每三日来和王爷报一次两江动静的手下，好像还没来吧？"

孟钦眸光一闪，嘴角抿紧。

"其实王爷自己也担心,怕皇上内心属意的太子人选是临安王,否则您也不会将身边解忧帮的几个高手留在嘉贵妃身边。若是您在两江时长安有变，那些高手自然会帮助嘉贵妃挟天子以令诸侯，王爷再带两江的人马回去'清君侧'，和嘉贵妃里应外合，登基上位。"

孟钦的全盘计划被裴昭这么轻易地看穿，他的脸色终于彻底阴沉下去，"砰"地掀翻桌子，手紧跟着扣住裴昭的咽喉，只要稍一用力，裴昭的脖子就会扭断在自己手里。

那枚被裴昭拿在手里的白玉龙佩就这么掉在地上。

屋外裴昭的人闻声拔刀，孟钦的亲随迅速将几个人围在一起。

空气凝结，血的厮杀一触即发。

裴昭却像是浑然未觉，他的眸子沉得没有任何波澜，唇边的笑淡而漠然，仿佛望一眼就能看穿每个人的爱与欲、罪与怨。

孟钦的语气透着弑杀的阴狠："我今日就在这儿杀了你，没了你回长安，谁也不知道两江的事情。"

"王爷信了我说的话是吗？"

孟钦的手加了劲儿，裴昭的脸色越来越红，他却突然笑了起来，笑音凄厉，像个不可救药的疯子："哈哈哈哈，你信了，你居然……你居然信了，哈哈哈！"

孟钦的手不自觉地松开一些，裴昭咳嗽几声，孟钦的手又往里收了收，让裴昭体会这生生死死、来来往往的痛苦。

再又一次收紧后，孟钦猛地甩开手，裴昭被甩到墙上，心肺像是被撞得要颠出来一般，陡然呕了一大摊血。

"别跟我耍花招，你再聪明，裴家再得宠，人死了，就什么都没了。"

裴昭面色苍白，抬手随意抹去唇边溢出来的血，他撑着墙壁勉力站了起来，深吸一口气，踉跄着走了几步，随意地坐在地上，捡起那枚龙佩："不愧是两江最好的工匠制成的，可真是结实，这么摔都没有损害分毫。"

白玉龙佩是用最好的上用之玉所制，玉者，易碎。

孟钦的脸色变幻莫测："这是假的？"

"两江有一种石头，磨成粉，用胶和在一起，晒干了便会晶莹剔透，像是玉一般。常有商贩拿这东西充玉作假，王爷离开两江太久，怕是都忘了。"裴昭的眼角泛着红，嘴角勾起，那个白玉般的公子此刻如同地狱来的鬼魅，让人不寒而栗。

"我画了这个图，找了工匠做了这枚龙佩。陛下赐给我这枚龙佩，让我方便行事。"

他说的两句话完全相悖，孟钦不知道他的意思，浓眉皱起。

裴昭又站起来，说："陛下早就怀疑晋王行事不端，让我来两江就是为了釜底抽薪，断王爷后路。

"陛下对晋王信任有加，陛下的儿子中也就只有晋王你能担大任。临安王母妃被嘉贵妃除掉，自己又被外放多年，早就与晋王母子势如水火，他立誓要为母妃报仇，我想着，裴家和晋王没有往来，我那个弟弟却和临安王一直交好，不管我愿意或者是不愿意，王爷多疑，等你登基，我裴家就会被划成是临安王一党，成为王爷你的眼中钉、肉中刺。所以为了裴家，我必须支持临安王。这一次来两江，是我和临安王谋算好的。"

孟钦愣住，裴昭把事情的两种可能性都说了出来，哪句都像真的，又都不像真的，他分辨不清，心下陡然慌乱起来。

裴昭的声音则在下一刻变得高亢："我在今夜找上王爷，是想麻痹王爷的心，让王爷龟缩不前，不敢去两江，然后返回长安。其实两江什么也没发生，王爷不去两江就是抗旨不遵，陛下自然心中不满，对王爷厌弃。

　　"我在今夜找上王爷，是来拖延时间的，在我到村子的时候，已经另有一队人马赶赴长安，将两江的一切都告诉陛下。陛下得知王爷的所作所为，龙颜大怒，王爷就再也没有继位的可能。"

　　裴昭顿了下，扯唇一笑，眸底有流光一转，亮得人心惊。

　　他突地上前一步，孟钦莫名下意识地后退。

　　裴昭声音温和道："王爷，你觉得我说的，哪种可能才是真的呢？"

　　孟钦被裴昭说得心乱如麻，从来不知退的他莫名其妙在眼前这个书生的逼近下，跟跄着往后退了一步，又退了一步，直到后背整个贴到墙上，他才陡然回过神，拳头捏得紧紧的，额角青筋暴起。

　　裴昭淡淡一笑，继续说："进京的人马在明日辰时等不到我，便会认定我死在王爷手里。他们手里，有我用血写的遗书。谋杀当朝大臣，罪加一等。裴家的所有门生故旧立时就会倒戈相向，临安王振臂一呼，便可获得他们的所有支持。"

　　今夜裴昭敢来，必定是做了万全的准备。

　　哪怕他说的话都是假的，但透出的背后的信息却是真的——孟钦若是下手杀裴昭，后续会有数不清的麻烦。

　　"晋王殿下。"裴昭出声，字字漫不经心，却诛人性命，"您敢杀我吗？"

　　孟钦下令把裴昭一行人捆着看押起来，派出去几队人马，一队往长安去追可能去报信的人，一队去两江，找他的下属问问清楚，还有一队从小路出发去解忧帮，将解忧帮还在帮内没有出任务的人都买回来。

他就等上一日，到时候是真是假，就都清楚了。

裴昭单独被关押，他倒是很随遇而安，盘腿便靠在墙上闭眼小憩。

他脑中有一个疑影一直挥之不去，今日在见到孟钦之后，疑影越发大。

那就是解忧帮的立场。

解忧帮收人钱财，替人解忧，江湖和朝堂不同，自有其行事的规矩，轻易不能更改。你花了钱，就可以雇解忧帮的人帮你做你任何想做的事情。

买凶杀人、抢夺东西，他和谢相思接触过，也因此接触了解忧帮的人，这些事情他们都是干过的。

至今为止，他并没有听说过解忧帮的人因为在出任务时做过什么最终落网判刑。

左炎的事还是因为自己利用自己作案，最终才顺藤摸瓜被拽出来的。

解忧帮是个江湖帮派，却又很有背景。这里面少不了嘉贵妃以及孟钦的助力和打点，才能让解忧帮次次全身而退。

那么解忧帮为了报答孟钦，破坏规则让帮内的人去做孟钦的人，按情理来说是正常的。

可是因为解忧帮是个江湖帮派，这个正常就显得格外不正常。

江湖帮派重名声，规矩就是规矩，不容任何人破坏。多少江湖高手，为了名声便可以身殉职，名声对江湖帮派来说高于利益，高于一切。

那么解忧帮肯给孟钦开后门，就显得不正常了。

要么解忧帮和孟钦还有别的关系，让他们不得不放下最重要的东西一力支持孟钦，要么……解忧帮的核心人物在故意为之。

如果是前者，那到底是什么东西这么重要？

如果是后者……那背后的人究竟是谁，目的又是什么？

看今日晋王的反应，他对左炎自爆嫁祸裴缓一事应该是一无所知，可能就连左炎是解忧帮的人他都不知道。孟钦虽然狠厉，但心思并不是十分缜密，能想出这种办法的应该不是他。

那便只有嘉贵妃了。

解忧帮的人在嘉贵妃和晋王身边，被他们当成是最后的王牌，若是他能参透这个秘密，想办法策反他们，胜算又能多上三分。

"若是相思在我身边就好了。"

——"你居然就这么把我抛下了！"

那个暴怒的声音在耳边暴起，震得裴昭耳朵都快聋了。

傅清明给的药药效持续很长，谢相思这几日应该都是在睡着，方才醒过来。

——"亲了我之后就跑了，你是不想对我负责了是吗？"

"怎么会……"

——"你没有带我，也没有带桑明白照，那谁照顾你呢？万一有危险，谁又能去救你呢？"骂了两句之后，心声也变得柔和，她的担忧多于对他的气恼。

——"可能是我身体和常人不同，我昏迷前你说的话，我都听见了。你说你是怀之，白照说，大公子字'怀之'。"

——"你是裴昭。"

——"虽然这个事情挺匪夷所思的，可仔细一想，却是有迹可循。我有无数次觉得你不像你自己，我有无数次看着你的眼，脑海里却浮现出另一个人清冷的笑。"

裴昭的手贴在自己的左胸口上，那里的心，因为谢相思的话而跃动。

——"我喜欢的是对我好的你。"

——"你是裴缓还是裴昭，对我来说，都没有什么区别。"

——"我现在莫名有一种自己赚了的感觉，裴昭啊，长安之光啊，多少女子的梦中情郎，是长安高不可攀的明月，居然就这么莫名其妙地栽在我手里。"

——"怀之，如果你一开始就知道自己是裴昭，那你还会喜欢我吗？"

——"我和你喜欢的类型，应该完全不一样吧？"

会喜欢你吗？

"会。"

不管他是裴昭还是裴缓。

他是裴家的人，不管外表多持重老成，骨子里都流着裴家的滚烫热血。

谢相思为他奔波，为他豁出一条命。

在他眼里、心里，杀出一条繁花似锦路，那片天地是她自己开拓的，他能做的就是接受她，爱上她。

这是注定的相逢，和他是谁，她是谁，都没有关系。

问完那一句之后，谢相思的心声安静下来。

外面朗朗月挂在天边，已经是深夜，谢相思服了药昏睡那么久一下醒过来头也会晕晕的，这会儿应该是又睡了吧！

裴昭翻了个身，盯着那月亮，祈祷她今夜有好眠。

同一片夜空下的长安城，依旧和平时一样风平浪静，浪漫繁华。

皇宫深处，巡视的侍卫提着灯走在宫墙内外，换班交接，再由下一队侍卫继续巡视。

晋王走后两日，越武帝感染风寒病倒。这个时节的风寒一旦得上很不容易好，越武帝发烧两日，好不容易退了又开始昏迷不醒。

皇帝病倒，晋王不在，朝上推举临安王临时监国处理政事，自然遭到了晋王党羽的反对。

但晋王党最核心的人物——卫相自己身体也抱恙，没办法，最终只能退步，让临安王与朝上几位一品大员共做决策。

乾元宫内，传出一阵阵咳嗽声。

"陛下醒了！陛下醒了！"

"快，派人去宣临安王入宫，陛下要立刻见临安王。"

语毕，几个侍卫奉命立时从乾元宫跑出来，与此同时出来的还有一个瘦弱的小太监，悄悄地朝着乾元宫西角而去。

梁瑞拿着软垫，扶着越武帝坐起来。

越武帝推开梁瑞的手，自己撑着龙榻下了地。

他立在殿中，目光扫过高高的房梁，顿了下又移开，去看雕花的柱子，最后停在那透过月光的窗上，声音虚弱道："去外面看看。"

"陛下！您才刚醒，还是多歇歇，想要出去以后有的是时间。"

越武帝摇头，苍白的唇抖啊抖，一夜间衰老了十几岁："朕知道自己的身体，朕已经没有多少时间了。"

梁瑞抹去眼角的泪花，复又笑着跟上去，在越武帝身后虚虚地扶着。

乾元宫正殿外，种着一排樟树，不会开花也不会结果，但却高高大大，遮阳最好。

前人栽树，后人乘凉。

大越的盛世不是一代之功，要靠几代人一代一代传承，这樟树藏的是开国高祖皇帝的希冀。

越武帝涤荡了大越边境，重整军事，让百姓免遭战火。

在他之后的皇帝要做的，就是肃清朝堂，整顿吏治。

他需要选一位圣明的君主，继承他的位置。为了选这个继任人，他的树苗已经栽下去二十九年了，如今该是他独当一面的时候了。

越武帝笑着，肺部一阵痛苦，他弯腰咳着。

梁瑞拍着越武帝的背帮他顺气，这时外面传来几声闷哼，梁瑞转过头，就见一个侍卫应声倒在宫门口。进而几个面生的护卫进来，立在两侧，迎着雍容华贵的嘉贵妃走了进来。

"臣妾听说陛下醒了，实在是惦记陛下便特意过来看看。"

梁瑞见势不好，喊道："御前护卫，护驾！"

回应他的，却是无声的寂静。

嘉贵妃拖着华贵无双的裙摆，轻移莲步走向越武帝的方向，笑意盈上面庞："陛下身边的护卫无能，保护不了陛下，臣妾替陛下做主处置了他们。"

"咳咳咳……"越武帝咳得更加厉害，他扶着石桌的边缘坐下，喘着粗气看着眼前的女人，"嘉贵妃，你……你敢谋反？！"

"陛下错了，臣妾不是想谋反。"嘉贵妃坐在越武帝的对面，拍了拍手，面生的护卫之一呈上一个匣子，"谋反者，图谋反叛。可臣妾不是要反叛陛下，只是帮陛下解决麻烦。国无继任太子，朝上朝下纷争不断，总是不能安定。陛下，应该早做决断才是。"

嘉贵妃打开匣子，里面是一册明黄的空白圣旨。

"晋王出身高贵，战功赫赫，历练有成，朝上朝下无不敬服，若有晋王做太子，可保天下安定，陛下亦是能晚年安心。"

这话近乎是明晃晃的威胁，如今宫禁在嘉贵妃手中，临安王人在宫外得不到消息进不来，若是今夜越武帝不就范，那嘉贵妃便会弑君，再伪造遗诏，传位给晋王。她本有更好的办法，可如今晋王不在，越武帝在弥留之间，召临安王入宫是什么意思不用多说。

越武帝支走晋王，就是为了今日。

争夺储位之事，不是你死就是我亡，容不得半点差错。

嘉贵妃虽然兵行险着，也是早就看好算准了的。

如今越武帝在她掌中，她和晋工自然立于不败之地。

越武帝盯着她久久不语。

嘉贵妃温婉一笑："臣妾来伺候陛下笔墨吧！"

护卫闻言，进殿内端来笔墨。

嘉贵妃起身，上好的端砚兑水，细细地磨着，不一会儿便出了墨。狼毫笔沾满墨汁，纤纤玉手衔着笔，恭敬地双手奉上。

越武帝久久没接，手指一挑，那铺开的圣旨被掀了过去。

"朕自认对你们母子不薄，你宠冠后宫多年，晋王，亦是朕最疼爱的儿子，你们母子为何，为何要做出这许多不堪的事？"

嘉贵妃面色一变，缓缓地将狼毫放下。

"臣妾确实是宠冠后宫，人人艳羡。不管臣妾做什么事，陛下都高高举起，轻轻放下，从不苛责追究。钦儿在朝上朝下风光无限，在众皇子中独得头筹。可是陛下，这些真的是您真心想给我们母子的吗？"嘉贵妃笑了笑，满是苦涩，满是怨恨。

"一开始臣妾也以为您是真心的，可自从孟云客从临安回来，在朝上那么轻易就得了好名声站稳了脚跟，臣妾就明白了，臣妾和钦儿这么多年做的，是陛下竖起来的靶子，也是陛下握在手里的刀。

"臣妾曾经也视陛下为夫君，是臣妾毕生的依靠。可陛下一直防着臣妾，防着卫家，陛下放任卫家，是捧杀。最终您可以不费一分一毫，不动摇大越江山，最终就能铲除卫家。从想明白这一点开始，臣妾的心就死了。君臣夫妻做到如此地步，也是真的没意思。"清泪不自觉地滑下去，只流一滴便被嘉贵妃拂去，她的眼生得很媚，此刻却不见一分娇娆。

"陛下问臣妾为何要做这些事，臣妾也想问陛下，陛下何曾真心诚意地待过臣妾，待过钦儿？"嘉贵妃笑了几声，摇摇头，"不重要了，这些都不重要，臣妾不想知道答案。事已至此，摆在陛下面前的只有两条路。一是陛下写下传位给晋王的诏书，立时下旨让晋王回京继位登基，臣妾和晋王会保陛下平安直到陛下百年。二是今夜有人谋反刺杀陛下，臣妾清君侧击退叛军，剿灭叛军首领。陛下临终前口谕，传位给晋王。"

"谋反？何人谋反？"

"自然是临安王。他见陛下龙体有恙，却想传位晋王，心怀不满，伙同兵部尚书黄现谋反。"

"咳咳……"越武帝空咳了几声，面色发青，"如今兵部在云客手里，你就算掌了皇宫又如何，皇宫禁军和兵部人马比，根本不值一提。你就算弑君，云客也自会过来为朕报仇。到时候长安就在云客手中，你的阴谋诡计根本不可能得逞。"

"陛下久不打仗，难道忘了，能调动军中人的不只是兵符，而是人望。我儿在军中多年，人马多在两江，可长安也有。臣妾一早就让皇城兵马司到城外调兵，说今夜有贼人谋反，一旦孟云客动手，城外的三万兵马便会入城。'谋反'的临安王在对战中死去，长安得以平静。"

"砰"的一声，越武帝一圈捶在石桌上，声音闷闷道："朕原本以为你也只是有些小聪明，可如今看来，你如此心机，如此手段，更胜你那个在朝上搅弄风雨的兄长。卫氏，朕还真是小瞧了你！如今看来，朕中的毒，皇后多年缠绵病榻，也都是你的手笔吧！"

"陛下圣明。"嘉贵妃轻轻地笑，眼中满是得逞的兴奋，"兄长曾告诉我，江湖上有个专门做见不得人买卖的帮派，叫解忧帮，只要出银子，他们什么都能做。兄长已经资助解忧帮多年，为的就是给钦儿以后铺平道路。自从知道陛下的心思之后，臣妾就想，既然陛下想养蛊，有意放任，那臣妾倒不如成全陛下。臣妾让解忧帮的人制了两种毒，一种让人缠绵病榻，一种能立时取人性命。前一种给了皇后，后一种，自然是臣妾孝敬陛下的。这事连钦儿都不知晓，陛下毕竟是他的父亲，他行事果决，却不肯对陛下下手。"

说到这儿，嘉贵妃叹了口气，无不可惜地道："只不过陛下真是命大，又有鹿鸣在，中了噬鬼毒也并没有立时驾崩。"

"鹿鸣也是你杀的？"

"他太碍事了，臣妾本以为除了他就万事大吉，可又蹦出个裴缓，裴缓的血竟然还能有给陛下续命的功效。"嘉贵妃将掉下些许的金钗往鬓发间推了推，指尖缠绕着钗头凤口中垂下来的珍珠坠子，"臣妾就让钦儿去做，让解忧帮的人去杀裴缓。他以为杀裴缓是为了不让裴家帮孟云客，却不知道臣妾本来是这个意思。只是后来杀他不杀他，都不重要了。"

"上天给不了臣妾想要的，臣妾就只能自己去争了。"嘉贵妃望了望天上星、星间月，无甚意味地笑了一声，随后又走到越武帝面前，将卷起的诏书重新展平。

狼毫重新蘸满墨汁，递到他的眼前。

"陛下，动笔吧！"

"长仪。"

嘉贵妃的凤眸一凝，长仪是她的名字。

自入宫中，她已经不记得有多长时间，没有人这么叫过她了。

越武帝似是十分疲惫，垂着脸，花白的鬓边宣告了他的一生将就这么结束。

他说："朕并非无情之人，若你愿意回头，朕对你，既往不咎。"

嘉贵妃的表情有所松动，但也只是一瞬而已。

"臣妾早就回不了头了。"

她将狼毫往前递一寸，越武帝盯着她良久，眼中的光一点一点湮灭，一片死寂。

越武帝道："你可知，卫启是如何知道解忧帮的存在的？"

嘉贵妃不解，越武帝闭上眼，说："动手吧！"

嘉贵妃愣怔住，只听一阵极其清晰的东西破开的声音，然后胸口传来撕裂的剧痛。

一把刀从后面插进她的胸膛。

刀把上悬着细细的链子，链子的尽头，在乾元宫寝殿的房梁上。

谢相思从房梁上跳下来，走到嘉贵妃身后，将刀拔出。血喷涌而出，染红了脚下这一片土地。

嘉贵妃倒在血泊间，眼睛睁大，手用力地伸，想要抓住什么。可这一刻她什么也抓不住，什么也没有了。

她到死也不知道自己究竟算错了哪里。

嘉贵妃认为自己掌握了宫禁，但这一切自始至终都是个局。

她身边自认最可靠的、晋王留下的解忧帮的人，除了听命于雇主外，更听命于帮内的命令。

解忧帮从来都不是一个江湖帮派而已。

昔年，是越武帝有意让卫启的人探知到解忧帮的存在，那之后的种种，都是为了今夜。

铲除了卫家一党，云客便能好好地、安心地整治吏治了。

谢相思收了刀，对着越武帝拱手："陛下，都已经解决了。"

除了嘉贵妃的人被屠杀殆尽外，宫内不会有动乱，城外兵马也不会有异动。

今夜长安没有缭乱，只有平安。

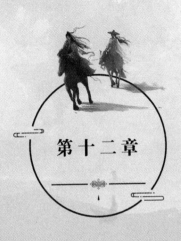

第十二章

叩
谢
相
思

月落日升，又是新的一天。

长安日头烈烈，两江地区却是阴云密布，午后开始就下起了淅淅沥沥的小雨。

村落里家家关门闭户，只有鸭子欢快地踩着水走在乡间的泥泞路上。

孟钦站在院子中央，眯着眼看向蒙蒙细雨间的小路，站了半个时辰，还是没有任何的动静。

此刻距离他派人出去，已经过了两日。

他的那些人像是泥沙入海，没有任何的动静，他昨晚连夜又派出去几个人，亦是至今没有归来。

没有什么比这种事事不确定给人的恐慌感更强的了，孟钦长这么大，凡是想要的，从没有得不到的，他事事都在人前，还是第一次有这样的感觉。

他身边的人已经不多，解忧帮新过来的八个人是王牌不能动，在前路不明的时候不能再派出去了。他如今能做的，就只有像个废物一样等在这里。

他立在雨中，宛如一座雕像，内心的恐惧袭满全身，爬向四肢百骸。

副将看得着急，将伞往孟钦那边又遮了遮，道："王爷您先进去吧，属下在这儿守着，一有消息属下立刻就去回您。"

孟钦的脚终于动了动，却是转向了关着裴昭的柴房。

进去前，他折回身，拽下副将李然的佩剑，提着推开了门。

柴房里全是灰土杂物，裴昭一身脏污坐在其间，面色却波澜不惊，像是一早就在等着他。

"裴昭，长安出事了吗？"

裴昭静静地看着他："我和王爷一起待在这儿几日都没有出去过，王爷问我，我又怎么会知道？"

"你知道,你把我困在这儿,就是要让我没有耳朵去听外面的消息,也没有眼睛去看外面的情况,我什么也不知道,不敢往前也不敢后退。我在这儿,四弟在长安,那出事的一定是长安了。你从两江来,不过是障眼法。"

裴昭倒是有些佩服这位晋王殿下了。

他阴狠莽撞,倒也有些脑子。

裴昭不置可否:"王爷这么说,那我也没什么可反驳的。就是不知道,王爷如今要怎么做。"

"怎么做?"孟钦念着这几个字,笑意陡然有些阴鸷,"你与我一样,都被困在这里,长安局势,你我皆是不知道,你怎么就这么敢肯定出事的是本王,而不是四弟?"

裴昭的面色终于有了变化,不再是古井无波,事事都算在眼底的讨厌模样。

孟钦的剑出鞘,剑锋抵在裴昭的咽喉,只要稍稍用力,便会立时要了他的性命。

"本王的人,胜过白玉龙佩。本王就带着你去两江,就算长安局势不利,本王集结弟兄划江而立,仍然能有机会逆风翻盘。到时候,本王就杀了你,用裴家的血来祭旗!"

死亡近在眼前,裴昭仰着头,忽而笑了一声:"王爷刚还说出事的不一定是你,又说局势不利你也能翻盘,王爷心里也知道,长安那盘棋已经输定了吧?王爷曾经毫不犹豫直入三军,取敌方将领首级,这份胆魄、笃定,也被富贵权势磨得不剩下多少了。如今犹犹豫豫的,哪还有昔年半分风采?"

孟钦被戳中痛点,剑刃割破裴昭的肉皮,血顺着流了下来。

他眼睛通红,却在又要动手前强压下怒意,反手撤了剑,吩咐:"来人,把他给本王捆了带走!"

门口守着八个人,闻声进来的两个一个长得平平无奇,一个贼眉鼠眼,两人动作很快地将裴昭捆好,只是在看到裴昭那张脸时两个人皆是一愣。

裴昭亦是一愣。

这两人，居然是陈大帅和慕云。

"他叫裴昭，不是那个血王八，是那血王八的哥，咱们不熟，别同情心太泛滥。"看到陈大帅愣住，慕云低声说道。

陈大帅紧了紧绳子，将绳结系紧。

裴昭瞥了眼门外，嘴巴也被封住，他说不出话，被陈大帅拎着丢上马车。

孟钦孤注一掷，不管事态究竟如何都要去两江。马车颠簸，裴昭的脖子上那道细小的伤口没来得及上药，血流得越来越多。

孟钦说得没错，他确实也不知道长安城究竟发生了什么。

他与孟云客商议后，孟云客留在长安，他则赶在孟钦前面截住孟钦的去路——装成是从两江回来的裴昭，设下迷魂阵。

所谓天高皇帝远，两江变数很多，与其让孟钦犯错，不如让嘉贵妃犯错。

孟钦多年身在高位，心思敏感多疑，裴昭的话成功地勾起他的恐惧和猜忌，让他留在这里，孟云客则有更多的时间和皇上在长安布置一切。

一旦长安那边成功，那孟钦便会背上谋逆罪名，他若是赶回长安，等着他的便是捉拿圈禁。

若是他执意往两江去，裴昭便会拿出真的白玉龙佩，将两江的裴昭人马调离，就算仍有人誓死忠心孟钦，也肯定会有人认清前路选择站到另一端。一旦孟钦和这些将领之间出现裂痕，裴昭有能力，也有信心让他们分崩离析。

毕竟孟钦的人马再多，军功再盛，也比不上裴家。

可是眼下，裴昭可能没有命熬到两江了。

父亲在战场打了一辈子的仗，裴昭看过太多家破人亡的苦命人，连他自己也最终成了这样的人。若是孟钦真的扯了一杆大旗出来，那战事必将再起，百姓流离失所，民不聊生。那不是他想看到的。

更何况他答应了谢相思，他一定会活着回去。

裴昭喘着气，靠在车壁上，脖子尽量缩着，压着伤口减缓血的流出速度，脑中飞速旋转。

他被捆得严严实实的，只能一点一点地往外蹭，马车的颠簸甩得他撞在车壁上，五脏六腑都像是移了位，他无暇顾及，咬着牙借着马车压过石头往前蹿的惯力猛地往前一滑，流着血的脑袋滑出车身。

陈大帅驾着车，慕云眼尖吓了一跳，一把按住裴昭的脑袋把他按了回去。

"和他那个弟弟一样是个不老实的。"慕云摇摇头，手却黏黏的，他一看，竟全都是血。

慕云撩开车帘往里一看，顿时惊了一跳。

里面一条又粗又宽的血痕蜿蜒，裴昭躺在地上，瞧着像是死了一样。

"吁——"马车骤然停下，慕云急忙弯腰钻了进去，手指放在裴昭鼻子下，还有呼吸。

这边马车停下，很快就被发现。

副将李然掉转马头来到马车边："怎么停下了？"

"里面那个人……那个人好像要死了。"

"什么？"李然看了马车里的情况亦是一惊，立时转回去禀报孟钦。

裴昭这个人还有用，两江也有裴家军，把裴昭捏在手里，他们必然会就范。若是裴昭死了，事情就麻烦了。

眼下一行人停在了一处山脚下，旁边树林枝繁叶茂，一眼看过去静悄悄的。

打仗中这样的地方最适合藏人，孟钦如今草木皆兵实在是不想在这儿停留，可他是绕了许多路挑了行军时发现的非常荒僻的一条路，能选在这儿埋伏人等他的，除非是开了眼的神仙。

孟钦吩咐道："去到前面带一个大夫回来，穿林子走更快些！"

"是！"李然立时便去。

孟钦钻进马车，扯开裴昭嘴里的麻布："就这么一个小伤口就要了你的命，裴昭，你可真是没有用。"

"药……药……"裴昭断断续续地只念着这一个字。

"药？什么药？"

"我身上有……有药……"

孟钦的手在他身上摸索，摸到一个巴掌大的描金盒子，里面装着乳白色的药膏。

他出了马车，将药丢给陈大帅："给他涂好。"

陈大帅遵令行事，看着裴昭血流不止的伤口，一下想起他刺杀裴缓时，裴缓的伤口也是这样。

将那药膏涂上，伤口瞬间便止了血。

裴昭的气能喘得匀些了，慢慢地说："以前你们刺我一刀差点儿就把我弄死，没想到今日却多亏了你们。"

陈大帅满脸的不敢置信："你是……"

"嘘。"

陈大帅将裴昭的伤口包扎好，脑袋转向外面张望着，见孟钦在马上正看他，连忙又转回头。

"师妹呢？"

"她在……"

"王爷有埋伏！"外面陡然响起李然的嘶吼声。

队伍立时警觉，纷纷拔刀，围在孟钦四周，喝道："保护王爷！"

陈大帅问："是你的人吗？"

裴昭摇摇头，暗影营的人不能出面，否则孟钦就会知道是他杀了那些报信的人。把孟钦拖在这里时间越久，长安的胜算就越大，为保万一，他让那些人无论如何只管堵截杀人，不要回来找他。

暗影营的人都是木头，只听命令，如果没有命令下达，就算他死在眼前，他们都不带眨眼睛的。

既然不是暗影营的人，又有谁这么准确地能围到这里来，除非是神仙。

在这个认知上，裴昭和孟钦是高度统一的。

裴昭脑中突然闪过一个很荒谬的念头。

可越想，越觉得真实可信。

他抓住陈大帅的胳膊，低声说："你师妹可能就在附近。"

"什么？"

"陈大帅，你会站在你师妹这边的，是吗？"

陈大帅没有犹豫，连连点头。

"你师妹日后要嫁给我，我是你的师妹夫，你要保护我。"

陈大帅愣住，有些不敢置信眼前人居然会说出这种话。

外面李然身上鲜血淋漓，还没跑到孟钦眼前便死了。孟钦手执着剑，怒目圆睁，喝道："出来！"

林子里树叶沙沙作响，几个人影快到看不清，从树上翩然落地，看清为首的人，孟钦有一瞬间怔忪："谢相思？"

谢相思穿着一身绿衣，手握弯刀，说："晋王殿下，许久不见，别来无恙啊！"

"你怎么会在这儿？你怎么可能会在这儿？"孟钦脑中纷乱如麻，眼前这个人，怎么也不该在此时此地。

他迅速反应过来，步步后退，人站在裴昭的马车边。他将剑举起，指着马车里，说："这里面是你主子的哥哥，本王劝你，不要轻举妄动。"

他身边的人不多，解忧帮的人打谢相思和她身后这些人还是没问题的，但难保他去两江不会再出事。

他要尽量减少人员的折损，顺利到达两江。

谢相思提着刀，一步一步地走近。

车窗的窗幔被撩起，裴昭看着她，一身郁郁葱葱，一步一步地走进自己心里。

果然是她。

果然是他的相思。

怪不得这几日他再也没有听过她的心声，因为她一直就在自己身边。

她听到他所有的心声，知道路线，提前规划，等着在这一刻拯救他。

谢相思听到他的心声，转头看向他，万千情愫缠绕而生，一眼万年。

"谢相思，不要执迷不悟，否则你会后悔终生！"

谢相思停了脚步，贪恋地多看了裴昭几眼，随后艰难地转过脸，面对孟钦。

"嘉贵妃意图谋反犯上，已经被陛下与临安王诛灭。晋王若是肯放了裴大人，乖乖认罪回长安，陛下会顾念着父子之情，留殿下一条性命。"

"什么？母妃她——"孟钦咬着牙，眼睛一瞬间红了，"不，不可能，父皇怎么舍得真的杀了母妃，本王不会信的……肯定不可能！"

"嘉贵妃下毒谋害陛下，连同中书令裴昭一同中毒。裴缓为了救兄长，换血给裴昭，自己身死。你的母妃，嘉贵妃，她为了你都敢去要陛下的性命，陛下怎么会不杀了她？"

孟钦状如癫狂，不住地摇头："下毒……怎么可能！母妃明明说只要我掌握外兵，压过四弟，父皇自然就会将皇位传给我。她从没说过要杀父皇，从没有过！母妃不会撒谎的，她不会骗我的！都是你，是你在这儿妖言惑众，污蔑我母妃！你们还在等什么，还不快把她给我杀了！"

众人欲动，谢相思拿出一封信，上面盖着"解忧"二字的印鉴。

"这是帮主令，与晋王相关的所有订单就此解除，众位师兄弟不要再做无用功帮他了。"

解忧帮的几个人都愣住，慕云第一个反应过来，立时站到谢相思那边，有一个人带头，其他人也都迅速跟了过去。

解忧帮是孟钦留在身边的王牌，如今却全数倒戈。

自己身边的这几个人，怎么可能打得过他们。孟钦的剑伸进马车，目眦欲裂，狞笑着："就算我死，我也要拉着裴昭跟我一起死！"

谢相思的手紧紧地握着刀，一颗心似被揪着一般，表情痛苦。

"你想怎么样？"

"让开路，让我进两江，到了两江，我自然会放过他。"

谢相思闭上眼，喘了几下粗气才咬着牙道："好！但你不能伤害他！"

孟钦眼睛盯着谢相思，将剑收回来，坐在马车上，手攥着缰绳。

他觉得脖子一凉，随即一热，"噗"的一声鲜血从脖子上奔涌而出，他扭回头，车帘被一只如玉如竹的手撩开，那个解忧帮最不起眼的人手拿着剑，松了一口气。而旁边的人，清瘦虚弱，目光却澄澈坚定，他看着自己，没有一丝怜悯，也没有一丝的快意。

这是裴昭。

裴家大公子，裴怀之。

孟钦倒在地上，颠倒的、虚幻的视线里，那个曾在一面之后出现在他梦境里的人跑过来，随后扑进了裴怀之的怀中。

她越跑越近，近在咫尺，又远在天边。

像是这一生他不择手段苦苦追求的所有东西一样。

伸手去够，却又越推越远。

可他是晋王。

是睚眦必报的晋王啊！

想毁了他的，他都不会放过。

他的手攥紧，用了最后的力量，撑着胳膊坐起来，将那一刀朝着那个绿色身影的后背刺过去。

"相思！"

他听见那个总是稳重从容的裴昭发出惊恐的声音。

他得不到的，别人也别想得到。

大越元顺三十三年八月初二，晋王孟钦前往两江途中被山匪所袭，不幸身亡。消息传回长安，嘉贵妃急火攻心当即吐血，一月之后郁郁而终。

越武帝伤心不已，身体每况愈下，下旨让临安王孟云客监国。

八月十六，越武帝又下旨，册立四皇子临安王孟云客为太子，择日完成册封礼。

九月的盖州，最美是黄昏，秋叶泛黄，凉风丝丝。

谢相思和裴缓手牵手，悠闲自在地走在去往裴家祖坟的路上。

"早起临安王又来信了，问你的伤怎么样，如果还能走的话赶紧回去，他忙得一个头四个大了。"

之前晋王的那一刀，用了全部的力气，谢相思人在裴昭怀里，裴昭又受了伤，她带着他躲闪不及，便被刺了一刀。

伤口穿过她的右肩，刺中裴昭的左肩。

他们两个又被扎了个对穿，这位置没有危及性命，却有个后遗症。

严格来说不算是后遗症，应该是后遗症痊愈了。

——他们两个听不到彼此的心声了。

傅清明从长安赶过来，谢相思将两个人之前的心声简单说了一下，傅清明说："你上次和我说之后，我就回去查古籍了。在苗疆留下的文字记载里，确实有骨骼格外异常的药人和普通人血脉相通后可产生这种效果。对你来说无所谓，对裴大人来说就类似中毒吧，等你们再次血脉相通时，你的血又进到裴大人体内，以毒攻毒，化解了他之前的毒，你们也就恢复正常了。也亏得裴大人曾中过噬鬼毒，你那点儿毒血在他身体内不算什么，不然你就是杀了我朝未来的朝堂柱石啊！"

傅清明跟着两个人一直到二人伤痊愈，便立刻返程回了长安。

李之昂把他弄进了刑部做仵作，陛下驾崩之后休朝七日，刑部的案子堆了一堆，他再拖下去，回去李之昂见到他非得揍他不可。

傅清明离开之后，裴昭带着谢相思回了裴家老宅，一住就是一个月，没有任何想回去的迹象。

闻言，裴昭说："陛下撑到今日已经是极限了，我不想再亲眼看着我又一个亲人离开。"

谢相思沉默，只是将他的手握紧。

他将她的手指一根一根地掰开，随后往后一收，十指相扣："我也想趁这个时间带你好好看看青山绿水，日后，我大概不会有这么多时间陪你了。"

顿了下，裴昭又道："若是你不想被圈在长安，我便辞官。"

谢相思摇头："我想游山玩水，是想自由、想快乐。在你身边就是最快乐的，你在哪儿我就去哪儿。"

有得就有失，失去的那些和裴昭比，不值一提。

"嘴这么甜啊！"裴昭喃喃道，出其不意地低下头亲了亲她的嘴角，咂了咂嘴，认真地道，"确实是很甜。"

红霞烧上谢相思的脸颊，她也很认真地道："你也很甜。"

两人相视一笑，心甜如蜜。

裴家祖坟间，多了一座新坟。墓碑上的字，是由裴昭亲自书写找师傅刻的。

——弟裴缓之墓，兄裴昭。

想起自己是裴昭之后，那些有关于中毒之后苏醒之前的记忆碎片式的在脑中闪现。

他想起当他中毒被成之抱上马车时，耳边环绕着的声音："哥，好好活下去，你可是无所不能的裴昭啊，阎王爷也休想将你带走。"

那声音辗转不停，一遍一遍地在耳畔回荡。

他光着脚踩在地上，踩过石子，踩过荆棘，踩过刚下完雨的水坑，来到暂时埋葬成之的地方，用手一点一点去挖坟的土，挖到双手鲜血淋漓，他也毫无知觉。

那夜，他最后昏厥过去，起了高热，不住地高声嘶吼着："成之，你要活下去，你一定要活下去！你不能丢下哥一个人！"

执念入心，入身。

梦境中，成之真的活了下去，好好地、鲜活地走在长安雨后的街上。

在他的潜意识里，成之活了下去。

等到裴昭再醒来，便开始无意识地把自己当成裴缓，学裴缓说话的模样，仿照裴缓做事的方式到处找碴儿，做完这些，他就等着他不知道去哪里的"兄长"给他善后。

陛下不想朝堂动荡，也在守护他对成之最后的思念，配合他把事情好好地掩藏。

碎片连成一条线，和成之一起，永远地安放在他内心的一角。

裴昭上了一炷香，将他让桑明和白照带来的梨花酒倒了一杯洒在墓前。

"我做成之的日子里，经常在梦里惊醒，周围陌生至极，我孤寂到无所适从，我让自己的日子花团锦簇、热闹非凡，可却总像是和这世界格格不入。

"我就是这世间的一个游魂。直到我遇到你，我重新感受到了活着的实感。"

他的灵魂渐渐地从自己造的那副"成之"的躯壳里脱身而出，迫不及待地想以自己的本来面目来见她，来爱她。

是她将他救了回来。

谢相思没料到裴昭的情话输出得这么突然，还没来得及脸红，他话锋一转问道："相思，有一件事，我想问问你。"

谢相思转头："嗯？"

"解忧帮的事情。"

谢相思想了想，笑了笑："我其实一直想跟你说，可又一直没找到合适的机会。在长安你把我弄晕之后，因为特殊体质的原因，那药并没有起多久的效，我很快就醒来。在我醒之后却没见到你，白照他们躲出去，没人告诉我你在哪儿，我想，别人不知道，陛下一定知道。"

"所以你还是闯进宫去了？"

谢相思见他面色不好，笑着拉他的手："我这不是没事嘛。"

裴昭想甩开，却没她力气大，只气得板起脸来。

"当着你弟弟的面，别搞家庭矛盾。陛下没说什么，只是拿了一个印章出来……是解忧帮的印章，解忧帮幕后的人，居然就是陛下。我帮陛下解决掉嘉贵妃之后，便请命来找你。晋王所依仗的是钱权买来的人，可那些人却是陛下放出来的鱼钩。只要晋王拿那些人作恶，最终都会自食恶果。

"噬鬼毒出自解忧帮，陛下知道嘉贵妃买了这毒，但也没想过她真的会杀自己。就连晋王，也从没想过自己的母妃对自己的父皇起了杀心。"

裴昭拎着酒坛，灌了几口酒，酒入喉，比之前喝的烈了许多。

"男子总会觉得自己是天，不管赏赐的是珍珠还是毒酒，女人都要跪着受着。被伤了心的女人，心肠比蛇蝎要硬。若是他们早早知道这个道理，事情也不会到今日这一步。成之，也许就不会死了。"

裴昭将剩下的酒都倒在坟前，和成之分了这一坛酒。

他心里有些忐忑，面上却还云淡风轻地问："你没有想过你的身世吗？"

"我是药人，药人都来自苗疆，苗疆被收服后，药人就没了踪迹，应该就是在那时陛下把我们安置到解忧帮的吧！"

"苗疆是我父亲收服的……按道理来说，他是你们的仇人。"

谢相思瞪大了眼，一副不敢置信的模样："都哪辈子的事情了，更何况苗疆也不是被灭族，只是被统一了而已。如今苗疆人人富足，百姓安居乐业，比之前遍地都是药人，以买卖人口为生的时候不知好了多少。"

裴昭的心，这才真正地放了下来。

从知道谢相思是药人那刻起，他就开始担心这件事。怕他们走过重重困难之后，还是没办法相守。

还好，她是谢相思，是明理知事，与他心灵相通的谢相思。

当着成之的面，裴昭想问的，想知道的，都已经得到了答案。

他转身，拉着谢相思往回走。

谢相思反手将他拉住。

"你问了我这么多，我也有问题想问你。"

"我知无不言，言无不尽。"

"我是药人，药人的性命有长有短，我怕我陪不了你长久的一生。"

裴昭望进她的眼。

璀璨，明亮，似繁星点点。

她嘴上这么说着，眼里却不见担忧之色。

像是一早就知道他的回答。

他是裴昭，是顶天立地、与她心灵相通的裴昭。

他牵着她的手，走向黄昏尽头。

"你活得长，我就一生身边有你。你活得短，我便一生心里有你。"

父母死时，他怨过天地。

知道成之以身换他时，他恨过自己。

如果人来世间走这一趟，遇到的都是这样痛苦的事情，走到末路，兄弟亲朋，全无一人，那还不如不来。

他灵魂失意时，得遇相思。

吻醒他的灵魂，引他走回正途。

他人生得意事，唯剩相思。

解他忧苦，陪他终老。

这大抵是上苍对他这后半生唯一的补偿。

他叩谢上天，叩谢相思。

番外一

云中来客

孟云客有记忆以来，就知道自己和别的皇子不一样。

因为母妃只是宫女出身，身份低微，他不受重视，只能寄养在陆贤妃膝下。可陆贤妃有自己的儿子瑞王，他在那儿就是个外人，虽然衣食无忧，却只能看着别人脸色行事。

他过得小心谨慎，被迫早早懂事，小小的年纪便端庄持重，做事有规有矩。只有每个月和生母陈嫔见面时，才会流露出他这个年纪应该有的稚嫩与顽皮。

陈嫔眉眼间有一股乡野间的恬淡，和这宫中或富丽逼人，或窈窕妩媚的美人皆不一样，她的温柔是从骨子里出来的，她总是抱着孟云客，轻轻地拍着他的后背，浅唱着他没听过的小调。

每月一次的见面，孟云客大半都在睡梦中度过。

母妃的怀抱软软的，比鹅毛垫子都软，又轻飘飘的，仿佛风一吹就会飞走。

彼时皇后病恹恹，嘉贵妃在宫中一手遮天，能和她一斗的，只有陆贤妃。陆贤妃膝下有亲子瑞王，瑞王颇得皇上疼爱，陆家又是世代权贵，不能轻易下手，嘉贵妃便借孟云客这个养在陆贤妃膝下的养子来敲打陆贤妃。

不是自己所出，陆贤妃当然不会当一回事，孟云客的处境越发艰难，连吃饭穿衣都成问题。宫中受嘉贵妃管制，没有人敢向他伸出手。陈嫔以不敬的罪名被嘉贵妃封在宫中，不知道孟云客的动静。

孟云客记得，那是冬日末的一天，有个面黄肌瘦的小太监引他到一处僻静的宫宇，说是陈嫔叫他来给四殿下送饭吃。

孟云客一听说是母妃的人，不疑有他，乖乖地跟了过去。

他已经两天水米没进，饿得头晕眼花。到了宫墙角，那小太监从怀里掏出一个纸包，里面是热乎乎的糕点。孟云客近乎狼吞虎咽，吃得发噎时，脖颈儿间突然被人从后面猛地勒住，随后被狠狠捆在了地上。

孟云客后背火辣辣地疼，那小太监一改方才的恭敬可怜样，将他翻了个个儿按在雪堆里拳打脚踢。孟云客的呼救声被埋在雪里，他瘦弱的身体没有任何反抗之力。

那是第一次，孟云客尝到了死亡来临的滋味。

他不想死。

母妃还在宫里等着他团聚，他不能死，他绝对不能死。

他任由身后人打着，一动不动地装死。那人将他一把拽起来查看是死是活，他忽然睁开眼，不知道哪来的劲儿猛地撞上那小太监的头，推开那小太监大步往外跑。

只是外面有人把守，没跑几步他就又被逼了回来。

那小太监狞笑着，握紧拳头："奴才们只是替主子教四殿下学武，四殿下要乖乖听话。"

孟云客因为愤怒，呼吸剧烈地喘着："你们是想要我的命，我的命不是你们的，怎么能允许你们说拿走就拿走。除非我真的动不了，否则你们休想要我就这么轻易地赴死！"

"好样的！"不远处传来叫好声。

几人一愣，循声望过去，只见东边的墙头上正坐着一个少年，紫色的披风散在身后，头上戴着同色的抹额，歪头一笑，俊俏又乖张："我来往宫里也有几次了，还是第一次看见奴才把主子堵在角落里打的，真是长见识了。"

小太监不认识他，可堵门的侍卫里有认识他的。

镇国大将军裴阙夫人诞有双胞胎，哥哥裴昭性子沉稳，喜穿素淡颜色的衣服。弟弟裴缓乖张顽劣，最喜欢穿一身耀眼的紫色。

面前这个，就是裴家二公子裴缓了。

裴家在陛下心中的分量无人能及，几人也知道今日这差事是办不成了，可若是裴缓把事情捅出去，那他们就死路一条了，不如一不做二不休，悄无声息地把裴缓了结在这儿。

眼见着裴缓独身一人，几人面面相觑，起了歹心。

孟云客发觉出了异样，扯着嗓子冲着墙上大喊着："你快走！他们要抓你！"

"我要是走了你怎么办？"

——我要是走了你怎么办？

这是孟云客自陷入困境以来，第一次有人和他说这样的话。而此时这个少年和自己面临一样的困境，也是自己一手把他拖到了这个泥潭里，可他先问的，却还是自己。

后来许多人说，裴家二公子纨绔，丢了裴家的人。

孟云客却知道，裴家二公子是心存善意的人，是真正的好人。

这日的最后，裴缓孤身闯了进去，以藏在袖口里的弩箭射杀小太监，拉着孟云客跑出去。

这个好人，就这么救了他。

孟云客大难不死，听到的第一个消息，是母妃服毒自尽了。

陈嫔留了遗书给陛下，痛陈儿子面对的种种苛待，以命血鉴，求皇上将儿子送到封地，远离皇宫。陛下下令晋封陈嫔为陈妃，好好安葬，同时封四皇子为临安王，待陈妃出殡一年后即刻前往封地临安。

与此同时，那些对孟云客下手的侍卫和太监，以及曾经苛待他的宫人们，全都悄无声息地死在了春日来临前。

而他在长安的那一年，开府建牙，裴缓做了他的伴读。

有裴缓在身边，没人敢再对他动手。裴缓性子顽劣活泼，带着他到处玩，无所顾忌，他被父皇呵斥，被师父罚抄书。

可那是他此生最好的一年。

孟云客离开长安那天，恰是清明时节。

他身边人少，去往封地也没有惊动别人，赶在黄昏时分才走。出了长安，他在折柳亭又见到了那个曾为他出生入死的翩翩少年。

他身边站着一个和他长得一般无二的人，只是气度更胜于他——是裴缓的大哥，裴昭。

裴昭不喜和人往来，自己开府时，却被裴缓拽着过来捧场。

"送人不喝酒哪叫送人啊，兄长你就让我喝一杯，就一杯。"

"你才多大，喝什么酒，不行。"

"说得好像你比我大多少一样，不就大一炷香时间？"

不管裴缓怎么哀求怎么抱怨，裴昭都不为所动，最终没办法，只能用茶代替。

"王爷，此去封地，一路多保重。"

"别叫我王爷，二公子叫我子毅吧！"

"王爷身份尊贵，不能随便乱叫。"裴昭不许。

裴缓点点头："好的，子毅，以后也别叫我二公子，叫我成之吧！"

"成之。"

"子毅。"

孟云客问过裴缓，为何当时会那么豁出性命救一个不相干的人。

裴缓说："你不是不相干的人，你是皇帝叔叔的儿子。我爹自小教我，要忠君要爱国，要无愧天地。救皇帝叔叔的儿子免于恶人之手，也算是忠君吧！"

他说完之后起了一身鸡皮疙瘩："这是我对我爹的说辞，其实我也没想那么多。看那么一堆人欺负你我就不能坐视不理，大约是你长得比较合我眼缘，我见不得长得好看的人受苦。"

裴缓就是这样，有一说一，有二说二。

对喜欢的人毫无保留，对讨厌的人一眼不理。

他是个纯粹的好人。

孟云客一去封地六七年，和裴缓一直保持着通信。他说临安的风土人情，裴缓说长安的八卦轶事，两个人无话不谈。

他也从信中知道了裴缓父母，镇国大将军和夫人故去的事情。

他没有上表，直接骑着马赶赴长安吊唁。事后父皇得知，并未怪罪，只让他在丧事完毕之后尽快离京。

那之后没多久，陛下便下旨，让他从封地返回长安城。

"临安王因裴家重受圣上青睐"一说不胫而走，走到哪儿都有人说孟云客别有居心，是在利用裴家二公子，说得有鼻子有眼的。可裴缓像是从来没听过这个消息，依旧和孟云客交好。

"这些人就是嫉妒，见不得帅哥和帅哥交好，别去理他们。"

裴缓对孟云客毫无保留，可孟云客却有事瞒着裴缓。

他心有愧疚，几次想和裴缓提自己已经暗地和晋王敌对之事，却怎么也开不了口。

他怕裴缓知道之后，会真的怀疑他的用心，会让这段友谊分崩离析。

他总想着找一个万全的机会，可是他还没等到这个机会，裴缓，成之，就不在这世上了。

成之为了兄长，心甘情愿地献上了性命。

而在成之死后，人脉头子赵猛找上了他，给了他一封信：

> 兄长风华，绝世无双，青史留名，就在明日。
> 愿子毅与兄长联手，让百姓安居乐业。
> 吾在九泉之下，亦是开怀。

孟云客这才知道成之早就知道他心中所想，也在暗中助他。

信的最后，成之说："其实别有居心的，是吾，不是君。"

裴昭想要做青史留名之臣，就必须要得遇明主。与晋王相比，裴缓知道他才是明君人选，便替裴昭先一步谋划。

而裴昭，则因为想要弟弟活着的执念入心，以为自己就是裴缓。

这一对兄弟，都没有辜负裴阙的教导。

忠君爱国。

不愧君王。

不愧天下。

而他，也不能愧对成之的选择。

他会成为圣明之君，让裴昭成为肱股之臣。

君臣携手，开创盛世。

番外二

宜室宜家

大越元顺三十三年九月初十，完成孟云客太子册封礼的第三日，越武帝孟翊驾崩。

　　越武帝前半生征战沙场，收服苗疆，平定西北，将大越版图扩大到一个新的高度。可因连年征战，国库有亏，重兵轻文，吏治不明。

　　孟云客不像瑞王，也不像晋王，他受过磨难心志坚定，又没有外戚和朝堂上盘根错节的党羽，他可以大刀阔斧地改革，可以心无旁骛地刷新吏治。越武帝临终前亲自给太子定了新的年号，通和。

　　政通人和。

　　这是越武帝的毕生所愿。

　　越武帝将这个天下交给太子，希望他能将自己没做到的事情做好。

　　接到消息的第一时间，裴昭和谢相思从盖州出发赶回长安城。谢相思在半路接到陈大帅的消息，转道先回了解忧帮。

　　解忧帮解散，四大长老召集帮内弟子回去。

　　想要走的可以自行离开，如有想为朝堂效力的，可以报名，帮内会给安排。

　　越武帝已死，这个他本意是安置苗疆药人，后来变成了铲除逆臣的解忧帮也没了存在的必要。

　　只是解忧帮内高手人才众多，越武帝也希望他们能留下辅佐新帝。

　　这一次，他给他们自由选择的机会。

　　裴昭在三日后到达长安，下了马车直奔皇宫。

　　那个失了母妃，在深夜里失声痛哭的少年已经长成，他是大越新的帝王，黎民百姓，天下苍生的重担都压在他的身上。

没了母亲，又没了父亲，他哀痛至极，但还要撑着，他不能倒下。

可见到裴昭，他没能忍住红了眼眶。

梁瑞见状，劝新帝保重龙体先去休息。

回了乾元宫，关上门，孟云客抱住裴昭，压抑着的情绪瞬间释放。

他们同样失了父母，失了裴缓，这世上他们是一样的同病相怜。

"裴昭大哥，我没有爹了……"

越武帝驾崩后不到一个月，皇后亦是病逝。

这个被嘉贵妃困在病榻上的人，临终前只留了一句话："这皇后啊，我是做够了……若有来生，不要再做皇后了。"

皇后之位，困了她的一生。

身为皇后，她要为大越江山而活，为皇家颜面而活。

她能撑到如今，为的是一口气。

她要看着卫氏那个贱人和其子生不如死。

可为了保全皇家颜面，也为之后缓缓铲除卫家党羽，越武帝隐去了嘉贵妃和晋王的罪行，皇后此生见不到那母子得到应有的报应，那一口气彻底散了。

帝后的葬礼过后，新帝登基，下了两道圣旨。

第一道圣旨，前中书令裴昭入主中枢，官拜左相，兼掌户部尚书。

第二道圣旨，怀王裴缓为救皇考耗尽心血而亡，牌位进宗庙，享世代大越宗亲香火，怀王爵位由其兄裴昭承袭。

王爵为相，大越从未有过。

朝上议论纷纷，朝臣上书劝谏新帝，新帝一一驳回，并贬黜了两个蹦得最欢的，摆明了就是要偏爱裴家，之后无人敢再就裴昭的事情进言。一时间裴昭炙手可热，无数王公贵女家上门求亲，差点儿踏破怀王府的门槛。

之前钟情裴缓的青萤郡主，也转了心思对准了裴昭。

可这些都被裴昭一句话挡了回去："我已经有心上人，待国丧之后我便要成婚，到时候诸位一定赏光来喝一杯喜酒。"

裴相要成婚了，娘子是谁？

之前怎么没有一点儿风声？长安城人人摸不着头脑，想来应该是裴昭随便鬼扯堵他们呢！

有不死心的人，跑到皇宫求新帝赐婚。新帝只说了一句："裴相的事朕不插手，求朕没用，求他。"

众人无法，又开始到怀王府打探消息，务必要挖出真相。

来拜访裴相的刑部新任左侍郎李之昂撞见过两回，感叹道："……我查案都没这个劲头。"

裴相日理万机，不在府内，李之昂找来的时候，谢相思正在后院的秋千上坐着绣花。

耍大刀的手捏着绣花针，真是好诡异的画面。

见到李之昂，谢相思甩了甩发酸的手，那针被她一下甩出去，钉进了旁边一棵树干里。

李之昂觉得，画面一下又和谐了。

谢相思抬眼，说："他一早就去户部了，你去户部衙门找他吧！"

李之昂笑道："我不是来找裴相的，我是来找谢姑娘的。"

"找我？"

"外面都在疯传裴相要成婚，但不知新娘子是谁，不知道谢姑娘知不知道内情？"

"知道。"谢相思点头，坦坦荡荡地道，"是我。"

李之昂眼一眯，果然如此。

他试探着问："那姑娘是什么想法……"

"喏。"谢相思给他看自己绣的帕子，"我在练习自己做嫁妆呢，绣了一上午就绣出了一朵花。不过裴昭每天忙得焦头烂额，成婚一事其实还没影儿呢！我绣得虽然慢，但也应该来得及。"

那居然是朵花，他还以为是团线呢！

"咳咳……"

李之昂坐在谢相思对面，却被谢相思阻止道："裴昭洁癖很严重，要是让他知道你坐了他的位置，他会发疯的。"

李之昂只好又站直，语重心长地道："裴相是我朝柱石，长安城内多少姑娘想嫁给裴相。如今裴相要成婚的消息传开，外面都炸锅了。我知道怀王……之前的怀王故姑娘很伤心，可再伤心也要向前看。逝者已逝，生者要活得更好，他在九泉之下才能安心。裴相亦是伤心人，伤心人陪伤心人，能宽慰不少，慢慢的，就是知心人了。"

李之昂说话向来五迷三道的，且感情充沛，不知不觉就把人拐了进去。谢相思细细地品，才品出李之昂的意思。

就是说，但凡长眼睛的都知道裴缓看她的眼神，和她看裴缓的眼神，那是双向奔赴。

裴缓为了先帝而死，裴昭回来，看谢相思的眼神，那是势在必得。

裴昭这个人权势滔天，品德高尚，乃长安之光，有这样的人做夫婿那是多少人的美梦。

裴缓已经死了，她伤心，裴昭也伤心，他们两个凑一对，疗彼此的伤，慢慢就有感情了。裴缓知道有亲哥照顾谢相思，也能瞑目了。

谢相思沉默了。

知道裴昭就是裴缓的人除了新帝之外，就只有桑明和白照，以及给裴昭治病的傅清明。

傅清明成天和李之昂混在一起，她以为李之昂肯定知道了。裴昭说，李之昂比他叔父才能更甚，性格也更适合官场，以后必定大有所为。经晋王一事，几人已经在一条船上，即使李之昂知道了也没什么。

可她没想到傅清明的嘴巴那么严。

傅清明这人靠谱。

"谢姑娘若是有什么想不开的，我愿意给姑娘开解。"

谢相思纠结着，开了口："嗯……其实……"

"谢姑娘不用有所顾忌，有什么大胆地说。"

"其实裴昭就是之前和我双向奔赴的裴缓。"

李之昂："什么？"

这一日，李大人的世界观被真相震碎了。

当夜，裴昭回府时，谢相思和他说起李之昂的面部表情变化，笑得前仰后合。

吃过晚饭，裴昭洗了手，拿着帕子轻轻地擦拭，闻言道："李维在刑部尚书任上兢兢业业二十年，是个清明之吏，只是明哲保身。之前左炎一案，他明知道另有真相，可因晋王的缘故，他不愿意搅和进去，更不想李之昂卷进去，就作壁上观。李之昂怕我翻旧账，找他叔父的麻烦，特意来帮我解决情感问题呢！"

谢相思面上的笑意褪去，眼还湿湿润润的。

裴昭凑过来，亲了亲她的额头，转身往桌案上去。上面摞着一沓公文，今夜他又要忙到很晚。

谢相思追了过去，问："那你会找李维的麻烦吗？"

裴昭反问："你说呢？"

"不会。"

"为何？"

"你和新帝的关系，想找他麻烦，在六部重置时就该找个由头把李维换下去，可你没有。李维办事还是好的，明哲保身也是应该，他就算不为自己想，也要为同在刑部的李之昂想。新帝网开一面，以后李家叔侄必定鞠躬尽瘁，这才是新帝与你都想看到的结果。"

裴昭执着笔，轻轻一笑："这么厉害，你在解忧帮也学这些吗？"

"不是在解忧帮学的，而是在你身边学的。"

他的笔被一只玉手抽出，在指尖转了一圈，重新挂回架子上。

那只手又回来，压住他手下的公文不让他看。

裴昭终于抬头看他，目光里有细碎的星光："看来我是个好先生。"

"再好的先生也需要休息，我可不想还没出师，先生就先累死了！"

裴昭与她对视。

谢相思丝毫不惧，半晌他败下阵来："好吧！"

"现在就去休息。"谢相思伸出手，等着他抓住。

裴昭抓住，却往回轻轻一拽："看样东西再走。"

谢相思好奇，顺着他的力道来到他那一侧。

裴昭的桌子上多了一个红木匣子，不知道是什么时候放过来的。匣子上有锁，裴昭将小小的一把钥匙交给她，示意她自己打开。

钥匙嵌在锁眼里，"啪嗒"一声，锁开了。

里面盛放着一张大红色的庚帖，上面印着金灿灿的一个"囍"字。

谢相思的眼泛着酸，声音发着颤："这……这是什么？"

"合婚庚帖。"裴昭取出庚帖，在桌案上铺平，"这些日子我在户部，已经想办法把你的身份做实。以后你便是大越的普通百姓，有了身份，才能议亲。"

两姓联姻，一堂缔约，良缘永结，匹配同称。

看此日桃花灼灼，宜室宜家，卜他年瓜瓞绵绵，尔昌尔炽。

谨以白头之约，书向鸿笺，好将红叶之盟，载明鸳谱。

庚帖上的字清瘦俊逸，出自他手。

他和她的名字，并列相靠，缀在庚帖最后。

"等到国丧完毕，我们便成婚。"

谢相思苦着一张脸，泪水涟涟，埋首进裴昭的胸膛里，越哭越伤心。一开始裴昭以为她是喜极而泣，后来看她哭得惨烈觉得有些不对劲儿，听她模模糊糊的嘟囔声他才知道她在哭什么。

"完了，我嫁妆绣不完了。"

谢相思哭了半宿，最后裴昭半哄半劝才好，慢慢睡着了。

她做了个梦。

梦里她还是在解忧帮的稚嫩模样，躺在后山那棵巨大无比的树上，刚刚睡醒，一脸的困倦。

"你刚才说梦话了。"树下的师弟道，"还在笑，做什么梦了这么开心？"

"我梦到长安了！"

"我劝你降低期待，你现在心心念念长安，等哪天去了发现它没你想得那么好肯定会失望的。"

梦境戛然而止。

谢相思睁开眼，夜已到最末。

床边和衣躺着一个人，视线再模糊，他的轮廓在她眼中都是清晰的。

李之昂有一句话说得很对。

伤心人陪伤心人，慢慢就是知心人了。

天下之大，没有谁比她和裴昭更懂彼此的心了。

谢相思将头靠过去。

似是感觉到她的靠近，裴昭没醒，手却下意识地贴过来，抚着她的脸颊，轻轻摩挲。

她无声说："我没失望，这座长安比我梦中的样子还要好。"

又是一年春日来，怀王府的梨花又开了。

去年这时，谢相思走进小巷，蓦然撞进一双笑眼间。

那便是她的长安。

后记

幸甚相遇

从 2021 年开始，我在好几个首页作者对自己书的描述中都看到过"这大概是最后一本"的字眼，每次看到都会无限怅然，可能是看得多了，这次轮到自己，反而并没有太大的感觉了。

《相思》大概也是我以这个笔名写的最后一本书，可能是因为它自己也知道自己的使命，这本书的创作横跨我初初写书的 2018 年，一直到今天。

用"大概"这两个字，是我不想把话说得太死，也不想把这个行业想得太惨。如果有一天，实体书的行业重新活过来，那我也有机会再写书给你们看。

书是有尽的，但热爱是无限长的。

我人生最开心的事情，就是写稿。

笔下的男男女女，鲜活漂亮，生机勃勃。他们在我创造的时间里经历爱恨，见过高山，下过深海，拥抱过烈日，亲吻过月亮。

窗外大雪纷飞，我的心跟着他们一起在温柔的世界里徜徉。

我的精神富足，一度超越了所有。构思人物，幻想情节，去写，去磨，已经成了我的本能。

我也不知道是从什么时候开始，我对我的本能持了怀疑态度。

也许是因为疫情导致的实体书市场不断紧缩，一些负面的消息打击积极性，也许是因为并肩作战的那些写文的朋友纷纷离开了这个行业，去过自己的生活，导致放眼望去看不见过去的热闹只剩荒芜……有一段时间我很痛苦，想着写也没用，蹉跎时光，一天天地懒散下去，自己的水平一退再退，脑子里很难想到很好的梗，整个人像是被掏空。

直到有一天，我先生问我："你喜欢写稿吗？"

我毫不犹豫地答："喜欢。"

他说："人难得能以喜欢的东西为工作，既然喜欢，那就去做，别怕，我在后面给你撑腰。"

——我给你撑腰。

这句话后来被我用到裴缓的梦中，裴昭跟他说的是支持，是鼓励，更是疼爱。

那后来，我慢慢地捡起稿子，慢慢地写。又是一年寒冬至，我的心找到了方向，被指引着往有光的地方走，并不觉得有多寒冷。

我自认用心地将之前签的书好好地完成。以后，我会去找新的方向，好好地写下去，只要我能写得动，就会一直一直地写下去。

我的幸运星，我的编辑，总是鞭策我前行，一手将我带出来；我的"卷王"好友们，每天和我谈天说地，我们一起走南闯北，看山看水看月亮；我的可爱读者们，年复一年地夸我是漂亮仙女，私信安慰我难过受伤的心……

我感谢这一路，遇到的炽热的、活泼的、真诚的灵魂。

你们和文字一样可贵，是我想一生珍藏的宝藏。

翻到这一页的你们，看到这儿的你们。

我们在文字的世界里相遇，文字不死，我们不说告别。

幸甚有你。

不胜欢喜。

萧小船

本书由萧小船委托长沙大鱼文化传媒有限公司正式授权天津出版传媒集团，在中国大陆地区独家出版中文简体版本。未经书面同意，本书的任何部分不得以图表、电子、影印、缩拍、录音和其他手段进行复制和转载，违者必究。